天坑鹰猎

天下霸唱 著

北京联合出版公司
Beijing United Publishing Co.,Ltd.

图书在版编目（CIP）数据

天坑鹰猎 / 天下霸唱著 . -- 北京：北京联合出版
公司，2021.11
ISBN 978-7-5596-5505-9

Ⅰ.①天…　Ⅱ.①天…　Ⅲ.①长篇小说—中国—当代
Ⅳ.① I247.5

中国版本图书馆 CIP 数据核字 (2021) 第 171322 号

天坑鹰猎

作　　者：天下霸唱
出 品 人：赵红仕
责任编辑：徐　樟
封面设计：吴黛君

北京联合出版公司出版
（北京市西城区德外大街83号楼9层 100088）
北京新华先锋出版科技有限公司发行
三河市信达兴印刷有限公司印刷　新华书店经销
字数218千字　620毫米×889毫米　1/16　18印张
2021年11月第1版　2021年11月第1次印刷
ISBN 978-7-5596-5505-9
定价：59.50元

目 录

第一章
来历不明的蛋

天坑自古少人迹

鹰猎从来世间稀

莫说传言不可信

只因此中有奇门

1

张保庆小名大庆，他爹是我表舅，他自然是我表哥。那怎么也姓张呢？其实不奇怪，"张王李赵遍地刘"，世上姓张的人太多了，咱们不必再给他编名造姓。张保庆出生于二十世纪七十年代初，表舅妈当时怀了他九个多月，在家临盆待产。这一天晚上，表舅妈翻来覆去睡不好，迷迷糊糊听见有人敲门，撑起身子穿鞋下地，一开门见到一个要饭的，破衣烂衫、蓬头垢面，手托要饭的破碗，不由分说往屋里闯，拦都拦不住啊！表舅妈吓了一跳，一下子醒转过来，才知是南柯一梦，没等天亮生下一个孩子，这就是张保庆。家里人都挺高兴，这大胖儿子，九斤一两。表舅妈却十分忐忑，这个梦做得不是时候，疑心是前世欠了勾心债，如今有讨债鬼上门投胎，可终究是亲生骨肉，家里又没个仨俩的，单这一个孩子，因此非常溺爱。夫妻两个自己省吃俭用，把从牙缝儿里省下来的钱，全花在他身上了。

在当时来说，表舅家条件还不错，两口子双职工，都有班上，挣两份钱，而且是在同一家国营饭店工作。提起来那可是一个大饭庄子，有个字号叫"蓬莱春"，创立于清朝末年，旧称"聚和成"。过去城里最好的八个大饭庄子，当中又都有个"成"字，号称"八大成"，"聚和成"乃其中之一，1949年之后改称"蓬莱春"。不用多问，一听这字号准知道是鲁菜。

当年与"八大成"齐名的还有"四大楼"。同样是大饭庄子，"楼"和"成"却不一样，"四大楼"指四家字号里带"楼"字的大酒楼，规模大、档次高，上上下下好几层，菜也讲究，"山中走兽云中燕，陆地牛羊海底鲜，猴头燕窝鲨鱼翅，熊掌干贝鹿尾尖"！只有你想不到的，没有你吃不着的，南北大菜，满汉全席，包罗万象，应有尽有，能进去吃顿饭绝对是身份的象征。"八大成"规模也不小，各有各的特色，不过字号中这个"成"字，是一个统一的标识，按行规带"成"字的饭庄子必须有能力接外活儿，说行话这叫"落桌"。谁家有个红白喜寿需要搭棚开席，只要出得起钱，"八大成"中任意一家都可以全部包办，派出大队人马，过去筑台垒灶置办三天三夜不撤桌的流水席，什么煎炒烹炸、焖熘熬炖一样不少。这样的饭庄子并不多，那真得说是家大业大，有的是东西和人手的大买卖才敢接。本家除了钱什么都不用预备，桌椅板凳、杯盘碗盏、齐脊的天棚，饭庄子都替你搭好了。干活儿的更别说了，除了大师傅，切葱的、剥蒜的、洗菜的、和面的、杀鸡的、磕蛋的、端汤的、上菜的、淘米的、焖饭的，连账房先生也给你配上，绝对的一应俱全，要什么有什么，桌椅板凳占了好几条胡同，盘子、碗堆成了山，满笼子的鸡、鸭、鹅，满案子的猪、牛、羊，满地的时鲜蔬菜，那也是一景儿。一般老百姓可请不起"八大成"，想都不敢想，专伺候有钱的达官显贵。

1949 年之后，"聚和成"经过公私合营，摇身一变，改成了国营的"蓬莱春"饭店。由于保留了很多传统名菜，尤其是油焖大虾、糟熘鱼肚、抓炒羊肉、灯笼面筋这几个招牌菜，那真叫一绝，换别的馆子没这个味道。想吃这几个菜，非得上"蓬莱春"不可，不排队你都吃不上，在这儿上班相当于端上了铁饭碗。

表舅妈在"蓬莱春"柜上收钱，表舅端汤上菜。收钱的咱不说了，肩膀上顶个脑袋的谁都可以干。上菜的以前叫"跑堂的"，说好听了又叫"堂倌"，1949 年之后改成了"服务员同志"。真别小看了"跑堂的"，迎来送往可不简单，首先人得机灵、脑子转得快、嘴皮子好使，嗓门儿还得豁亮，眼睛最毒，善于察言观色、通达世故。到了上座的时间，跑堂的肩膀上搭条白手巾往门口一站，招呼进来吃饭的，一瞧来人穿衣打扮和脸上的气色，就知道应该往哪儿让。比如来了这几位，穿得破衣烂衫，补丁摞补丁，伸出手来粗得裂口，不是拉洋车的就是码头上卸货的，反正是卖力气干活儿的，可能今天挣了钱，也来大饭庄子摆摆谱儿，跑堂的连正眼都不瞧。为什么？这样的客人最多来上一斤素炒饼，还得让你白送两碗饺子汤，没什么油水可捞，这样的连楼都不让上，安排在一楼散座，吃完了赶紧走，还得出去奔命去。又来几位，一个个白白胖胖，脑门子发亮，腮帮子肉往下耷拉，穿绸裹缎的，脖子上大金链子半斤多沉，攀附风雅手里捏把折扇，扇骨都是象牙的，扔着卖也值几两银子，甫问准是有钱的财主，这可得伺候好了！有能耐的堂倌这一个月干下来，赏钱能比工钱多出好几倍。旧社会跑堂的也要拜师父，按手艺这么学，从学徒的小伙计到一个饭庄子里的大跑堂，没个十几二十年熬不出来。说干这个行当不容易，因为什么人都得见，什么委屈都得受，遇上喝多了闹酒乱的，赏你个嘴巴你还得赔笑脸，客客气气把这位送出去，别影响别人吃饭，耽误了买卖。赶上事儿了，还得会搪，真不是什么人都干得了的，况且没个升腾，辛辛苦苦干上一世，顶到头儿也不过是个跑堂的。

不过我表舅赶上好时候了，劳苦大众翻身当了主人，在那个年代，国营饭店的服务员，端的是铁饭碗、拿的是钢饭铲，工资、奖金旱涝保收，挣钱虽不多，却亏不了嘴，不仅得吃得喝，东西也没少往家拿。这并不奇怪，"厨子不偷五谷不收"，跑堂的也一样，无锡排骨、广东腊肠、云南火腿、海南干贝，后厨好东西有的是，口袋里装、袖子里藏、脑袋上顶个肘子拿帽子一扣，裤裆里都能带出两挂腊肠，经理看见了也装看不见，反正不是自己家的买卖，犯不上管闲事。至于吃饭的客人你爱来不来，你吃不吃饭我都拿这份钱，来的人多我一分钱不多挣，来的人少我也一分钱不少挣，人多了还得紧忙活，人少我还落个轻快。况且年头不一样了，吃饭的要看服务员的脸色，同是劳动人民，谁伺候谁啊？所以表舅和表舅妈两口子，对本职工作引以为豪，三年困难时期都没挨过饿，如今改革开放，优越感更强了，将来也想让张保庆端上铁饭碗，早日成为一个光荣的国营饭店服务员！

张保庆从小和别人不一样，除了学习不好什么都好，天生跟书本无缘，一拿起书来就犯困，一提起笔来就发呆，逃学、旷课、不写作业，不好好学习又不愿意干这伺候人的行当，总觉得自己将来能干成一番大事业。同是一世为人，凭什么别人可以当"擎天白玉柱、架海紫金梁"，他却要去饭馆端盘子？

表舅跟他说："什么叫伺候人的行当？这都什么年代了，观念怎么还这么陈旧。现如今劳动人民当家做主，谁敢瞧不起劳动人民？端汤上菜早不是下九流了，而今各个行当只有分工不同，没有高低贵贱之分，都是为人民服务。你先去当个服务员，将来万一有出息了，说不定还能当个掌勺的厨子，挣的钱多，待遇也好，在后厨说一不二。说悬了，到时候经理都得看你脸色，那你小子可是叱咤风云、一步登天了！"

张保庆这个不爱听："瞧您这话说的，我多大出息？好嘛，顶天了是一掌勺的？"

既然不愿意在饭庄子当服务员，那他想去干什么呢？张保庆上完初中学的钳工，在那个年代，工人是相当不错的职业，工资铁杆儿庄稼似的按月发放，不迟到、不旷工便有奖金，福利补贴之类的待遇也好，混够了岁数一退休，国家还管养老送终。当时有句话评价厂子里的各个工种，说是"车钳铣没人比，铆电焊对付干，要翻砂就回家"。这话怎么讲呢？当工人最好的是干钳工、车工或铣工，钳工保全都是技术活儿，晃晃悠悠到处走，比较闲在，而且那手艺荒废不了，到什么时候都用得上；车工、铣工则是整天守着车床、铣床，耗时间却不用走脑子，有活儿干活儿，没活儿也是随便歇着，在车间里看报纸、打扑克、喝茶。所以这三个工种最舒服，厂子里的人都想做。至于铆工、焊工需要吃些辛苦，赶上有活儿的时候，工作量比别人都大。电工同样是技术工种，居家过日子不乏用武之地，哪家电表、灯管坏了，免不了要麻烦懂电的师傅，所以电工很吃得开。不过以前的人们大多认为——带电就有危险，你虽然有防护措施绝缘手套什么的，可"万"里还有个"一"呢，万一哪天出了差错，那可是要命的事。这不像别的活儿，胳膊卷进车床了大不了截肢，至少还能留下条命，电工不出事则可，出了事一定是大事，因此电工也给列为二等了。"要翻砂就回家"这话说得再明白不过，厂子里最苦、最累的活儿就是翻砂，干这个工种还不如直接回家待着。张保庆学的钳工，起初本想混一辈子大锅饭，无奈家里没关系、没路子，厂子不看专业，硬给安排了翻砂工，凑合干了几个月，差点儿没累吐血。他实在吃不住那份辛苦，又托人转到了面粉厂，工作了也没多长时间，嫌那地方粉尘太大，容易得肺结核，索性蹲在家当了待业青年。

他自己给自己吃宽心丸：进厂当工人有什么好的？老老实实每天到点上班、到点下班，刮风下雨不敢迟到，累死累活挣一份死工资，整日里柴米油盐，将来娶个媳妇生个孩子，再教育孩子长大也这么做，那才是真没出息。常言道"好汉子不挣有数儿的钱"，男子汉大丈夫坚决不能走这条路，谁愿意干谁干去吧，我是不去！

在我表舅眼中，张保庆始终是个没出息的待业青年。而在我看来，他是个挺能折腾的人，从小胆子就大，敢做敢闯，向来不肯循规蹈矩。

举个例子，以前有种关于耳蚕的传说，说"耳蚕"那是叫白了，也有称"耳屎"或"耳垢"的，总之是耳朵里的秽物，据说正常人吃了这玩意儿，会立刻变成傻子。家里大人经常这么告诉小孩，说胡同里那个老傻子，正是小时候误吃耳蚕吃傻的。我不知道这个说法是否可以当真，反正大伙儿都这么传。以前的孩子大都又淘又馋，什么东西都敢往嘴里放，家里大人经常拿这种话吓唬孩子。张保庆在家待业，闲极无聊在胡同中跟别人打赌，说起吃耳蚕能变傻子，有人当场从自己耳朵里掏出来一大块耳蚕。这小子长这么大从来没掏过耳朵，可想而知耳朵里有多少东西，从中掏出来的这块耳蚕，能有小指甲盖那么大，也不知道存了多少年了，黄里透绿，放在手里给张保庆看："你敢不敢吃？"张保庆胆子再大也不敢嚼，只能把心一横，全当是吃个蚂蚱，捏起来扔到嘴里，拿凉白开往下一送，气不长出面不改色，结果也没有变成傻子，彻底将"吃耳蚕变傻子"这个愚昧无知的歪理邪说打破了。这下可好，他一举震惊了整条胡同，还因为打赌赢了二十根小豆冰棍儿。

张保庆成天这么混，表舅实在看不下去了，十八的大小伙子在家待业吃闲饭可不成，这个不想干，那个看不上，高不成低不就，文不能卖字、武不会练拳，成天招灾惹祸捅娄子，只好走后门托关系，让他去"蓬莱春"后厨学能耐。可张保庆却不识抬举，脖子一梗死活不去。表舅真生气了，好说歹说都不行，干脆也甭跟你废话了，文的不行来武的，抡起笤帚疙瘩就是一顿抽，打得张保庆没处躲没处藏，只好到后厨拜师当了学徒。

饭庄子里掌大勺的，个儿顶个儿都有一手绝活儿。张保庆拜的这位师父，在这个饭庄子干了三代，从他爷爷到他爹再到他，家传有一手绝的，一个人盯五个灶眼儿，说行话叫"连环子母灶"，大灶、二灶、高汤、笼屉、砂锅，掂起大勺上下翻飞，身上一个油星子不沾，讲究"手眼身法步"一气呵成，你光看他炒菜都是种享受。这样的厨子一个人顶五个人用，评特级职称，工资也是普通厨师的好几倍。表舅舍了一张老脸，好不容易让张保庆拜了名师，怎知张保庆一进去就不想干了。因为什么呀？这一行得从入门开始，剥葱剥蒜、洗菜择菜，先练三年，这才允许你在墩儿上备菜。前边的服务员下了单子，你这就得都把材料预备齐了，掌勺的不看单子，完全看备菜的给什么，比如这一盘备的是鸡丝、海参、玉兰片、葱姜切末，就知道要做烧三丝，下一盘所有材料都一样，唯独葱姜末改成了葱姜丝，大师傅就明白了这盘是烩三丝，炒错了那是大师傅的责任，备错了可都怪在你头上，该扣钱扣钱、该检讨检讨，在墩儿上备菜又是三年。接下来练"红案儿"，杀鸡、宰鱼、切肉，又腥又臭不说，还容易切手，这得一年；和面、揉面、做面食还要练一年，这叫"白案儿"。没七八年上不了灶，上灶之前还要先练翻炒、掂锅、翻勺，拿炒勺装上沙子，少说也得有个十几二十斤，一天练下来全身酸疼，而且万一失了手，那一锅的热沙子招呼在脸上，非落一脸大麻子不可。"连环灶"一共五个灶眼，一个灶眼两年，把这一整套全学会了，至少搭上半辈子时光。张保庆一想都绝望了，真不认命干这个，又回家当上了待业青年。

当时有街道办的青年点，相当于小便利店，卖些杂货之类的商品，待业青年可以去那儿实习，什么时候找到工作了什么时候走人，张保庆也不愿意去，怕被人笑话。表舅心里边这个火啊！一看见他气就不打一处来，成天除了打就是骂，越看他越不顺眼。张保庆耍滚刀肉[1]："反正我是你亲儿子，你横不能把我打死，打死我你不绝户了？"

---

　　[1]　滚刀肉：北方方言，指死皮赖脸。

真应了那句话——仇成父子，债转夫妻！

　　不过实话实说，总待在家里也不好受，张保庆吃饱喝足了无所事事，骑上自行车到处溜达，东逛逛西逛逛，瞧个新鲜凑个热闹。平时他最喜欢去公园听野书，公园有一位"撂地[1]"说野书的高五爷，不为挣钱，而是有这个瘾头，就好这个。只要赶上天气好，风和日丽的，拎上马扎带上茶水，往路边这么一坐，跟前摆个小木头桌子，"啪"的一声醒木一摔，这就开书了。他没拜过师没学过艺，东拼西凑、信口开河。不过说得可是真好，满口方言、土语、俏皮话，一嘴的人物典故带脏字，兴起处眉飞色舞、唾沫横飞。什么时候都有十多个闲人围上来听，还真有不少捧臭脚凑热闹的。张保庆爱听他说汉高祖刘邦，为什么呢？刘邦当年和他张保庆一样什么都不是，要什么没什么，也什么都不干，成天混吃等死，然而到后来斩白蛇、赋大风、亡秦灭楚当上了开国皇帝。张保庆听入了迷，心下寻思："汉高祖刘邦先斩白蛇后成大业，我几时也斩这么一条白蛇？"他成天这么胡思乱想，干什么什么不行，吃什么什么没够，把我表舅气得拿了铁锹追着他满街打。表舅在后边追，张保庆在前边跑，来来回回几条胡同都转遍了，跟走马灯似的满世界这么一跑，周围邻居都说这爷儿俩绝对是前世的冤家对头。表舅妈怕张保庆跟不三不四的社会小青年混，也担心表舅气大伤身，思来想去实在是没辙了，只好打发张保庆去长白山投奔他四舅爷，在东北住上一段时间，等家里给他找到合适的工作再回来。怎知张保庆这一去，却在深山老林中捡了个意想不到的东西，引出一桩"天坑奇案"！

---

　　[1]　撂地：相声术语，指在庙会、集市、街头空地上演出。

2

前边说到张保庆吃不得苦受不得累，不认头 [1] 在工厂翻砂，给安排了饭庄子的学徒又死活不愿意去，成天地东游西逛，除了跟几个半大小子胡闹就是上公园里听书，没个正经事儿，还总觉得自己非池中之物，有朝一日必定飞黄腾达。表舅两口子实在没办法了，横不能让他胡混下去，那指不定闯出什么祸来，只好打发他去长白山四舅爷家住上一阵子。书要简言，咱们先不提后话，接着说张保庆去了东北长白山。他投奔的四舅爷是个老猎户，住在大山下的屯子里，周围全是原始森林。张保庆让这白山黑水之间的景色美得五迷三道，感觉喘气都比城市舒畅，浑身上下从里到外都舒坦。这屯子不大，仅有这么十几户人家。四舅爷和四舅奶老两口子过日子，虽说衣食无忧，但是四舅爷打了一辈子的猎，至今舍不得放下猎枪，隔三岔五带张保庆上山钻林子，打山鸡套兔子。张保庆心都玩儿野了，六匹骡子八匹马也别想拉他回家。有这么一天，晴空万里，四舅爷牵出几条猎狗，背上猎枪和铁笼子，招呼张保庆跟他到山里捉"大叶子"。张保庆听说要上山，还带了猎狗，心下十分兴奋，却不知四舅爷所说的"大叶子"是个什么东西，树上长的？

四舅爷告诉他，"大叶子"是东北的土话，说的是林貂，这东西蹿高纵矮最擅爬树，整天待在树上，打老远一看如同一片硕大的树叶，因此得名。林貂属于"皮兽"，别的皮兽比如狐狸、黄鼠狼什么

---

[1]　认头：口语，指认吃亏。

的，肉臊吃不得，唯独皮毛值钱。林貂却不一样，不仅皮毛值钱，肉也好吃，两样全占了。东北的貂皮有两种，头一种是河里的水貂，虽然也挺值钱，却不及栖息在山林中的紫貂"大叶子"。它的皮称为"裘王"，仅在东北长白山以及新疆阿尔泰山的针阔叶混交林中才有，别处根本没有。而且林貂狡诈凶残，极难捕捉。首先它居无定所，没有固定的窝巢；其次下不了夹子，因为林貂嗅觉灵敏，可以很远处闻到兽夹上有人的气味，况且摸不准它的行动路线，夹子无从下起；再一个不能用枪打，林貂不过一尺多长，猎枪一打一大片铁砂子，一枪打花了皮子，那就不值钱了。由于很难捉到活的，应了那句话——物以稀为贵。说林貂的皮子值钱，因为有三件好处，别的东西还真及不上它。先说头一件，东北那地方，冬天零下三四十度很正常，天寒地冻，一口唾沫吐出来，砸到地上就是个冰疙瘩。可是话说回来，气温再低，不刮风就不会觉得冷，一旦刮起卷雪的白毛风，呼啸的狂风嗷嗷怪叫，往人身上钻，又像刀又像箭，任你穿多厚的皮袄也不顶用，一阵风就吹透了。可如果有一件紫貂皮的衣服，那风刮到身上不但不冷，反而是越刮越暖和，这是头一个好处；二一个是"雪落皮毛雪自消"，鹅毛大雪落到貂皮袄上立即融化，不会留下半点儿痕迹；三一个叫"雨落皮毛毛不湿"，林貂皮毛油脂丰富，从河里钻出来抖一抖身子即干，因此下雨打不湿，你可以拿它当雨衣穿，进屋抖两下就干了。当然了，这仅仅是个比喻，可没见有下雨天穿件貂皮上外边转悠的。如果做一件皮袄，至少要十来张大叶子皮，在旧时来说，林貂皮袄千金难得，不是王爷都穿不起。如今打猎的少了，但林貂的习性却未曾改变，极不好找，碰巧逮住一只做成貂皮围脖，抵得过寻常猎户一年的进项！其实"大叶子"一词不仅是土话，也是关外土匪的黑话，叶子指衣服，换叶子是换衣服，黄叶子是黄鼠狼皮，这大叶子就是指最贵的林貂皮，不然怎么称得上"大"呢？

关外又有"三大穷"之说，哪三样儿呢？肩上扛铁筒、桌上码城墙、床上点烟囱。"肩上扛铁筒"指扛猎枪钻老林子的猎人，这是三大穷的头一穷。其余两个容易理解，桌上码城墙，那是打牌赌博，十赌九输，有多少家产也得赌穷了。床上点烟囱指抽大烟，那也是坑家败产的无底洞，有多少钱都不够往里扔的。那为什么打猎的占头一穷呢？皆因打猎的看天吃饭，野兽乃是过路财神，今天该你有收获，举起枪来弹无虚发，如若不该你打着东西，怎么打你也打不着，扛上枪筒子转悠一天，怎么来的怎么回去，全凭运气。再者说上天有好生之德，打猎是杀生，干这一行不合天道，没有因为打猎发财的。这也从一个侧面说明了林貂不好逮，否则打猎的不至于这么穷。

老猎人都知道，林貂平日里出没无踪，连个影儿也瞧不见，唯独在秋天可以见到。这个季节是林貂的发情期，它们会跑出来传宗接代，一年仅仅这么一次，雌貂怀胎七八个月才能产崽，都快赶上人了，其稀少程度可想而知。到了这几天，雄貂性淫，大白天也出来转悠，到处寻找雌貂交配，满脑子都是这一件事儿，警惕性变得很低，让猎狗一吓唬很容易发蒙，只有这时候才有可能被猎户活捉。张保庆跟四舅爷在老林子中走了大半天，翻山越岭，东转西走，眼看日头往西沉了，什么都没见着。原以为今天要空手而回，掉头正要往回走的时候，打头的猎狗突然一阵狂吠，叫声震动了山林。

张保庆听到猎狗的叫声，心中诧异，撒开腿飞奔过去，待到近前，但见枯枝蔓草间有只小兽，嘴尖尾长，四肢短小，油亮的皮毛黑中透紫，小脸儿长得近似黄鼠狼，身子又比黄鼠狼短，正是四舅爷所说的

"大叶子"！大小足有两掌半，爪下按住一个蛋，可能是刚偷到的鸟蛋，正想吃呢，结果让猎狗堵在这儿了。这东西两个小眼珠子滴溜溜乱转，如若眼前只有一条猎狗，大叶子扭头一跑，七绕八绕或是往树顶上一蹿就甩掉了，可如今同时面对三四条猎狗，这只林貂也愣了一下，这才扔下鸟蛋，"嗖"的一下逃进山林，几条猎狗跟在后头穷追不舍。张保庆顺手捡起地上的鸟蛋，当时见猎心喜，没承想真碰上了大叶子，只顾去攆逃走的大叶子，别的事一概没想，全抛在九霄云外了，直到半夜回了屯子才让他大吃一惊。

张保庆已经在山里住了一阵子，对各种山货早已见怪不怪，如果说平时捡到个鸟蛋或者蛇蛋，他根本不用过脑子，准和四舅爷一样，先拿起来对太阳照一照，再当场磕破了一口嚼个干干净净，随捡随喝。至于为什么要对着太阳照这么一下，张保庆开始并不知道，也没细想过，看四舅爷这么做他也照葫芦画瓢，以为这只是打猎的习惯，觉得挺好玩儿。后来四舅爷告诉他，那是看这个蛋有没有"雄"，其实这也是说白了，有雄的蛋是受过精的，可以孵出小鸟，跟鸡蛋一样。打猎的在森林中捡了鸟蛋，把在日影中照上一照，如果不透光，那就是有"雄"的，必须原样放好了。因为打猎靠山吃山，吃的就是这口饭，虽是杀生，却不能赶尽杀绝。什么能打什么不能打，什么能吃什么不能吃，这都有规矩。比如打公不打母，这是怎么个道理呢？打一只母的等于打了一窝，长此以往只会越打越少，绝了自己的饭口。常言道"劝君莫打三月鸟，子在巢中盼母归"，打这个太损阴德，按迷信的话说这叫造孽，迟早会遭报应。

如若是没得过"雄"的野鸟蛋，打猎的尽可以随便吃，那玩意儿是大补，经常生喝野鸟蛋长力气，翻山越岭如走平地，远比当今的各种滋补药品和能量饮料货真价实，绝对无添加、无污染，纯天然非转基因。捡到蛇蛋也能喝，纵然是毒蛇的蛋也不用担心，不仅滋补还可以入药，起到通经活络的作用。一般的野鸟蛋外壳粗糙，带有五颜六色的斑点，没有太大的。张保庆捡起这个鸟蛋，拿手一掂却觉得略沉，个头儿也大，能有鸡蛋那么大，没斑没点还挺细滑。他心里转了一个念头，认为是山鸡下的蛋，随手塞进挎包，寻思回去来个小葱炒鸡蛋，晚上给四舅爷下酒，然后加快脚步，跟随猎狗往前追赶林貂。

长白山脚下的猎屯子家家户户有狗，少则一两条，多了一大窝，带上猎狗上山打猎称之为"撵山"。山中野兽不会在开阔的地方等你来打，要么躲在密林之中，要么蹲在草棵子里，不会自己跑出来，打猎的一声令下，成群的猎狗如同一阵黑旋风，一边跑一边吠叫。狗是极阳之物，身上有一股躁动之气，在东北有些地方，立冬那天都要炖上一锅狗肉，俗话说"喝了狗肉汤，棉被不开箱"，可见其性燥热，即使进山的猎狗不叫，也会惊动藏匿的野兽。这时候猎人们举枪射击，十拿九稳。遇上林貂这样的小兽，不必等打猎的出手，只吩咐猎狗与之周旋，也可以直接生擒活捉。

此时此刻，那只林貂四爪生风，拼了命地狂逃，换谁也得玩儿命啊，逃不掉可就变围脖了！加之林貂灵活迅速，身形小巧，上蹿下跳、闪转腾挪，还会绕着树跑，所以很不好逮。可那几条猎狗跟了四舅爷多年，也不是白给的，可以互相配合，分头包抄围堵，让它顾得了头顾不了腚，三五个回合便将林貂咬住。猎狗通人性，知道咬出窟窿的貂皮不值钱，不敢使劲儿咬，叼住不撒嘴让林貂不能动也就是了。等四舅爷和张保庆追过来，几条猎狗纷纷摇起尾巴找主子请功。林貂狡诈多变，善于装死，这也是一门保命的绝活儿，它打好了主意，让狗咬住之后脑袋爪子一耷拉，一动不动地装死。

四舅爷常年进山捉林貂，知道这玩意儿会装死逃命，喝令猎狗不许松口，从身后摘下背来的笼子，右手戴上一只铁网手套，揪住半死不活的林貂塞了进去。那手套是用一个个细小铁圈编成的，刚柔并济，既不影响穿戴，又能起到防护作用，可以避免被小兽咬伤了手，是掏獾捕貂的专用护具。虽说林貂这东西个头不大，却也是牙尖嘴利，它这一口下去，足以把人的手指咬断。

再说那只林貂装死不成，似乎也明白难逃活命，在笼子里龇牙咧嘴作势吓人，又东蹿西突地乱撞。四舅爷根本不理会它怎么折腾，今天这趟没白来，收获是真不小，拎起笼子哼上小曲下了山。爷儿俩把林貂带回家，当即磨刀开膛，再用小刀一点点剥下貂皮，用水洗干净血污，拿树枝做成一个方形的框子，把貂皮撑开绑在上边，再去掉挂在上面的碎肉，整个过程小心翼翼，生怕刮破了皮子，这叫熟皮子，然后晾在院子里风干做成皮筒子。林貂余下的五脏六腑和肉切成长条，加上佐料煮熟了，放在树枝架子上晾晒成肉干，打算存到过冬，炖菜时再放进去吃，增鲜提味，真是要多香有多香。脑袋、爪子之类的零碎儿喂了那几条猎狗，半点儿没糟蹋。

张保庆跟四舅爷忙前忙后，活剥貂皮时他捂上眼不忍看，先前捡到个鸟蛋塞进包里，到这会儿全然忘在了脑后。四舅爷捉了两巴掌半大小的一条"大叶子"，可把老头儿给乐坏了，打了一辈子猎，从没见过这么大的林貂，以往赶上巴掌大小的就了不得了，这可值了老钱了。他越想心里越高兴，今年准能过个好年，眯起眼"吧嗒吧嗒"地抽烟袋锅子。东北的烟叶子叶片厚实，味道香醇，抽起来过瘾，唯独烟太大，一抽上整个屋子云雾缭绕，呛得人睁不开眼。抽完烟歇够了，四舅爷让老伴儿包饺子，烫壶酒多整俩菜。东北屯子里能有什么菜，也无非松茸蘑菇炖土鸡、木耳炒花菜、酸菜粉条氽白肉、整锅的手扒肉。手扒肉是大块狍子肉放到锅里，拿慢火煨上，接连几天不断火，吃一块用刀割一块，蘸上盐和野韭菜花、野葱调和的肉汤吃，做法很糙，东西可全是好东西，不在这个地方，你想吃也没有。张保庆特别喜爱吃狍子肉，又正是"半大小子吃跑老子"的年纪，吃得多饿得快，看见好吃的就不要命，刚到长白山那俩月吃撑了好几次。老时年间有"吃狍子，得长生"的说法。当天的菜比过年吃得还好，张保庆也乐坏了，甩开腮帮子，吃了个沟满壕平。吃饭的时候，四舅爷特地打开了一坛老烧酒，长白山的烧酒度数极高，入口有如烧红的刀子，故有"烧刀子"之称。四舅爷这个酒封存了好几年，酒性猛烈，遇火能燃，拍开了封泥酒香四溢。老爷子今天高兴，一杯接一杯地喝，来了兴致非让张保庆陪他整两口。张保庆没喝过白酒，奈何推不过躲不掉，加上在山里跑了一天，累得不轻，两杯烧刀子下肚，酒意撞上来，顿觉脑袋昏昏沉沉晕头转向，早已认不得东南西北了，回屋倒在炕上蒙头大睡，跟个死猪一样，天王老子来了也顾不上了，挎包也放在了炕上。

东北屯子里的炕，皆为火蔓子炕，内有土坯烟道，炕下有灶口，上铺席子或毛毡。赶上天寒地冻，屋里没有火蔓子炕住不了人。炕头儿最热，炕尾稍凉，家中来了客，必定让客人坐在炕头儿上以示尊重。每年到了九月份，天气渐冷，山里的火炕就烧上了。张保庆捡回来的蛋装在挎包里，放到火炕上这么暖和，蛋里的东西可就孵出来了。由于头一次喝烈酒，张保庆睡不踏实，心里头火烧火燎的，从胃口一直干到喉咙，撕心裂肺地难受，正当他迷迷糊糊、昏天黑地之际，忽然发觉身边有东西在动，毛毛茸茸、热热乎乎，这是个什么玩意儿？

　　说话到了后半夜，在那个年代，长白山偏远的屯子不通电，更别提电灯了，屋子里黑灯瞎火，伸手不见五指，瞪眼看不见东西，黑得跟锅底似的。张保庆喝了酒睡不踏实，似睡非睡，似醒非醒，迷迷糊糊梦见白天捉的大叶子在咬他。这可把张保庆吓坏了，忙说："捉你的不是我，开膛剥皮的也不是我，肉晾在架子上我一口没吃过，你阴魂不散，该去找四舅爷才对，咱们两个无冤无仇，为什么跟我过不去？"大叶子可不听他怎么说，龇牙咧嘴的只顾对张保庆乱咬，这一人一兽在梦中撕扯开了。几个回合下来，大叶子突然闪出一个空当儿，跳起来一口咬在了张保庆的手上，把张保庆吓得一激灵。张保庆吃了一惊，恍惚中意识到这是个梦，觉得身边有东西在动，拿手扒拉开接着睡，过了一会儿那东西又动起来，他又拿手拨开，反复几个来回。他忽然想起挎包里还有个蛋，白天在山上捡的，差半步就让林貂给吃了，寻思是不是这鸟蛋已然成了形，拿到火炕上一焐，孵出了雏鸟？

　　张保庆急忙睁开眼看，不过这屋里太黑了，什么也看不见。他摸到油灯点上，低下头在这炕上找，发现果真有只刚出壳的小鸟，全身白色，两个大眼炯炯有神，张着嘴像是要吃的，身边还有刚挤碎的蛋壳。这要只是个鸟蛋，没准真让张保庆做了炒蛋，没想到孵出这么只小鸟，估计是这个鸟蛋从巢中掉下来，落在草棵子里，险些让林貂给吃了，怎知螳螂捕蝉，黄雀在后，结果林貂倒被四舅爷的猎狗捉了，剥皮挂到了墙上，这个蛋又让他捡回了屯子。这小鸟也真是命大，经过这一番折腾，还能从蛋里孵出来，万幸没喂了林貂，也没变成炒蛋，这就是命。张保庆见这小鸟挺可怜，舍不得扔下不管，那就权当养来玩儿吧。

想想这就叫命，偷鸟蛋的大叶子怎么也想不到，它自己死在这蛋前边了，而今这只小鸟丢了窝巢，离了双亲，也是孤零零的一个，跟张保庆倒有几分相似。虽然寄住在四舅爷家看似挺自在，可也不是长久之计，总不能一辈子待在这儿不走。这小鸟是碰上好人了，不至于下了汤锅，可他张保庆又将何去何从，天地这么大，何处可以容身？真要上饭庄子当个小学徒，跟老爹老娘似的一碗安稳饭吃到死？想一想都觉得心里憋屈，可再看看自己，文也不成武也不就，到底能干什么呢？唉！眼前自己还不如这只小鸟，它现在满脑子只想吃东西，哪有这些做人的烦恼！

　　张保庆愣了半天回过神来，穿鞋下地四处找吃的喂鸟。他以前养过鸟，知道这雏鸟刚出壳，嗓子眼儿还嫩，谷子、小米肯定吃不下去，吃下去也得噎死，灶上有煮狍子肉的锅，锅中现成的肉汤，用小碗盛出来泡上半个馒头，泡软了拿去喂鸟。别看这么只小鸟，站在炕上却透出一股子精神，怎么看也不是一般的鸟，不肯吃馒头，生下来光吃肉不说，饭量还特别大，每天睁开眼就张嘴要吃的，但凡是肉就行，什么肉都吃。这边的河里有种鲑鱼，肉质鲜美，切成薄片可以生吃，经常出没在浅水，不用钓钩也不用撒网，用石头堆成个漏斗形，等鱼游进去伸手就能抓到，去掉骨刺挂在房前屋后阴干，肉成丝状，味道赛过螃蟹，屯子里经常有刚从河中捕到的鲑鱼。这小鸟一天要吃下一整条鱼，饭量太大了。过了几天，四舅爷瞧见这只鸟，当场看直了眼，这哪是什么鸟啊，分明是只西伯利亚苍鹰！

　　长白山一带自古有鹰猎之俗，鹰猎是指驯鹰捕猎，驯鹰比驯狗难得十倍。谁要是架上只鹰进山狩猎，那可比带条猎狗气派多了。不过训练猎鹰非常之难，老话说"九死一生，难得一鹰"，说的正是驯鹰。

先说这个捉鹰，其中有一整套的规矩和技巧，过去的人迷信，捕鹰之前必先烧香上供，上山之后在极险峻之处布网，网中间拴上一只活兔子或者山鸡，人再隐蔽起来，眼睛一刻也不能离开鹰网，就得那么盯着，一旦有了落网的鹰，立马过去捉住，以免它在挣脱之际伤损羽翼。很多时候一等就是十天半个月，诱饵死了还得赶紧换个活的，这个过程叫作"蹲鹰"。如果说碰巧蹲到一只鹰，先拜谢过山神爷，再小心翼翼把山鹰装在"鹰紧子"里困住，一根羽毛也不能损坏。给鹰头上套个皮套，也叫"鹰帽儿"，遮住鹰的双眼，不能让它瞧见东西。带到家中先过秤，记下这只鹰有多重，接下来还得"熬鹰"。东北那边形容一个人长时间不睡觉为"熬鹰"，就是指不让鹰睡觉。刚捉回来的鹰必须有人二十四小时熬它，不让它打盹儿，直到熬得精疲力竭，才给这鹰吞麻轴，再到上架过拳，招之即来，挥之即去，起码要一年时间。鹰巢皆在人迹不至的悬崖绝壁上，想掏雏鹰几乎是不可能的，偶尔捉到一只刚长全了羽毛还不太会飞的落巢鹰，那也相当于捡到宝了。因此四舅爷说张保庆有机缘找到一只刚出壳的雏鹰，驯起来可比后来逮的鹰容易多了。

这只小鹰长得也快，不久已经会飞了，羽翼渐丰，一身白羽白翎，站在张保庆肩膀上目射金光、神威凛凛，四舅爷见了更是惊叹，因为山里人认为白鹰是神！

第二章
冰封的大山

1

前文书说张保庆住在长白山四舅爷家，有一次上山打猎抓了一只大叶子。要说什么人什么命，可巧不巧让他捡到一个鸟蛋，没想到孵出了一只白鹰。从火炕上孵出的小白鹰只认张保庆，许是它一出世看见的就是张保庆，别人一概不认，哪儿也不去，成天在张保庆的身上、头上蹦来蹦去，谁近前它就啄谁，这一人一鹰可以说是寸步不离。

不知不觉过了一年，长白山九月便飞雪，到了冬季，天寒地冻，滴水成冰，冰雪覆盖着森林和原野，同时也遮盖住了野兽的踪迹，到这时候猎犬就没什么用了，能够在林海雪原上翱翔的只有猎鹰，它们飞上山巅，敏锐无比的目光穿过白茫茫的森林和风雪弥漫的草甸，搜寻一切可以活动的猎物。酷寒之下，饥饿迫使雪兔、狐狸从窝中出来觅食。猎鹰一旦发现猎物，便飞到上空盘旋，只等待猎人一声呼喝，它们就会立即从空中呼啸而下直扑猎物，十拿九稳，基本上没有失手的时候。长白山的原始森林深处，至今保持着古老的狩猎传统。进入冬季，鹰屯的猎人们骑马架鹰结伙进山，储备用于过年的猎物，而在出发之前，还要举办萨满法会，以保佑进山打猎的人平平安安、满载而归。张保庆也带着他的白鹰去凑热闹，搭乘雪爬犁到了鹰屯。当地的猎人常年捕鹰、驯鹰，个儿顶个儿是鹰把式。常言道"物以类聚，人以群分"，同行同好之间才有话题可聊，你这东西怎么好也只有他们才明白。众人见张保庆的白鹰全身白羽、嘴似乌金，两只鹰爪白中透亮，这有个说法，称为"玉爪"，实属罕见。这种鹰与生俱来迅猛凌厉，上可一飞冲天抓云中燕雀，下可疾如流星捕傍地灵狐。别看鹰屯里有这么多猎鹰，你六个是半打，十二个半打捆一块儿再翻一倍，顶不上人家这只白鹰的一根毛。白鹰在关外极为罕见，可遇而不可求，大多数猎户一辈子也见不到一次白鹰。据说白山黑水间的"万鹰之神"海东青也是一种白鹰，身体巨大、威猛无敌，是至高无上的天神化身，在过去可以说是国宝，皇上身边才有，如今绝迹已久，踪迹难寻。当场就有猎户拿貂皮、人参来换，张保庆说什么也不肯，他跟这只鹰天天在一起，一年下来感情已深，如兄似弟，如胶似漆，亲哥儿俩一般，谁也离不开谁。

鹰屯有个跳萨满打法鼓的老太太，满脸皱纹堆累，一脸的褶子跟枯树皮相仿，老得都看不出岁数了，身上穿盔甲，外罩一件花花绿绿的宽大袍子，扎五彩条裙，裙上挂了九面青铜镜、九个小铜铃，背插五彩小旗，头上戴着一顶鹿皮帽子，上嵌黄铜鹰徽，手握羊皮鼓，鼓柄上挂有很多小铁环，口中念念有词，手持法鼓，一边敲打一边连唱带跳，声势惊人。老萨满唱罢神咒，也来看张保庆的白鹰，又带他进了一座神庙，想听他说一说白鹰的来历。神庙是整个屯子最大的一座土屋，屋中火炕、炉灶一应俱全，只不过摆设特殊：墙上整整齐齐挂了好几件萨满神袍，上绣日月星云、飞禽走兽；桌子上摆放的几顶神帽各不相同，有的顶着鹿角，有的绘着游鱼，下垂飘带五颜六色；法鼓、铃铛、铜镜、神杵，以及各种张保庆叫不上名字的法器，分列在桌子两边；一张张恶鬼般的面具挂在墙上有些瘆人；墙壁正中间供了一幅画像，描绘了一个鹰面人身的仙女，服饰奇异、脚踏祥云、百鸟围绕；画像前摆满了供品，两厢分插八面不同颜色的神旗，分别绘有鹰、蟒、蛇、雕、狼、虫、虎、豺。

张保庆不敢在老萨满面前隐瞒，把他如何跟四舅爷进山捉大叶子、如何捡到个鸟蛋、如何在火炕上孵出这只小白鹰，一五一十说了一遍。跳萨满的老太太听罢连连点头，告诉张保庆："白鹰非比寻常，可保你逢凶化吉、遇难呈祥，这是你的福分！"说罢又打躺箱中掏出一个狍子皮口袋，递在张保庆手中，打开一看，竟是全套的鹰具：牛皮鹰帽儿、冲天甩的皮穗、麂子皮的鹰脚绊、黄铜的鹰铃、紫铜的鹰哨，架鹰用的皮手套头层牛皮压花，上边嵌了和萨满神帽上一样的鹰徽，锃亮锃亮的，全是有年头儿的老物件，一股脑儿都给了张保庆。张保庆喜出望外，恭恭敬敬接过鹰具，给老萨满磕了好几个响头。从此他也架上鹰出去逮山鸡、野兔，可不敢往远了去，仅在屯子附近玩，又没正经跟鹰把式学过，只照葫芦画瓢把罩了鹰帽的白鹰架在手臂上，看见远处有猎物，才摘下鹰帽放出白鹰，这叫"不见兔子不撒鹰"。白鹰扑逮猎物，快得如同打闪纫针。什么叫"打闪纫针"？这是关外形容动作快。比方说深更半夜屋里没有灯，外面正下雨，左手拿针右手拿线，想要穿针引线奈何什么也看不见，那怎么办？等来半空中一道闪电，屋子里亮这么一下，在这一瞬间把线穿过去，你说快不快吧？张保庆这只白鹰就这么快！

而周围屯子里的猎户都知道张保庆这只白鹰，眼馋得哈喇子流出二尺半。尤其是鹰屯那些鹰把式，想想那只白鹰，再低头看看自己手上这只鹰，感觉也就是比鹌鹑多长个尾巴，都不好意思带出去现眼。真有气迷了心的，天天上山扒草棵子找鹰蛋，可是哪有那么好找的？偶尔找到一两枚蛋，孵出来的不是山鸡就是野鸟，没少闹笑话。

一晃到了寒冬腊月，大雪纷飞，眼瞅到年下了。关东年俗尤重，讲究过大年，从腊八开始，一直出了正月，全在年里，一进了腊月门就开始办年货。这一天，四舅爷和老伴儿套上骒马拉的大车，出去赶集置办年货。山里人赶趟集不容易，连去带回怎么也得个三五天，留下张保庆在屯子里看家。四舅爷临走千叮咛万嘱咐，让他这几天别进山，这几天风头不对，怕是要变天。张保庆满口答应，只在屯子外边放鹰纵狗。

这天早上，张保庆架上白鹰在林子边溜达，百无聊赖之际，迎面来了两人，是鹰屯里的一对兄妹，也是养鹰的猎户，跟张保庆彼此认识，可没怎么打过交道。这两个人就是之前给了张保庆全套鹰具的老萨满的孙子孙女，当哥的叫二鼻子，小时候把鼻子冻坏了，天一冷鼻涕就堵不住，大鼻涕流过了河也不知道擤，光拿两个袄袖子蹭，一冬天下来两个袖口锃光瓦亮，说话齉齉鼻子，大排行老二，因此叫他二鼻子。二鼻子的妹妹叫菜瓜，山里的姑娘大多是这种名字，认为贱名才养得大，名字起得太好，怕让阎王爷记住。别看是个山里姑娘，长得挺水灵，一对大眼，齿白唇红，怎么看也不像跟二鼻子是一家人。

别人都夸张保庆的白鹰威猛，这小子也到处吹，说得好似我佛如来身边的金翅大鹏也没他这只鹰厉害。二鼻子却看不上，他们家祖上曾经跟随老汗王努尔哈赤起兵征战，拽着龙尾巴进山海关打下了大清朝的天下，先祖能骑射鹰猎的传统保持了千百年。到了清末，他的老祖宗还在给皇上家打官围，祖传的绝技，能力发双箭、肩架双鹰，在长白山里叱咤风云，什么"一猪二熊三老虎"，见了他们家的鹰都远远儿地躲起来。他二鼻子起早贪黑驯出的猎鹰百里挑一，怎么会不如张保庆在山里捡回来的鹰？本来他奶奶老萨满视为珍宝的鹰具该是传给他的，不承想一见白鹰全都给了张保庆，二鼻子一直在心里较劲儿，想找个机会跟张保庆比上一把。

且说当天，二鼻子和菜瓜背弓插箭，带了狍子皮的"仙人住"，穿得严严实实，肩头各架一只铁羽苍鹰，正要到森林中去捉雉鸡，准备过年炖了吃。一路往山里走，经过四舅爷家的屯子，正撞见张保庆。二鼻子心想，选日不如撞日，便问张保庆敢不敢上山比一比，看谁的猎鹰厉害。张保庆斜看了二鼻子一眼："凭你那两只草鸡土鸟，也配跟我的鹰比？"

二鼻子说："保庆，你小子就会耍嘴皮子，腿上拔根汗毛你都能当哨儿吹，嘴皮子好使可不能当黏豆包吃，咱别整这没用的，敢不敢比你给句痛快话！"

张保庆让二鼻子拿话一激，心里头这火儿可就上来了："比就比，我还怕了你们那俩长尾巴鹌鹑不成？"马上跑回家穿严实了，捂好狗皮帽子，顺手拿了四舅爷的"仙人住"——所谓的"仙人住"，是种狍子皮睡袋，危难时躲在其中可避风雪——又把老萨满给他的鹰具带上，同二鼻子兄妹蹚着齐膝深的积雪，翻山越岭往密林深处走。

当天的天气不错，晴空白云，没有风，也不是很冷，湛蓝的天空，显得格外高远，令人心旷神怡。三个人在原始森林中越走越远，走到一个冰冻的大瀑布上方，但见周围冰雪覆盖，万物沉寂，冻住的瀑布犹如一条玉龙，一头扎入深山老林，在阳光的照射之下晶莹剔透，壮丽无比。张保庆看得心驰神往，把四舅爷嘱咐的话全扔在了脑后，一心只想和二鼻子分个高下。他举目四顾，看了一阵子，转头问二鼻子："二鼻子，你说怎么比吧，谁的猎鹰捉的雉鸡多谁赢？"

二鼻子说："捉雉鸡那多不带劲儿，要比就让猎鹰到雪窝子里逮狐狸，咱也不比谁多谁少，谁逮的狐狸大算谁有本事！咋样？"

张保庆说："二鼻子你流鼻涕流太多了吧，是不是把脑浆子一块儿流出来了？这么深的积雪，上哪儿找狐狸去？"

二鼻子拿手往冰瀑底下一指，说道："说你虎了吧唧的你还不愿意听，我告诉你，这下边有狐狸，就怕你没胆子去，咱把话说头里，不敢去也算输。"说完抱起肩膀一脸得意地瞅着张保庆。

张保庆这个脾气禀性，宁让人打死，不让人吓死，杀七个宰八个胳肢窝底下还能夹死俩，谁他都不服，又在山里待了这段时间，成天往老林子里钻，自诩为半个山大王，何况还有白鹰相助，怎么能让二鼻子叫住了板？他脑袋瓜子一热，当下对二鼻子说："只要你有胆子去，我一定奉陪到底！"

菜瓜一听二鼻子和张保庆斗气打赌，要带猎鹰下去捉狐狸，吓得脸色都变了，几百年来谁敢进入冰冻瀑布下的山谷？

2

书接上文，话复前言，张保庆的鹰可了不得，一向被山中猎户奉为神明，他自己更是得意，觉得除了这只白鹰，别的鹰都是土鸡、草鸟、长尾巴鹌鹑。鹰屯的二鼻子不服气，他和张保庆打赌，前往冰瀑下的雪谷捉狐狸。冻结的高山瀑布，形同身披冰甲玉带的巨龙，翻过高山一头扎进莽莽林海，落差将近两三百米，分成好几层，一层一个近乎垂直的斜坡，深处云雾缭绕，两侧高山巍峨陡峭，站在高处往下看，如临万丈深渊，令人头晕目眩。

此处唤作"老龙口"，深处是条河谷，周围是层层叠叠的群山，森林和雪原等地貌在其中交错分布，严冬时节积雪太深，猎狗进不去，猎鹰很容易撞到树或山壁上，四处白雪皑皑，树木密集之处连个下脚的地方都没有，人到里头很容易迷路，狡猾诡变的狐狸为了避开天敌，习惯将深谷当作巢穴过冬。

张保庆曾听四舅爷说过，大瀑布是从深山之内涌出的冰河，当年关东军曾经在此屠杀大批朝鲜族抗日游击队，日军将捉来的游击队员五花大绑扔下冰河，活人扔下去，不等落到谷底就冻成了冰棍。很多年前河道塌陷形成深谷，由于年代深远，谷底已被植物次生代谢物覆盖，而且其下还有很多无底的雪洞，那是山体裂缝上覆盖的浮雪，一脚踏空掉进去连尸首都找不到，又相传有鬼怪作祟，危机四伏，纵然是经验丰富的猎人也不敢冒险进入。二鼻子要下去捉狐狸，岂不是活腻了找死？

不过之前说了大话，张保庆心里虽然后悔，但是依照他的性格，说出去的话等于泼出去的水，那是无论如何也不可能再往回收了。他想了一想，找个借口说："下去捉狐狸正合我的心意，可是你们俩没有猎枪，只带了弓箭，万一……万一遇上熊，又该怎么对付？"

二鼻子说："瞅把你吓得，这不还没下去吗？下去也不可能遇到黑瞎子，这么冷的天，黑瞎子早躲进树洞猫冬去了！"

张保庆本想说："冬天也有人在山里遇到熊，如果有一只躲在树洞中冬眠的熊瞎子被意外惊醒，进而狂性大发，那是谁都惹不起的；另外据传五六十年代边境对面闹饥荒，树皮都让人扒下来吃没了，那边的熊饿急眼了，下了大雪还不蹲仓，却跑到长白山这边找吃的，遇上人抱住了舔一口，半张脸就没了。"可他一听二鼻子话里话外这意思是小瞧自己，话到嘴边，却无论如何说不出来。

他们二人不顾菜瓜的劝阻，击掌为誓，打定主意要进深谷，是死是活各安天命，非见个高低输赢不可。但这一路进山，在森林中走了一天，眼看日头往西沉了，他们胆子再大也不敢半夜下谷，只得先找处背风的山坳过夜。

天一黑下来，山里气温骤降，山坳可以背风，却挡不住严寒，转眼间温度降至零下二十几度，这可不是闹着玩儿的，三个人的眼睫毛上很快冻出一层白霜，二鼻子的两行清鼻涕也变成了两道冰挂。长白山的猎人冰里生雪里长，自有对付严寒的法子。二鼻子带头动手，先掏个屋子模样的雪洞，把雪拍瓷实了，又出去抱了一大堆乌拉草回来，撒到雪屋的四周。都知道关外有三宝，可人参、貂皮这前两件宝贝从古至今都不是寻常人家用得起的，唯独乌拉草随处可见，到了冬天枯萎变干，塞在靴子里既防寒保暖又透气吸汗，用来铺床、续被也是又轻又软。但张保庆不明白二鼻子将乌拉草铺在雪屋外边为的是什么。菜瓜抓了两把乌拉草帮张宝庆塞到靴子里，告诉他长白山里有一种猛兽，东北话叫"豹狗子"，也就是花豹，神出鬼没、极为罕见，这东西体形虽不及老虎大，却凶猛无比，追击猎物的速度奇快，山里没有任何野兽跑得过它，而且善于攀爬，逮住了猎物拖上树挂在树杈子上慢慢吃。一头成年的豹狗子单挑一个大活人不费吹灰之力，别的大兽也不会去主动招惹它。不知道出于什么原因，豹狗子最爱往乌拉草上撒尿，所以在山里过夜的猎人除了生火以外，都用乌拉草来防御猛兽。

二鼻子兄妹在雪洞中笼起一个火堆，铺上狍子皮睡袋钻进去，捂好狗皮帽子围火而坐。当地人遇上大雪封山或追击猎物迷路的时候，往往会掏个雪屋抵御酷寒，钻到里面任凭外面风吹狼嗥也不在乎。二鼻子兄妹一边生火，一边用松枝做雪鞋，深谷中积雪没膝，加之没有人迹，积雪松松散散，走上去一步一陷，行动受到极大限制，因此要做这种简易的雪鞋，无非是将带叶子的松枝横竖绑成一个船型，固定在靴子底下，以便于在积雪上行走。菜瓜也给张保庆做了一双雪鞋，又抓来雪块放到锅里，架到火上煮得热气腾腾，喝了可以取暖。

张保庆从没住过这样的雪屋，他是大姑娘上轿头一回，只见头顶和四周银装白壁，晶莹通透，上下左右全是冰雪，二鼻子兄妹将热滚滚的锅子放在雪屋中煮水喝，雪屋不仅没有融化，热气升到屋顶突然遇冷，反而变成冰屑缓缓飘下，到处白雾蒙蒙，真好似做梦一般。

菜瓜又拿出带来的刨花鱼，三个人坐在雪屋中吃了充饥。那是剥皮之后冻成冰棍儿的哲罗鲑，三五尺长一条，用刀削成刨花儿似的薄片，蘸点儿野辣椒直接放到嘴里，吃起来格外鲜凉爽口。长白山的猎人冬天进山，总要带上几条冻得梆硬的鱼。吃过鱼肉，剩下的鱼骨、鱼头放到热锅里加上山辣椒和血肠一起煮，一口下去热辣辣、滑溜溜，冰天雪地中喝上这么一大碗，别提有多暖和了。二鼻子掏出一瓶"闷倒驴"，他自己先喝了几口，递给张保庆，让他也整上两口。张保庆不大会喝酒，却不肯在二鼻子面前认栽，闭眼一仰脖儿，喝下去一大口烈酒，呛得他脸红脖子粗，不住地咳嗽，二鼻子兄妹俩笑作一团。三人吃饱喝足了开始唠嗑儿。张保庆虽然说了大话，约定明天进入深谷放鹰捉狐狸，跟二鼻子比一比谁的鹰厉害，实际上他心里挺没底，二鼻子兄妹毕竟是鹰屯的猎户，带出来的两只铁羽黑鹰怎么看也不孬，他的白鹰从没逮过狐狸，他也没这方面的经验，万一输给二鼻子如何是好？何况深谷中危机四伏，一旦遇上黑瞎子、豹子、老虎之类的猛兽，岂不丢了性命？

此外还有一节，进山打狐狸非比寻常，民间自古有"鬼狐仙怪"这么一说，四者之中唯"狐"是真。狐狸这东西不比山鸡野兔，成了仙得了道的狐狸精，头顶上拔根毛儿便可取人性命。张保庆听四舅爷讲过一件打狐狸遭报应的事情，这还真不是迷信，屯子里没人见过狐狸精，却都认得东山看套子的老洞狗子，他那只眼珠子就是让狐狸给摘去了！

3

前文书说到张保庆和二鼻子兄妹走了一天，来到老龙口冰瀑的时候，眼见天快黑了，三人掏了个雪窝子过夜。张保庆一路上忐忑不安，无奈话已出口，牛也吹上天了，再说不去可抹不开面子。他想劝二鼻子别去逮狐狸，又不好直言，于是把这个故事添油加醋地讲了出来。

在长白山一带习惯将伐木称为"倒套子"。下过雪之后最适合倒套子：首先，冬天树叶子都掉光了，视野开阔不容易出危险；其次，可以借助雪运送木材，人拖的叫人套子，马拉的叫马套子，在林海雪原中怎么运都方便。因此天气越冷，林场里干活儿的人越多。不过一过腊月二十三，倒套子的工人们领完工钱回家过年，成堆的木材放在东山，只留下一个老光棍儿看守，这叫"看套子的"。在东山看套子的这位，如今七十多岁，不是长白山本地人，好像是打兴安岭那边过来的，一辈子没结过婚，不知道媳妇儿是个啥滋味，终年累月一个人猫在林场小屋。这种常年蹲山沟的老光棍儿，在当地方言土语中又叫"老洞狗子"。

咱们说的这个老洞狗子，当初也年轻过，三十多岁刚到长白山的时候，别提人长得怎么样，至少是囫囵个儿的，如果说想娶媳妇儿，没准还真有人愿意跟他。后来打狐狸丢了只眼珠子，脸上成天扣一黑眼罩，如同刚从山上下来的胡子，谁见了都怕，可怜到老也没娶上媳妇儿。想当年他初来乍到，在东山林场看套子，他这个活儿并不累，可是挣的钱不多，还得耐得住孤单寂寞，尤其到了伏天，一连几个月，只有一个人守着一片老林子，深山中野兽不少，却没有一个可以说话解闷儿的人。山上看套子的都有枪，一来防范猛兽，二来吓唬偷木头的贼。老洞狗子也是打猎的出身，不仅会打枪，"下对儿"更是一把好手。那位问了，什么叫"下对儿"啊？说白了无外乎下套放夹子，这一手最看眼力，深山老林中的兽踪兽迹，你瞧得出才跟得上。老洞狗子下对儿下得那叫一个准，尤其是逮兔子，山里的兔子只走一条道，他在这条道上拴根细铁丝，中间窝成一个环形，估摸好兔子脑袋有多高，两边往树上一缠，等兔子来了一头撞进去，便再也无法挣脱。老洞狗子头一天下好了对儿，转天再去遛对儿捡兔子，拎回看套子住的窝棚，鼓捣熟了打打牙祭。不过兔子皮不值钱，如若想多挣俩钱儿，那还得说是打狐狸。山里人不敢轻易打狐狸，要打也行，有几样忌讳不能犯。首先来说，黑狐、白狐不能打，此乃异色，按迷信说法这是有道行的，打了会遭报应；其次，肚子里有崽儿的不能打，那么做太损阴德；再者要看清楚雪地上的爪子印有几瓣，四瓣的可以打，五瓣则是得了道的，说什么也不能打！

老洞狗子是个贼大胆，胆子不大岂敢一个人看套子？莽莽林海中杳无人烟，天一黑下来，方圆百十里仅有这一盏小油灯。他自恃穷光棍儿一条，因此百无禁忌，从来不信鬼神。有这么一次，他见雪地上有一串狐狸足印，仔细一看这狐狸可不小，脚印大小与人的手掌相仿，而且分成五瓣，是个够年头的老狐狸。老洞狗子没那么多忌讳，心想这张皮子必定又大又厚实，带下山卖掉，少说够我几个月的嚼谷！他见猎心喜，寻迹追踪找到一个狐狸洞，洞口不大，却深不见底，周围没有雪，地面踩得挺平。老洞狗子常年打猎，经验老到，知道此乃狐狸进进出出的必经之路，不过狐狸狡诈，不可能仅有一个洞口，所谓狡兔三窟，打狐狸也一样。他先找到另外几个洞口，拿东西堵严实了，又在主洞外边下了一个铁咬，以一条极细的铁丝连接。下好了对儿，哼起二人转回了窝棚，只等转天来拎狐狸。

且说次日清晨，老洞狗子上山去看情况，到洞口一瞧傻眼了，昨天下的铁咬没动过，仍旧稳稳当当待在原地。他转念一想，这老狐狸兴许识得这东西，饿了一天没敢出来，以前遇上过这样的情况，那也没什么，大不了多等上几天，不信这狐狸一辈子躲在洞里不出来。一晃又过了三天，铁咬上连根狐狸毛也没有，老洞狗子这才觉得情况不对，找遍周围没有别的洞口了，这么冷的天，土层冻得梆硬，狐狸也不可能再掏个洞出去，这不奇了怪了？难道这狐狸长了翅膀飞了？

这老洞狗子就是个拧种，偏偏不信邪，非要把这狐狸弄到手。这一天带好了干粮、睡袋上山，躲到一处隐蔽的地方，死死盯住洞口，不信这狐狸不出来找吃的！他的鼻涕眼泪都冻下来了，却也没见有什么风吹草动，一直守到夜半三更，但见洞口出来一个毛茸茸的尖嘴。他在月光之下看得分明，这个嘴头子又黑又亮，相传狐狸活的年头太久，嘴岔子会变黑，那是有道行了，搁别人早吓坏了，老洞狗子却贪心更盛，脑中只有一个念头——哎呀我的天老爷，这样的狐狸皮子值老钱了！

他财迷心窍，不顾死活，沉住气一动不动，瞪大了两只眼，死死盯住洞口，估计这狐狸今天饿得受不了了，迟早得出来，那就等吧，看谁能耗得过谁。怎知狐狸不上当，探出头来待了一会儿又缩入洞中。他见这狐狸在洞口进进出出了十几次，隐隐约约觉得不对，可又不知道狐狸想干什么，正纳闷儿呢，忽然间黑影一闪，洞中"嗖"的一下蹿出一只全身黑毛的大狐狸，落在地上对躲在一旁的老洞狗子龇了龇牙，转过头扬长而去。老洞狗子吓得一激灵，这狐狸也太大了，跟个小黑驴似的，铁咬挡住的洞口如此狭窄，这么大的狐狸怎么可能一跃而出？他当时也顾不得多想，急忙上前查看，只见铁夹子放在洞口没有触发，心中这叫一个奇怪。他这铁咬百试百灵从来没失过手啊！绝对是威力无比，今天怎么不灵了？再仔细一看，不由得惊出一身冷汗，细铁丝和铁咬连接之处结了一个小冰疙瘩，正好把机关给冻住了，原来狐狸明白天寒地冻，几次三番探出头来，对这铁夹子呵气，冻住了洞口的机关。这东西也太鬼道了！无奈眼下狐狸跑了，追也追不上，只得拎起夹子，蔫头耷脑地下了山。

常言道"吃一堑，长一智"，遇上这么个难缠的东西，脑子比人都好使，多半是快成精了，本该趁早住手，老洞狗子却跟这狐狸较上劲儿了，起誓发愿非要得了这张皮子不可，能想到的招儿都用上了，却始终没有得手，这一人一狐的仇越结越深。

转眼到了开春，倒套子的人陆续回林场干活儿，老洞狗子一个人待惯了，不愿意跟人打交道，成天钻老林子，捉山鸡、逮兔子、哨鹿、打狍子，走得深了远了，就不回来了，常常在山上过夜。话说有这么一天，老洞狗子打了一天的猎，腰里挂了好几只山鸡、野兔，抬头看看天已擦黑，嘴里哼哼唧唧往回走，半路上见到一处"马架子"。所谓的"马架子"，是一种简易住处，比窝棚好点儿，外形轮廓如同卧马，故此得名。关外采山珍或者打猎的人，在山上一待三五个月，常搭一个"马架子"挡风遮雨。老洞狗子身上带的干粮已经吃完了，打来的野鸡、野兔又不能生吃，因为山上不能生火，尤其是在春天，天干物燥，一个火星子都有可能引发林火，见眼前有个马架子，便想进去借火做饭，再寻个宿处。他打定主意行至近前，这才看出是个空马架子。当地有句俗话"宁蹲老树洞子，不睡空马架子"，因为这是在深山老林，无人居住的空马架子，说不定会进去什么东西。

老洞狗子从来不信邪，抬手一推马架子的柴门，"吱呀呀"一声响左右分开。关外的门大多往里开，以防大雪封门推不动。迈步进去，一瞧屋里头挺齐全，有炕有灶，有锅有碗，墙上还挂了一盏油灯，也不知道有没有主人。他不敢造次，坐在板凳上等吧，等到定更天前后，仍不见有人回来，人等得了肚子可等不了，饿得前心贴后心"咕噜噜"直打鼓。老洞狗子心说：我也别等了，都是上山打猎的，人不亲手艺还亲呢！真不拿自己当外人，拎上一只山鸡走到屋外，煺毛开膛拾掇利索了，看门口晾着一筐笋干松蘑，随手抓起一把，又从水缸里舀了两瓢水，开始在锅台灶眼上炖山鸡。老时年间，山上打猎的有个规矩，不闭门不上锁，现成的柴米油盐放在灶台上，行路之人半夜三更没地方可去，可以推门进来自己做饭吃，如若是地方富余，打个小宿借住一晚，第二天早起赶路，连个打招呼都不用跟主家打。

赶等鸡汤的鲜味一出来，老洞狗子哈喇子直流，这一天下来真饿透了，匆匆忙忙灭掉灶火，往锅里抓了一把大盐，用马勺搅和匀了，热气腾腾，香味扑鼻，大号儿的粗瓷碗拿过来，连干带稀盛上满满一大碗，坐在凳子上就是一通狼吞虎咽。别看做法不讲究，架不住山鸡肉嫩，松蘑又鲜，绝对称得上一等一的美味。老洞狗子随身带的烧刀子，连吃带喝，把一只山鸡啃得干干净净，塞至沟满壕平，张开嘴都能看见嗓子眼儿里的鸡爪子，方才觉得心满意足。他一边打饱嗝儿，一边将鸡骨头、鸡毛、杂七杂八的零碎儿敛成一堆，上马架子后边刨坑埋严实了，这么做是为了避免引来野兽。忙完回到屋里抽了一袋子关东烟，往鞋底子上磕打了几下烟袋锅子，猎枪竖放在墙边，倒在炕上和衣而眠。

他烧刀子没少喝，半夜叫渴再加上抽了烟袋锅子，更觉得烧心，烙饼一般翻来覆去睡不踏实，有心起来找水又懒得动，也不知过了多久，恍恍惚惚发觉身边有响动，他还以为是马架子的主人回来了，迷迷糊糊抬眼皮这么一看，哪有什么人啊！油灯昏暗的光亮下，先前那只大黑狐狸人立在屋中，两个前爪撑墙，睁一目眇一目正往他那杆猎枪的枪筒子里看。

老洞狗子吃了一惊，心想：这畜生还想拿枪打我不成？这才意识到来者不善，豁出去这张皮子打花了，也不能放过它，说什么今天也得打死这只大狐狸！想罢大喝一声，从炕上跳起身来。狐狸没等他下地，一闪身从门底下钻了出去。老洞狗子鞋都没顾得上穿，提枪踹开屋门，月光下见那狐狸还没跑远，忙端起猎枪瞄准狐狸，心说：既然你作死，可也别怪我心黑手狠！当即右手扣住扳机往后一搂，只听"轰"的一声响，狐狸没中枪，老洞狗子却满脸是血倒地不起。怎么回事？原来狐狸不知道用什么东西堵住了他的枪口，他这一扣扳机不要紧，枪管子炸飞了花，这一下纵然没要了他的命，却活生生炸出了他的一只眼珠子，连筋带肉耷拉在脸上。趁他倒地惨叫之际，狐狸突然扑上来，一口叼走了他脸上这只眼珠子。

转天有几个结伴上山的猎人，见到昏死在地的老洞狗子，这个人满脸是血，脸皮都炸黑了，其中一边眼眶子中空空如也，血肉模糊，伸手一摸心口窝子还没凉透，赶紧用树枝子绑了个担架，把他抬回林场窝棚，好歹保住了一条命。当天晚上老洞狗子做了个怪梦，一个全身黑衣的老头儿跟他吹胡子瞪眼："好小子，你以往多伤我子孙性命，我没去找你，你倒来招惹我，非得要我的命，认得我是谁吗？我是你胡三太爷，既然你有眼无珠，我先摘你一个眼珠子，再有下次我要你的命！"说罢一抖袍袖踪迹全无。老洞狗子一惊而起，连伤带吓，一条命剩不下一半，躺了半年没下炕，从此之后再也不敢打狐狸了，别说不敢打，听见"狐狸"这俩字就浑身哆嗦，只好老老实实待在林场看套子，直至今时今日。

4

张保庆把老洞狗子的遭遇添油加醋讲了一遍，绘声绘色唾沫横飞，话里话外的意思是狐狸不能随便打。不过二鼻子是在鹰屯长大的猎户，祖祖辈辈以射猎为生，怎么能让张保庆这点儿唾沫星子唬住？何况二鼻子也认得东山的老洞狗子，这个老光棍儿自打来到林场就是一只眼，没人知道他那个眼珠子是怎么丢的，这套说辞多半是他自己编出来吓唬小孩子的瞎话，二鼻子就听说过另一种版本：

老洞狗子是个在林场看套子的老光棍儿，又是个外来人，在当地一无亲二无故，也很少有人愿意跟他来往，因此此人能占便宜决不吃亏，手脚还不干净，小偷小摸、顺手牵羊，软的欺负硬的怕，能讹就讹、得坑就坑，什么缺德事儿都干。据说这个老洞狗子也是打猎的出身，平时钻山入林打猎为生，别看人性不行，但是寸有所长，尺有所短，此人也有行的地方，头一个是脑子好使，不过没用在正道上，一肚子阴损坏的鬼主意；二一个就是枪杆子直溜，山上的飞禽走兽，遇到他难逃活命，当真称得上弹无虚发。

自古以来，打猎的靠山吃山，无不信奉一个道理——山上一草一木都是山神爷的，打猎是靠山神爷赏饭吃，下手的时候要留有余地，绝不能见什么打什么。飞禽也好走兽也好，一次只能打一只，无论猎物是大是小，一个山头只可以放一枪，不够吃的再去别的山头打，宁可费脚力也不能坏了规矩。老洞狗子却不信这一套，不分大小公母，有什么打什么，见什么打什么，放滚地笼、下绝户网，打多少也不嫌多，这座山打绝了再去打下座山，反正谁也没见过山神爷长什么样。

按说像老洞狗子这样的坏种应该受一辈子穷，没想到让他撞上一个发大财的机会。以前他还没来长白山看套子的时候，在崇阳沟打猎。沟口有片瓜田，关外昼夜温差大、光照充足，种出来的瓜又沙又甜，不过成熟的时间相对较晚，要到农历七月份才最好吃。咱们说的这片瓜田中间有个窝棚，住了一个看瓜的叫吴老六，一辈子没儿没女，老伴儿又死得早，到了收瓜的时候干脆连家也不回了，一个人住在窝棚看守瓜地，倒不是怕有人偷吃，一个瓜十几斤重，一个人能吃多少？来来往往又都是十里八乡的人，低头不见抬头见的，谁渴了摘个瓜吃也没什么，只是要防备獾子、野猪之类的，这些个东西专门糟蹋庄稼，如果让它们从瓜地这头拱到那头，那个损失可不小。

　　看瓜的吴老六一个人住窝棚守瓜田，深居简出十分寂寞，待闷了就好喝两口。人这酒量是天生的，酒瘾却是喝出来的，越喝瘾越大。看瓜的打年轻就爱喝酒，如今上了岁数，一天不喝酒嗓子眼儿里就跟有个小手儿挠似的，要多难受有多难受。

　　话说这一天，吴老六在瓜田中捉到两只鹌鹑，拾掇干净了，一根木棍子上串一只，在窝棚外边架起火来烤得喷香，酒葫芦中满满当当装足了酒，坐在门口一边看着瓜田一边连吃带喝。夏天的鹌鹑特别肥，吃得他满嘴冒油，酒也喝了不少，吃饱喝足了抬头看看天色，已经后半夜了，瓜田中没什么动静，正想起身回窝棚睡觉。就在这时候，走过来一只大狐狸，狐狸是狐狸，跟野外看见的可不一样，不知道从哪儿叼来一件破褂子披在自己身上，人立而行，走到近前口作人言，问吴老六："你看我像人吗？"

　　有句话叫"酒壮怂人胆"，说得一点儿不错，平常越窝囊的人，喝多了胆子越大。看瓜的吴老六此时喝得迷迷糊糊，听见狐狸开口说话，不但没害怕，反而"扑哧"一下乐了，心说：这东西有意思，身上披个破褂子除了窟窿就是补丁，一只胳膊有袖子一只胳膊没袖子，样子十分可笑。他想也没想，顺口答了一句："不像！哪有个人样啊？"再看狐狸一溜烟儿跑了，他又坐在地上傻乐了半天，这才回屋睡觉。转过天来酒醒了，把这件事儿也扔在脑后了。

晚上吴老六仍坐在窝棚外边看瓜喝酒，头天的鹌鹑把馋虫勾上来了，今天在树林子里套了一只野兔，开膛剥皮，刷上盐水和辣椒，烤得金黄焦脆，又打了一壶酒，守在瓜田旁边连吃带喝。大约还是后半夜，昨天那只狐狸又来了，今天倒没穿褂子，两条后腿上蹬了一条破裤头儿，尾巴没地方搁，从一边的裤腿儿中伸出来，路都走不利索了，一跑一颠地来到吴老六跟前，仍是那句话："你看我像人吗？"吴老六醉醺醺地看了一眼，这样子比昨天还寒碜，当即说了一声："不像！"狐狸扭头又跑了。

接下来一连几天，几乎天天如此，看瓜的只要一喝醉了狐狸准来，或是披件坎肩，或是戴个护耳，来了就问这一句话，只要看瓜的说一声"不像"，它扭头便走。

有这么一天，吴老六过得不顺，白天山上转了几圈，连个蝲蝲蛄也没碰见，酒瘾上来了，不喝还真觉得难受，奈何没有下酒的东西，转悠来转悠去，想起窝棚外边挂了几串辣椒，顺手抓了一把，用辣椒下酒也好过干喝。关东这地方的人愿意吃辣，因为天冷，吃辣可以发汗。可眼下正是六月三伏，虽说晚上不太热，但这一口辣椒、一口白酒的搁谁也受不了，嘴里跟着了火似的。吴老六正难受的时候，狐狸又来了，今天没披衣裳，不知道在哪儿找来了一顶瓜皮帽子，不说破得千疮百孔吧，那也没个囫囵地方了，顶上的绒球都掉了，来到看瓜的跟前还是那句话："你看我像人吗？"吴老六嚼的干辣椒，喝的烧刀子，感觉这嘴都木了，懒得跟它多说，随口答了一句："像！"

话一出口，但见黄烟一道，这只狐狸不见了，眼前站立一个二尺多高的小老头儿，头上戴的正是那顶瓜皮帽子，对吴老六拜了一拜，扭头走了。吴老六暗暗吃惊，知道这是遇上狐仙借人口讨封，旧时的老百姓都迷信，赶紧朝狐仙走的方向磕了几个头。

转天吴老六不敢在外边喝酒了，天黑之后一个人缩在窝棚里，光着个膀子在炕上抽大烟袋。窝棚里的炕非常简陋，说好听了是炕，无非几块木头桩子架上一扇破门板，地方也小，真正叫"一间屋子半间炕"，坐到炕上伸手就是窗户。窗户只是在墙上掏的一个方洞，能让窝棚通风，不至于太闷。他斜躺在床板上，烟袋锅子冲着窗户外边抽，怎么非得这样抽烟呢？因为窝棚又窄又低，坐在当中抽烟，三两口下来这里头就待不了人了。且说看瓜的吞云吐雾正"仙儿"着呢，忽听窗户外边有人说话："老哥，给口烟抽。"他以为有路过的人瞧见窝棚里往外冒烟，来了瘾讨口烟抽。口中应承着把烟袋锅子倒转过来，烟袋嘴儿冲外，烟袋锅子冲自己，从窗口递出去了。因为这黑灯瞎火的，你先把烟袋锅子伸出去，那位用手一接还不得烫下一层皮来？

吴老六本想抽完这袋子烟就睡觉了，偏在此时有人来讨烟抽，炕是懒得下了，顺手把烟袋从窗口递出去，那意思是"你赶紧嘬两口，过完瘾把烟袋还我，我好睡觉"。没想到外边这位真不客气，都没用手接烟袋杆，只把嘴往上一凑，"吧嗒吧嗒"地抽上了。吴老六半觉可气半觉可笑，这位也太懒了，接都懒得接，抽我的烟不说，还让我伺候你，我得看看这是谁！

窝棚中点了油灯，里边亮外边黑，看不清来人是谁。吴老六把油灯摘下来，往窗户外这么一照，在外边叼烟袋嘴儿的不是别人，正是那个狐狸变的小老头儿，二尺多高，脑袋上歪扣一顶瓜皮帽子。换了别人真能吓得够呛。看瓜田的吴老六还行，要说是挺瘆得慌，不过他喝多了胆子大，见是狐仙爷讨烟抽，非但不怕，反而觉得会有好报。狐仙爷抽完了烟连个"谢"字都没有，扭头走了。吴老六也困得睁不开眼了，烟袋锅子往地上一磕，倒头便睡。从此之后，小老头儿经常上这儿来讨烟抽。可巧这一天吴老六的烟叶子抽光了，这些日子手头又紧，没钱买烟叶子了。小老头儿便指点吴老六，让他在瓜田旁边的一棵柳树底下挖出一个小银锭子，得有二两多。吴老六咬了一口看银子是真的，赶紧揣在怀里，跑去找了一家最好的铺子买了烟叶，又把吃的喝的备齐了。一瞧日头刚过晌午，想先找个地方把午饭吃了再回去。大饭庄子不敢进，找了街边的一家小饭铺，要了一壶酒、一盘油炸花生米，外加一大碗烂肉面，坐在那儿连吃带喝，别提多滋润了。

不怕没好事，只怕没好人，正赶上老洞狗子也进城赶集卖山货，卖完东西找地方吃饭，瞧见看瓜的吴老六在这儿，桌子上还有盘油炸花生米。老洞狗子有便宜必占，有这盘油炸花生米，刚好省得自己掏钱买下酒菜了，当下走过来打招呼。吴老六不乐意搭理老洞狗子，只是迎头打脸碰上了又不好意思装不认识。两人凑一张桌子坐下。老洞狗子要了二两酒，半斤烙饼，就着吴老六的油炸花生米喝上了。老洞狗子眼贼，一眼瞥见吴老六身边板凳上放着一摞子烟叶，有名的"小叶红"，这跟普通的烟叶不一样，小叶红只有巴掌大小，乃是上好的关东烟。常言说得好"要抽烟，漂河川"，小叶红产自漂河，地处一片峡谷之中，那一带土层肥厚，种出来的烟叶子是酱红色，泛着一层油亮油亮的光，厚实柔软、浓醇芳香，用纸包起来放在柜子里，连衣服都能熏香了。不仅如此，更是皇帝封下的贡品。当年关东的老百姓谁要是能抽上一袋子，都得说是享了口福。老洞狗子很纳闷儿，吴老六一个看瓜田的，逢年过节都未必舍得抽一次小叶红，看来这是发了财了！

老洞狗子左一句右一句套问究竟。吴老六二两酒下肚，话匣子打开了收不住，把经过前前后后说了一遍，告诉老洞狗子，他这烟不为了自己抽，是带回去孝敬狐仙爷。说者无心，听者有意，老洞狗子一边听一边动了歪心。前文书说过，老洞狗子心眼儿不少，而且专爱占便宜，觉得这是个发大财的机会。当天没说什么，两人吃完饭各回各处。单说这一天，日头快落山的时候，老洞狗子背着猎枪、挎着酒壶，手里还拎了一只天鹅，来瓜田找吴老六，说要请他喝酒。

看瓜的吴老六嘴馋，这辈子还真没吃过天鹅肉，总听人说"癞蛤蟆想吃天鹅肉"，连癞蛤蟆都想吃，可见这天鹅肉的味道应当不俗。老洞狗子又把自己的酒壶盖拔开，在吴老六面前晃了一晃。吴老六闻到酒香扑鼻，哈喇子流下半尺多长，这是彻底走不动道儿了。两个人收拾了天鹅，支起一口锅来炖上。老洞狗子出奇地客气，也不叫吴老六"看瓜的"了，一口一个"老叔"，还把两条鹅腿都给了他。吴老六这下子解馋了，吃得顺嘴岔子流油，酒也没少喝。贪酒的人见不得好菜，一旦菜对了口儿，旁边再有个劝酒的，那喝起来就没挡了，平时能喝三两，这会儿就得整一斤。吴老六很快喝倒了，躺在窝棚里睡得那叫一个死。

老洞狗子可没敢多喝，他今天是有备而来，把吴老六灌倒下，将挂在腰里的烟袋锅子摘下来，翻出小叶红搓碎了，坐在窝棚里一口接一口地抽上了。三更半夜听见外边有人说了一句："给口烟抽。"老洞狗子一听狐仙爷来了，心里头多少也点儿打鼓，不过财迷心窍，顾不上害怕了，自己憋了好几天的坏主意，又搭酒又搭肉，叫了一晚上的"老叔"，等的正是这个机会。当下一声不吭，前手把枪杆子顺窗口递了出去，后手搂住扳机，发觉有东西把枪口叼上了，立即提灯往外看，见一个二尺多高的小老头儿，头戴一顶破瓜皮帽子，张嘴叼住了枪口，有了亮光才瞧见是枪口，也吓得够呛，当时不敢动了，心知事到如今不能跑，跑得再快也快不过枪子儿。老洞狗子狞笑一声："老家伙，你也给我指点一条财路！"

小老头儿俩眼珠子一转，含着枪筒子道："好说好说，瓜田东边的柳树底下还有二两银子。"

老洞狗子把眼一瞪："仙爷，我可跟看瓜的吴老六不一样，仨瓜俩枣儿打发不了我，你也不用急于告诉我哪儿有银子，眼下只要你一句话，你得保我一世富贵，否则天打雷劈！"

书中代言，狐仙最怕天打雷劈，不知道老洞狗子从哪儿打听来的，逼这个小老头儿立下此等毒誓。小老头儿无奈，不答应也得挨枪，只好答应了老洞狗子的要求，指点他挖了满满一斗的银元宝，又告诉他再有用钱的时候，上山顶破庙连喊三声"帽儿仙"，便会显身相见。

转天一早，老洞狗子背上一斗银锭子走了，吴老六迷迷糊糊一直睡到日上三竿，对昨夜的事情全然不知，不过从此之后再没见过那个小老头儿。咱再说老洞狗子，一下子发财了，白花花的足两纹银，数了数足有二十个，以往打猎看套子，吃再大的苦、受再大的累，也只勉强过活。如今有钱了，敞开了可劲儿造吧，没过多久，一斗银子全造没了，跑到破庙连喊三声"帽儿仙"，小老头儿出来又指点他挖了一斗银子，还是二十锭足两纹银。这次花得更快，怎么呢？以前没花过钱，给他钱都不知道怎么花，到饭馆子里点两份焖饼，吃一份看一份，以为这就叫有钱人了。别的不好学，花钱可是无师自通，所以越到后来花得越快，觉得一次一斗银子根本不够用，来到破庙找这个小老头儿，一开口先要五百斗窖银。小老头儿求告道："您饶了我吧，我上哪儿给您找五百斗窖银去？"老洞狗子说："你别来这套，说好了保我一世富贵，否则要遭天打雷劈，你实话告诉我，之前的银子是怎么变来的？"小老头儿说："实不相瞒，银子都是前人埋在地下的，我只是看得见而已，这周周围围没有那么多银子，我在这山上住，又不敢去别的地方，当真找不出那么多银子给你。"老洞狗子又问小老头儿，如何看得出地下有银子？得知小老头儿这眼珠子是个宝，能够洞悉地下金银，就逼迫小老头儿换给他一只眼珠子。小老头儿想了半天说："也行，可是你得把我的誓破了，今后咱两不相欠。"老洞狗子一想，狐仙不敢出山，我却哪儿都能去，得了这个眼珠子，金山银山唾手可得，这可不亏。于是双方击掌为誓，小老头儿一抬手把自己的眼珠子抠出来一只，带血递了过去。老洞狗子为了发财，一咬牙也抠下一只眼珠子，却见黄烟一道，小老头儿踪迹全无，这才知道上当了，对方那是障眼法，他可是真抠出来一个眼珠子，再也塞不回去了，从此变成了独眼龙，由于丢的是右眼，猎都没法打了，只得到长白山看套子为生。

二鼻子说老洞狗子只有一只眼，关于他那只眼是怎么丢的，在长白山有很多说法，这也是其中之一。常言道"麻面无须不可交，矬人肚子三把刀，最毒毒不过一只眼，一只眼还坏不过水蛇腰"。不可否认这句话过于偏颇，但在旧社会有一定的道理，放下那几路人不提，单说这一只眼的，有几个是善男信女？真是安分守己之辈也不会变成一只眼了。反正老洞狗子一个老光棍儿，积年累月在山上看套子，性格十分孤僻，很少跟外人往来，咱也没必要去招惹他。

张保庆怕二鼻子发觉他心虚，不好再说别的，只好缩在狍子皮睡袋中和二鼻子兄妹东拉西扯到深夜，迷迷糊糊去见了周公。

转天一早，西北方吹来刺骨的寒风，山上一下子变冷了，再也站不住人。张保庆冻得瑟瑟发抖，准备往深谷中走。他是无论如何也不肯服输，匆匆收拾好东西，蹚着没膝的积雪前行。

二鼻子却拽住他说："你这么走不是绕远吗？"

张保庆不解地问："让你说怎么走？"

二鼻子存心在张保庆面前卖弄本事，他放出猎鹰，然后将狍子皮睡袋垫在身下，呼喝一声，顺着陡峭的冰冻瀑布直溜下去。

冰面如同几层近乎垂直的陡坡，没有足够的胆量谁也不敢这么做，可二鼻子常年在深山老林打猎，趴冰卧雪对他而言是家常便饭，仗着年轻胆大，一转眼溜到了谷底，在高处看他仅是茫茫雪原上的一个小黑点。

张保庆看得直眼晕，腿肚子往前转，磕膝盖[1]往后扭，身上寒毛都竖起来了，有心要打退堂鼓，可是转念一想，服谁也不能服二鼻子，之前已经把牛吹上天了，走到这一步再开溜，以后在二鼻子面前如何抬得起头？这个脸可丢不起！

他站在冰瀑边上，深吸了几口气，自己告诉自己：发昏当不了死，脑袋掉了碗大个疤！念及此处，牙一咬、心一横，照葫芦画瓢，一扬手把鹰放了，像二鼻子一样把狍子皮口袋垫在背后，仰面倒坐，

---

[1] 磕膝盖：天津方言，指膝盖。

想往前蹭，但手脚发抖，半天没动地方，只好让菜瓜在后面推他一下。菜瓜说："你可坐稳了，千万别往前使劲儿。"说完用力一推，张保庆"嗷"地叫一声滑下冰瀑，但觉腾云驾雾一般，冷风声在耳边呼呼作响。他的心悬到了嗓子眼儿，仿佛一张嘴就能吐出来，赶紧把嘴闭住，哪里还敢睁眼去看，打着转溜到谷底，一个跟头翻进了雪窝子，脑袋和身子都扎在皑皑积雪中，双腿在外边乱蹬。二鼻子见状哈哈大笑，上前连拉带拽，把张保庆从雪窝子中拖出来。张保庆觉得四周天旋地转，腹中五脏翻滚，满头满脸都是雪，样子狼狈不堪，走路跟跄摇晃，也不知在心里头骂了二鼻子几百遍几千遍。

等张保庆缓过劲儿来，见菜瓜也已溜到谷底，他暗自庆幸：看来只要胆大豁得出去，谁都能从冰冻的瀑布溜下来，还好没让二鼻子唬住，否则真是窝头翻个儿——现大眼儿了。

二鼻子对他一挑大拇指："行，你胆子倒是不小，就是不知道你的鹰能不能在这儿捉到狐狸。"

张保庆说："你当我这白鹰是错窝儿不会下蛋的老母鸡啊！别管山上山下，在哪儿都一样，哪怕是到了天上的月宫，也能逮两只玉兔下来。"

二鼻子他们那个屯子千百年来保持着鹰猎风俗，出没于白山黑水间，猎户们一向佩服两种人，一是胆大，二是能喝。其实这两者不分家，胆大的能怕喝酒吗？常言道"酒壮怂人胆"，能喝的也必然胆大，半斤烧刀子下肚，天王老子也不怕了。二鼻子对张保庆说："别扯犊子了，谁不知道月亮上只有一只玉兔，你这咋还整出两只？不过我佩服你的胆量，今天不论哪只鹰捉到狐狸，得了皮子卖的钱咱仨均分。"

张保庆心中得意，刚才豁出命从瀑布冰面上溜下来，为的就是能让二鼻子说个"服"字，这趟算是没白来！

瀑布下的水面全冻住了，冰层上覆盖着厚厚的积雪，与附近的雪原连成了一片，远处都是密林。巍巍群山在四周绵延起伏，谷底森林茂密，樟子松、落叶松、白桦、杨树、云杉等树种交错生长，野兽种类也多，马鹿、驯鹿、紫貂、野鸭、獐子、狍子、野猪、雪兔都有，还有各种各样的木耳、松茸、蘑菇，但是这里的天气一会儿一变，属于独特的山区小气候，常年有雾，深处裂谷沟壑的分支众多，非常容易迷路，可以说下来容易上去难，想出去必须翻山越岭，现在正是大雪封山的时候，行走在雪原上都一走一陷，翻越山岭的艰险可想而知，张保庆他们直着眼找狐狸，为了赌这一口气下来的，想都没想怎么出去。

第三章
狐狸旗子

1

　　张保庆本想用狐狸摘去老洞狗子一只眼的传说吓住二鼻子，劝他别打狐狸了，没承想二鼻子知道得比他还多，根本不放在心上。转过天来，三人从冰瀑下到了谷底，事已至此，只得先打狐狸了。此时天冷，狐皮很厚，狡猾成性的老狐狸全躲在深谷密林中，极难猎获，好在鹰是狐狸的天敌，狐狸看到猎鹰在半空盘旋，便会失了心神发慌奔逃。三个人往前行出一段，身旁雪地里忽然蹿出一条赤尾大狐狸，这条狐狸毛色苍黄，插翅一般在他们面前飞奔而过，看方向是想逃入密林，一旦躲进古树参天的原始森林，猎鹰也奈何它不得。三人急打口哨，招呼天上的猎鹰。鹰眼敏锐绝伦，早已看到目标，听得呼哨声响，乘着呼啸的寒风，立即对准猎物俯冲下来。

二鼻子兄妹所驯之鹰，均是威猛至极的西伯利亚苍鹰，翼展大得吓人，一只铁背黑羽，另一只凤头金额，在整个鹰屯的猎鹰当中可是数一数二，擒拿猎物百不失一。猎户捕捉西伯利亚苍鹰要在参天大树的树尖上下套，利用伪装让鹰误以为是树枝，一旦落在上边即被套住，带回鹰屯驯成猎鹰，等到过几年再放归山林，以保证猎鹰的繁衍。二鼻子熟悉猎鹰习性，出来打猎的前一天得让鹰饿着，不能给它吃饱了，因为鹰吃饱了会打盹儿犯困，放出去也无法擒拿猎物，唯有饿鹰才可以发挥出十二分的凌厉凶狠。

说时迟那时快，两只猎鹰在天上听得主人呼叫，盯住舍命奔逃的赤尾狐，收拢双翼从半空坠下，直如两架俯冲轰炸机，猎鹰在距离地面数米的高度，展翅探爪扑向猎物。

赤尾狐在足不点地的飞奔中，突然一个急停，转身望向从天而降的苍鹰。这只老狐狸经验丰富，明白苍鹰自上而下捉拿猎物，来势虽然凌厉，却只有这么一下，一击不中还得再飞起来。它等的就是这一下，眼看鹰的利爪到得头顶，从容不迫地往旁一闪，时机拿捏得不差分毫，多半秒鹰还可以调整方向，慢半秒它来不及躲闪。两只猎鹰爪下落空一扑未中，只得借风拔起身形飞上半空，准备再一次俯冲制敌。就这一瞬之间，已足够赤尾狐逃进森林。可它刚转过头来，张保庆的白鹰就扑到了。老狐狸再也来不及躲闪，匆忙之中用狐尾挡住身子，顺势在雪地中滚了出去。

山里的猎人捉狐狸主要是为了取皮，狐皮贵就贵在狐尾完整，狐尾一旦受损，哪怕是下套设夹打短了尾巴尖儿，价值也至少减去九成，受过驯的猎鹰抓拿狐狸只能抓头和身子，绝不会伤到狐尾。山里的野兽大多有灵性，自己知道自己身上什么东西值钱，比如遇上猎人追击，麝会一口咬掉自己带有麝香的肚脐，鹿会往树多的地方跑，让树木撞断鹿茸，死也不能让这些东西便宜别人。那赤尾狐在紧要关头，用狐尾挡住身子，在雪地上翻了个跟头，张保庆的白鹰错过时机无法擒拿，被迫腾空飞起。

在长白山当地的民间传说中，狐狸活得久了，毛色转为苍黄，即可变化多端。张保庆等人虽然见猎心喜，但见此狐诡变莫测，不是一般的狐狸可比，也不免有些紧张，手心里都捏了一把冷汗。赤尾狐死中求活捡了条命，还打算往树林里逃。哪知让白鹰这么一耽搁，另外两只猎鹰已再次疾冲而至，一前一后，一左一右，正好将赤尾狐的去路挡住，二鼻子兄妹和张保庆也快赶到了。

张保庆看到赤尾狐被逼得走投无路，心想：我和二鼻子本是斗气争胜，涉险下到深谷中捉狐狸，怎知运气这么好，一下来便撞上只毛色苍黄的赤尾老狐，此狐让三只猎鹰围住，跑得再快也别想脱身，明天带了这么一条上好的狐皮回到屯子，且不说值多少钱，这个脸可露到天上去了！

二鼻子目不转睛地盯住赤尾狐，见其无路可逃，也以为上好的狐皮已经到手了，抽出短刀在手，快步赶上前去，随时准备剥取狐皮。

想不到不等猎鹰扑下来，老狐狸在原地打个转，纵身跃向一块竖起的冰碴子，这冰碴子让寒风打磨得如同一把从地底下直插上来的尖刀，锋利无比泛出寒光。赤尾狐一扑之下，腹部被尖锐如刀的冰柱开了膛，从脖子下面一直划到狐尾，鲜血连同五脏六腑撒了一地，雪白血红，在刺骨的寒风中直冒热气，惨烈无比。

二鼻子兄妹以前见过这种事，心知这老狐狸年久通灵，宁肯自己开膛破肚，也不想让猎人得到完整的狐皮，跺脚直叫可惜，这可倒好，连块狐嗉也没落下，白忙活了！嗉子是狐狸从下巴到脖子这一块的皮毛，这一小块是狐狸身上最厚实最暖和的一块，整张皮子固然值钱，但这狐嗉的皮货才是上品中的上品。您想啊，狐嗉才多大点儿，拼成一件皮袄得用多少狐狸？赤尾狐从头到尾开了膛，身上所有值钱的地方都不整了，拎出去也卖不了几个钱。

张保庆却是初次看到如此惨烈的情形，只见那老狐狸鲜血淋淋，肠子肚子流了一地，还没有完全死掉，口边吐出血沫子，兀自瞪眼望着他们三个人，目光中全是怨恨，不禁吓得呆了。

二鼻子紧跑慢跑，喘着粗气赶到近前，急忙翻看悬挂在冰碴子上的死狐狸，只见死不闭眼的老狐狸腹破肠出，留下一张有头有尾的破狐狸皮，在寒风中须毛乱颤，好似一杆狐狸旗子。他不住摇头叹气，赶开飞下来的猎鹰，不让它们争吃死狐的血肉脏腑，以免吃饱了打盹儿犯困，好不容易下到山谷之中，总不能空手而回，这张皮子损了，还得去找别的狐狸。

菜瓜从口袋里摸出一小块血清，掰碎了抛到空中喂鹰，虽说不能让鹰吃饱了，可也不能一直饿着它们，多多少少得给口吃的。鹰屯的人猎到鹿、犴或野猪等大兽，必先开膛，用刀在肋骨上划几道口子，让血流出来，找个罐子接住，过一阵子，鲜血沉淀下去，上边浮起一层透明的油膏，当地管这个东西叫作血清，猎户们舍不得吃，只灌在肠衣里风干之后喂鹰，猎鹰吃上一点儿就能够迅速恢复活力。

张保庆明白鹰屯的人以鹰猎为生，专捉狐狸、野猪，靠山吃山，无可厚非，狐皮既是他们身上的衣服，又是他们口中的嚼谷，只是没想到老狐狸如此决绝，气性也是够大的，扑到冰碴子上划破肚腹，至死不肯闭眼，一定是对来捉它的人恨之入骨。

　　二鼻子不管张保庆信不信，自顾自地说了一阵，他为了不让鹰吃死狐狸，想要动手刨个雪坑埋上，此时的山风却越刮越是猛烈，寒风翻卷积雪，好似起了白烟大雾，遮天盖地往深谷中压来，远处风声嗷嗷怪响，东北那边形容这是冻死狗的闹海风，什么叫闹海风啊？意思是疯狗狂叫，就是说这风刮起来像狗叫一样没完没了，极为恐怖。

　　二鼻子见天色突变，他也知道厉害，总归是活命要紧。不能再让猎鹰捉狐狸了，应该尽快找个地方避一避，当即招呼猎鹰下来，可是风雪交作，吞没了一切声响，也看不到猎鹰飞到哪里去了。

　　三个人只顾抬头找鹰，怎奈寒风如刀冰雪似箭，打在脸上生疼，根本睁不开眼，不得不低下头躲避，无意中这么一低头，看到有几个会动的东西，在风雪中半隐半现。

　　张保庆吓了一跳，心想：是不是狼？但是看轮廓却不像，比狼小一些，又比狗大，圆头圆脑的，至少有十几只，他用手遮脸挡住风雪，睁大了眼竭力去看，越看越像是猫。可深山老林里怎么有这么大的猫？

2

　　寒风卷动积雪，四下里如同起了白雾，张保庆无意中看到周围有十多只大猫：比野狗还大，外形有几分像猫，可是尾巴只有短短的一截，还不到一巴掌长，并非一只如此，全是与生俱来的短尾，脑袋又像猿猴，却比猿猴更为狰狞，牙尖爪利，血口鲜红，两眼冒出凶光。这东西浑身有毛，顶风冒雪，从头至尾结了一层冰霜。肯定不是山猫，山猫没这么大，也不会有如此短的尾巴，样子也没有这般凶残。

张保庆往前凑合，有心看个究竟，却让二鼻子扯住背后的狍子皮口袋，拽得他身子一晃，不由自主倒退了几步。天气太冷，呼啸的寒风吹过来，冻得他脑子都木了，忘了还有个"怕"字。此刻往后一退，看到二鼻子脸上变颜变色，眼珠子都快瞪出来了，才意识到情况危险。二鼻子兄妹是鹰屯土生土长的猎户，当然认得身形像猫头脸似猿的猛兽，那是盘踞在高寒山岭上的猞猁，它们耐得住严寒和饥饿，习性凶残，据说几只猞猁合起来可以跟狼群作战，早年间深山老林中不时有猞猁吃人的惨事发生。

猞猁这种猛兽，多在高寒的山岭上活动，通常不会在裂谷中出现，可是由于寒冬漫长，山顶找不到吃的东西，猞猁饿急了眼，此刻成群结队下了山，借助风雪的掩护，悄无声息地围上前来。

二鼻子见张保庆想往前凑，急忙把他拽回来，深谷中寒风咆哮，雪雾弥漫，口中说不出话，说出来对方也听不到，使劲儿打手势比画，告诉张保庆那是吃人的猛兽。

张保庆看到二鼻子比画的手势，还有那如临大敌的脸色，也自明白过来，随即冒出一个让他毛骨悚然的念头：狐狸扑在冰碴子上开膛而死，除了不肯让人得到它完整的皮毛，也许还有一个原因——用血腥气息将下风处的猞猁引到此地！他们三人只带了弓箭猎叉，纵有猎鹰相助，也对付不了成群的猞猁，看来今天是难逃一死。

别看猞猁凶狠，但生来多疑，在四周缓缓逼近，凑到冰碴子跟前争扯死狐狸，你一口我一口，转眼吃了个干净，又将冰碴子上冻住的鲜血都舔了，目光中饥火更炽，开始围绕三个活人打转，随时可能扑上前来撕咬。

二鼻子兄妹抛下弓箭，猎户的弓箭射狐狸、野兔尚可，却射不死猞猁。一来猞猁矫捷迅速，皮糙肉厚；二来寒风呼啸，弓箭难有准头。他们兄妹二人丢掉弓箭，手持猎叉将赤手空拳的张保庆挡在身后，鹰屯猎人所使的猎叉，多是在山林中叉狐狸、野鸡用的两头猎叉，前端并不锋利，勉强可以抵御一阵。

张保庆也不想等死，弯腰捡起一根人臂粗细的松枝，双手紧紧握住，他两眼盯住逼近的猞猁，心想雪原上无遮无拦，积雪齐膝，人的行动迟缓，绝难躲避猞猁扑咬，想要活命必须往密林中逃，凭借复杂的地形与之周旋，或许能够保住小命。

二鼻子兄妹何尝不想逃命，但是寒风卷起雪雾，四下里白雾蒙蒙，冰冷的风雪如刀似箭，刮得人几乎睁不开眼，谁也分不清东南西北，况且走在积雪中一步一陷，简易的雪鞋到这会儿反而成了累赘，如何能够摆脱奔跑迅捷的猞猁？

此刻他们三个人手握猎叉棍棒，后背相倚，暂且挡住了猞猁，可是挡不住凛冽的寒风，夹冰带雪的狂风吹到身上，顷刻结了一层冰霜，手脚愈发麻木，也不用猞猁来咬，站在空旷的雪野中，过不了一时三刻，冻也能把人冻僵了，三人不由得暗暗叫苦。那十多只猞猁皮糙毛厚耐得住严冬酷寒，一个个目射凶光却不上前，似乎要等对方冻僵了无法行动才上来撕咬。

三人心知肚明，相持不下对他们更为不利，一步一步往密林中退。张保庆腿脚冻得几乎没了知觉，一条腿陷在积雪里拔不出，身子晃了两晃，扑倒在地。不等二鼻子兄妹将他拽起，紧随其后的一只大猞猁，终于饿得忍不住了，猛然纵跃而起，一下子跳到他背上，张开血口咬向张保庆的脑袋。

张保庆头上有顶狗皮帽子，猞猁一口咬住这顶皮帽子，拼命往后扯，可那帽子系得太紧，并没有被扯掉，只是"刺啦"一声，扯掉了一块皮毛。张保庆的脖子险些让它拽断了，在雪地里挣扎着往前爬。猞猁甩掉口中那块皮毛，扑在张保庆背上一通乱咬，也不分哪儿是哪儿了。亏了张保庆身上里三层外三层穿得很厚实，这才不至于咬到皮肉。二鼻子见张保庆势危，挥动猎叉横扫，狠狠打在猞猁头上，将猞猁打得翻着跟头滚在一旁。菜瓜趁机扶起张保庆，此时其余的猞猁纷纷扑上前来。三个人竭力抵挡，身上的皮袄、皮帽子都被利爪撕开了口子。可生死关头，谁也不敢怠慢，分别挥动猎叉、木棍同猞猁相搏，打退了一只又上来一只，眼看支撑不住了，凛冽的寒风突然停止，狂风卷起的雪雾从半空降下。山里人说这是头阵风，持续的风雪到来之前一般会有头阵风，当先的这阵大风刮过去，会有一段时间相对平静，等到头阵风过去，接下来则是持续几天的暴风雪。不过眼前的雪雾散开，等于救了张保庆等人的命。二鼻子见风势住了，急忙吹动鹰哨，召唤盘旋在高处躲避寒风的猎鹰下来相助。

　　西伯利亚苍鹰生来刚猛，不怵任何野兽，不管多大的猎物，它们也毫不畏惧，铁背黑羽的大鹰当先冲下来。有一头猞猁只顾盯着到嘴的人肉，等它发觉风声不善，再想躲可来不及了，早让鹰揪住了两个耳朵，猞猁的两个尖耳朵上竖长两撮黑毛，刚好给了猎鹰下爪子的地方。鹰头快得如同闪电，一口一个啄瞎了猞猁的双眼，把热乎乎的眼球吞下肚去。任何东西一旦失去双眼，心里都会发慌。那猞猁心下慌乱，倒在地上翻滚着想甩掉猎鹰。猎鹰趁猞猁翻身，立刻叼啄它的脖子和胸口。猞猁浑身上下鲜血淋漓，脖子已被猎鹰的利嘴啄开，张开大口喘不上气，再没有反抗挣扎的余地，随即柔软的腹部也让鹰爪撕开，露出了鲜红的血肉。

　　三只猎鹰出其不意，转眼间收拾了三头猞猁。不过猞猁到底是山岭间的掠食猛兽，一纵一跃可以直接跳到树上，非常凶悍灵活。等到其余的猞猁反应过来，猎鹰也难占到便宜。双方在雪原上展开了惊心动魄的殊死搏斗，但见鲜血飞溅，惨叫声和嘶吼声划破了寂静的群山。三个人心知西伯利亚苍鹰再怎么厉害，也对付不了十余只猞猁，刚才那阵白毛风一过去，很快会有闹海风来袭，到时候冻也把人冻死了，因此不敢耽搁，转身往林子里逃。说话这时候狂风又起，摧折枯枝，撼动了万木，凛冽的寒风卷起雪雾，往山谷中滚滚而来。

3

　　张保庆和二鼻子兄妹下到谷底捉狐狸，不承想遇上一群猞猁，多亏了他们三个人命大，又有三只猎鹰助战，这才不至于被猞猁吃了。此时刮起了闹海风，一行三人只能逃向密林躲避。

　　张保庆惦记着他的白鹰，抬头看见那三只苍鹰又上高空，悬着的心总算放了下来。二鼻子叫道："你别管鹰了，它们比你蹿得快，咱赶紧到林子里躲躲这阵闹海风！"话没落地，白茫茫的雪雾已将他们罩住，再说什么也听不到了。一行三人疲于奔命，出了一身的汗，前心后背全湿透了，跑起来倒也不觉得冷，可是一旦站住了不动，寒风刮到身上，汗水立时结成冰霜，一会儿人就得冻僵了，所以累死也不能停下。张保庆挣扎起身，跟随二鼻子兄妹往原始森林深处走。这片老林子里，尽是几个人合抱不过来的杉树，挡住了风势，越往深处走风越小，不过树梢上覆盖的积雪被狂风吹落，也是雪雾迷茫，让人辨不出方向。

　　他们深一脚浅一脚，浑浑噩噩不知走了多久，行至一片空旷的雪原，皑皑白雪下草木皆无，就好像天上伸下来一只大手，在原始森林中抹了一把。四周没有了树木的遮挡，寒风肆虐，飞雪漫卷，刮得人睁不开眼，耳朵里除了风声再也听不见别的响动。三个人担心猞猁追上来咬人，又怕在雪雾中分散落单，连忙放慢脚步。虽然不是在林子里，可几步之外看不见人，一旦走散了谁也活不成。张保庆抬手遮挡风雪，见周围白茫茫的一片，不免觉得奇怪，深谷中的原始森林天生地长，为什么齐刷刷少了一大片？再等他转过头来，刚刚还在身边的二鼻子兄妹，却已踪迹全无！

　　张保庆吃这一惊非同小可，他和二鼻子、菜瓜三人，从冰瀑下到深谷中捉狐狸，不想遭遇了成群结队的猞猁，多亏猎鹰相助才得以逃入原始森林，风雪中不辨方向，东一头西一头乱撞，走到这片空旷的雪原上，刚才那兄妹两个分明还在他身旁，怎么一转头都不见了？让风刮到天上去了？三人在一起，好歹有个照应，张保庆一个人落了单，在这茫茫风雪中，叫天天不应，叫地地不灵，仿佛整个世界只有他自己了，一时间慌了手脚，急忙大声呼唤二鼻子和菜瓜，可是寒风狂啸，把他的叫喊声完全淹没了。张保庆脑袋里一片空白，在原地转了两圈，突然脚下落空，身子往下一沉，陷进了一个深不见底的雪洞之中。

　　身体往下坠的一瞬间，张保庆才意识到菜瓜和二鼻子掉进了雪洞，早先听四舅爷念叨过，积雪覆盖了山体上的裂隙，在外边看非常平整，可瞧不出下边是空的，人走上去踩塌了积雪，陷入雪洞再也别想上来，等到风雪再次埋住洞口，掉进去的人连尸首都找不回。张保庆万念俱灰，后悔没听四舅爷的话，才落到这个地步，还以为此番必死无疑，怎知雪洞深处似乎有许多树枝，盘根错节的枝条撞得他七荤八素。没容张保庆再多想，身后的狍子皮口袋被一根粗树杈挂住，整个身子晃晃荡荡悬在了半空，眼前漆黑一团，什么也瞧不见。

正在他心慌意乱不知所措之际，下边射上来一道手电筒的光束，原来是比他早一步掉进雪洞的二鼻子和菜瓜，落地之后打开了手电筒照明。悬在半空的张保庆见两个同伴没死，不由得喜出望外，从来没觉得二鼻子如此亲切，借手电筒的光亮四下一望，这才看清楚自己挂在一株参天的古木上，相距地面两丈有余，又见插天的大树密密匝匝，枝杈相连，四周漆黑一片，瞧不见尽头。张保庆一脸茫然，地底下怎么会有原始森林？

二鼻子和菜瓜告诉张保庆不要乱动，先翻身骑在树杈上，当心别摔下来。张保庆小时候经常上树掏鸟窝，身上有个利索劲儿，当下稳了稳神，深吸一口气，手脚并用攀上树枝，把身子伏在树杈上，稳住了身形。他问二鼻子："这是个什么地方？"二鼻子听长白山的老猎人说过"地底森林"，相传几千年前，深山中发生过地陷，大片原始森林沉入裂谷，密林中参天巨木的树冠恰与谷底平齐。漫长的寒冬大雪纷飞，积雪压覆在树冠枝蔓上，如同一片空旷的雪原，然而积雪虽厚，却也托不住他们三人，结果一个接一个从坍塌的雪洞中掉落下来。

说话这么一会儿，高处的洞口已被风雪遮住了，地下森林如同一个盖住了盖子不见天日的大闷罐，虽然进来挺容易，再想出去却势比登天。二鼻子和菜瓜打小听说这地方有进无出，长白山地下森林没有任何活物儿，别说是人了，野兽掉进来也只有一死！

张保庆不知厉害，眼见手电筒光束所及之处，巨木枝叶色呈灰白，上边结了一层薄冰，显得晶莹剔透，天上的玉树琼枝也不过如此，眼前全是从没见过的奇观，直看得他目瞪口呆。

4

张保庆和二鼻子兄妹为了躲避狂风暴雪和猞猁，只顾往森林深处逃，风雪之中本就难辨方向，三个人也无暇仔细探查，结果掉在了雪洞之中，没想到这里是一大片陷入地下的原始森林，把张保庆看傻了眼。二鼻子可没张保庆这份闲情逸致，再好的风景也没心思看，命都快没了，哪有心胡思乱想，他仰起头来看了看地形，攀上挂住张保庆的大树，尝试接近上方的雪洞，头顶的积雪忽然纷纷落下，用手电筒往上一照，从中探进来一张毛茸茸的怪脸，一半似猿一半似猫，面目十分狰狞，张开血口向二鼻子咬来。二鼻子这一下可是吃惊不小，见猞猁追到了，急忙闪身一躲，好在他躲得够快，才没让猞猁扑住。那猞猁一扑不中，落在一段横生的大树杈上。张保庆和二鼻子里外三层穿得很厚实，背上还有狍子皮睡袋，身在高处行动迟缓，猞猁却不一样，常年出没于高寒的山岭之上，蹿高纵矮如履平地。而且其余的猞猁紧随其后，接二连三从雪洞中钻进来，它们只顾吃人，可不会去想这地下森林进得来出不去。张保庆和二鼻子在布满寒冰的树冠上左躲右闪，拼命与凶悍的猞猁周旋，一时间险象环生，有几次险些让猞猁咬到，多亏下边的菜瓜开弓放箭，将扑到近前的猞猁一一击退。二鼻子眼看招架不住，忙招呼张保庆快走，一前一后从大树上溜下来，会合了在树下接应的菜瓜，三个人连滚带爬，一路往地下森林深处逃去。

十几只饿红了眼的猞猁在枝杈之间上蹿下跳，从后紧追不舍。

地下森林中尽是几人合抱粗的参天大树，仿佛一座巨大的迷宫，四下里漆黑无光，什么都看不见。三个人跑了没多远，已觉晕头转向，好在林木紧密，树隙狭窄，猞猁无法纵跃扑咬，行动受到极大限制。二鼻子见张保庆手上还有之前与猞猁相斗的那根松枝，大约六七尺长，比张保庆的胳膊还粗，当即拔出猎刀，"咔嚓"一声将松枝劈成两截，又撕下几块布条缠在上边，自己握住一根，交给张保庆一根，点上当成火把。二人手持火把不住挥动，将追上来的猞猁赶开。深山老林中再凶恶的猛兽也怕火光，猞猁一时不敢接近，只得远远跟在后边。三人有了喘息的机会，以火把的光亮探路，持续摸索前行，东撞一头西撞一头，感觉只是在同一个地方绕来绕去。

张保庆对二鼻子说："地下森林太大了，这么走下去可不成，按我说咱还得从原路出去。"二鼻子叹了口气："这眯瞪转向的，别说找不到掉下来的洞口，找得到也白搭，我之前看了，根本爬不出去，只能再找别的路了。地下森林不可能无边无际，瞅准了一个方向，兴许能走出去！"张保庆直挠头："找得到方向也不至于迷路了，置身于不见天日的地下森林之中，谁分得出东南西北？"菜瓜说："对了，咱瞅瞅树轮子不就知道方向了吗？"二鼻子一听不错，找到半截树桩子，见上边结了一层薄冰，下边灰白色的一片，瞧不出树轮子的方向。他用猎刀劈下去，但听"噌啷"一声响，震得二鼻子虎口发麻，猎刀几乎脱手。三个人均是一惊，举起火把来一照，只见薄冰裂开，那个树桩子竟是一大块灰白色的岩石，不仅是这树桩子，整座地下森林都已经变成了化石！森林中蒙了一层灰白色的尘土，与树木枝叶长成了一体，完全看不出上边的树轮子。以前只听人说长白山地下森林中没有任何会喘气的东西，眼见巨树盘根错节、枝条蔓延，却当真是全无生气的石头，三个人均有不寒而栗之感。

以张保庆和二鼻子兄妹的见识，根本想不出几千年前的原始森林何以变为化石，只是觉得这片林子充满了诡异古怪，迷失方向困在此处，怕是凶多吉少。二鼻子担心火把灭掉，紧随在后的猞猁会扑上来吃人，告诉张保庆和菜瓜不可久留，必须先找个稳妥之处，躲过猞猁的追击，然后再想怎么逃出去。三个人强打精神，又往前走了好一阵子，这一整天连跑带逃，水米没打牙，当真是又累又饿。二鼻子兄妹进山打狐狸，原本带了干粮和刨花鱼，不过带得不多，因为没想到会困在地下森林中，头一天把干粮全吃光了，眼见周围虽有许多倒木，上边长了一丛丛的蘑菇，树上还有松果，却均为化石，空有其形，铁嘴钢牙也啃不动，反而让人越看越饿。

正当三人绝望之际，菜瓜突然打了个手势，让二鼻子和张保庆不要出声。她支起耳朵听了一阵儿，低声问道："哥，你们听到没有？"二鼻子和张保庆一怔，同时摇了摇头。张保庆一脸诧异，他问菜瓜："你……你听到什么了？"

菜瓜不太确定地说："我咋听见好像有水声？"

二鼻子忙将耳朵贴在冰层包裹的大树上，隐隐约约听到水流声响。他两眼放光，地下森林中虽然寒冷，却也冻不住大山深处的暗泉，说不定可以通过水流找到出路。

张保庆没这个见识，听二鼻子说有路可走，也不由得喜出望外，连忙跟在二鼻子兄妹身后，一路往前寻找。三个人走了半天，行至一片石壁下方，见当中裂开一道岩隙，宽窄刚可容人，水声从深处传来。此处已是地下森林的边缘，别的方向无路可走。二鼻子咬了咬牙，拨开挡在前边的枯藤败叶挤进去，张保庆和菜瓜也提心吊胆跟在后边，没承想地势迂回蜿蜒，到里边越走越深，好半天也没走到头。二鼻子发觉脚下有许多从高处落下来的松枝，顺手捡起几根。原始森林中的松枝油性大，缠上根布条就能当火把，二鼻子缠好了几根火把，点燃了三根与张保庆和菜瓜分别拿了。此刻有了火把防身，三人胆子也壮了，摸索着往里走。穿过这段漫长狭窄的岩隙，不承想却是从山岭中钻了出去。二鼻子走在头一个，突然发觉脚下没有了路，前方是一个四壁如削的天坑，千丈峭壁直插地下，黑乎乎深不见底。

上万年前深山古洞塌陷，形成了隐伏在地下的天坑，洞穴深处偏暖，几道融化的雪水顺峭壁往下流淌。二鼻子探出身子往下看了两眼，只见深坑中阴森漆黑，绝壁云缠雾绕，脚下所踏之处已不再是路，而是一段积雪苍苔覆盖的朽木，颤颤悠悠地随时可能垮塌。他吃了一惊，赶忙往后退，想告诉张保庆和菜瓜别再往前走了，探出山裂的枯木已经腐朽，禁不住人踩，万一掉下去，可要摔成烂酸梨了！

二鼻子这句话还没来得及说，十几只猞猁已从后边尾随而来。张保庆和菜瓜在狭窄的岩隙中无从应对，也往二鼻子这边退。两下里撞到一处，脚下的朽木承受不住，当即从峭壁上脱落断裂。三个人惊呼一声，一同掉进了一个深不见底的大洞。

第四章
蜈蚣门神

1

前文书说到张保庆和二鼻子在地下森林中走迷了路，又让一群饿红了眼的猞猁追得屁滚尿流，掉进了一个与世隔绝的天坑。要说可真是命大，张保庆和二鼻子兄妹身后背了狍子皮睡袋，皮口袋让劲风鼓起，极大地减缓了坠落之势，洞底又有层层叠叠的腐木和枯枝败叶，落在上边还不至于摔死，那也摔得不轻，半天爬不起身。三个人侥幸不死，却都摔蒙了，抬头往上看去，洞口好似悬在天上，四周峭壁绵延，何止千仞，猿猱也攀不上去。

猞猁生长在崇山峻岭，矫捷不让山猫，蹿山越岭如履平地，天坑绝壁陡峭，它们未必上得去，下来却不费吹灰之力。这十多只猞猁当时饿极了眼，从绝壁上逶迤而下，嘴角挂着馋涎，瞪起鬼火般的双眼，一步步向这三人逼近，喉咙里发出阵阵低吼。张保庆三人叫了一声苦，捡起火把不住挥动。猞猁害怕火光，被迫往后退开，一时不敢过于接近，却始终不远不近地跟着。

张保庆叫苦不迭："与其让猞猁活活咬死，还不如掉进天坑摔成肉饼来得痛快。"

二鼻子对他说："别整那没用的，好死不如赖活着，咱得想个法子上去，你俩可千万别让火把灭掉！"

张保庆心中绝望："这么深的天坑，猴子来了也没招儿，咱们如何上得去？"

二鼻子说："上不去也不能等死啊！四处找一找，说不定有路可以出去。"

张保庆不比二鼻子常年趴冰卧雪、翻山越岭，这一路上疲于奔命，体力早已透支，虽说要命的活阎王跟在后头，可这脚底下是真没力气了，两条腿拉不开栓，如同灌了铅一样，搁东北话讲叫"拿不动腿儿"了。

二鼻子跟张保庆说："你瞅你那损色，别在那吭哧瘪肚的，走不动我背你。"

张保庆忙说："你快打住吧，谁不知道你那件破皮袄，是打你爷爷那辈儿穿到现在的，从未浆洗过一次半次，往身上一划拉，好嘛，噼里啪啦往下掉活物儿啊！我可不愿意让你背。"

二鼻子对菜瓜说："你瞅见没有？这小子白吃馒头还嫌面黑，瞅他那熊样儿，还敢嫌我埋汰？咱走咱的，不管他了，活该他让猞猁吃了！"

菜瓜苦劝二鼻子不可意气用事："你将张保庆扔在此处，回去怎么跟四舅爷交代？"

二鼻子也并不是真想走，他是成心吓唬张保庆，拽上菜瓜作势要走。

张保庆嘴上是那么说，可不敢当真一个人留下，一看二鼻子说走便走，顿时怕上心来，只得咬牙起身，跟跟跄跄跟随二鼻子兄妹往前走。

三人一边在天坑之内寻找出路，一边摸摸身上的东西，仅有贴身的短刀和狍子皮睡袋还在，没吃没喝，弓箭猎叉全丢了，那几根松枝做成的简易火把，还不知能烧多久，火把一旦灭掉，猞猁会立刻扑上来吃人，天坑四壁陡峭如同刀切斧劈，落到这个与世隔绝的地方，如何能够活命？

三人一路走一路行，途中见到几具麋鹿之类野兽的白骨，有多处断裂痕迹，显然是失足掉下天坑摔死的，他们三个人也是从那么高的地方坠落洞底，命大得以不死，但越想越觉得后怕，定下神来看看周围，心中更为骇异。

洞底并没有从上往下看那么黑，可以看到这里也有成片的古树，枯枝横生，蔓藤缠绕，但是多已腐朽，到处死气沉沉，想来是当年原始森林跟地面一同塌落到洞中，形成了这个巨大的天坑。四周绝壁如削，有一多半洞口被倾倒的树木遮住，人不是飞鸟，有多大的本领也爬不上去，何况山上寒风刮得猛烈，他们三人身上的皮袄都撕扯碎了无法再穿，只好扒下来扔掉，仅穿夹袄，头上是三块瓦的狗皮帽子，脚下有毡靴，在天坑中倒不会觉得太冷，但要是走出去却不免活活冻死。

一行三人困在天坑之中，如果找不到躲避的地方，迟早会让猞猁吃掉，逃出天坑又得冻死，死尸也会让猞猁啃了，张保庆想不出两者之间有什么分别。他头天夜里喝了二鼻子带的"闷倒驴"，"闷倒驴"是土锅烧制的烈酒，足有七十多度，一口下去驴都得趴下，由此得名"闷倒驴"。张保庆也只喝了几口，第二天头还在疼，一早起来什么也不想吃，空着肚子下到深谷放猎鹰捉狐狸，直至掉进天坑，这一整天一口东西都没吃过。人一旦饿上来，别的可都顾不上了，如同身后那些猞猁一样，脑子里没了别的念头，只想找东西充饥。

天坑中看起来一片死寂，但是腐木上生有松茸，张保庆一眼瞥见，伸手要拔。

菜瓜奇道："你拔它干啥？"

张保庆说："这是松茸，难道你们不饿吗？"

菜瓜说："哪是松茸，这是兔子腿儿。"

张保庆一听兔子腿儿，以为这形似松茸之物，吃到口中同兔子肉的味道一样。其实山里的猎人不爱吃兔子，有句老话叫"兔肉不如饽饽"，因为兔肉烤出来又瘦又柴，张保庆初到长白山的时候，还觉得吃个新鲜，待了这一年多，早已经吃腻了兔子。可这会儿饿劲儿上来了，一想起兔子腿的味道，忍不住直咽口水。

菜瓜看出张保庆是饿急了，以为这东西能吃，不免心中好笑，又对他说："它长得像兔子腿儿，其实是不老草。"

张保庆没见过不老草，却曾耳闻那是一种不能充饥的草苁蓉，心下失望，但也只能作罢。他正饿得发慌，二鼻子在一旁的腐木之上，找到一大块奇形怪状的东西。张保庆转头一看，认得那东西是猴头蘑，又名刺猬菌，通常长在方木伤损腐朽之处，干了以后转为褐色，民间有猴头蘑对生之说，往往是雌雄一对，在一块猴头蘑对面必定会找到另外一块。

二鼻子拔出短刀割下猴头蘑，他们在附近一找，竟一连找到好几块肥大厚硕的猴头蘑。此物堪称山珍，等闲难得，却不能生吃，煮了吃也得够火候。三人只好吞了吞口水，强忍饥火，先将猴头蘑装到狍子皮口袋里。天坑中枯枝老藤虽多，可是潮湿腐朽，难以引火，估计手中的火把点不到半个时辰便会灭掉，上边的天色也快黑了，三个人匆匆忙忙找了几块猴头蘑，不敢再多耽搁，又沿天坑峭壁寻找出路。三人一边探路，一边防备尾随而来的猞猁。走着走着，张保庆发现前边似乎有一片房屋的轮廓，要说可也怪了，天坑里怎么可能有人居住？

三人暗觉奇怪，又往前走了几步，看出那是一座大宅，黑沉沉的灯火全无，有如阴间地府，三五米高的夯土墙带门楼，挂了两串破灯笼，门上裹有铜皮，两边各画一条张牙舞爪的飞龙，色彩已然斑驳。离远了看是龙，到近处一看，门上所绘却是两条大蜈蚣。当地传说深山老林中的蜈蚣，不仅是财宝的守护者，也是地狱的门神！

2

话说张保庆和二鼻子、菜瓜三人，坠入一个与世隔绝的天坑之中，命不该绝没摔死，可是一天水米没打牙，意外见到一座诡异的大宅，门上画了两条狰狞的大蜈蚣。以前讲究画门神，凡是有门有户的，哪家没有门神？门前有神，可以挡灾避祸，保佑家宅平安。传统的门神仅有"神荼郁垒、哼哈二将"，这几位捉鬼降妖无所不能；后世的门神越来越多，秦琼、尉迟敬德、程咬金、关云长、张翼德、赵子龙，连杨宗保、穆桂英这两口子也是，但凡有头有脸儿的、英勇善战的，都可以往门上贴，且以武将居多，文官门神也有，比如说包拯、海瑞、寇准、狄公，等等。可想不到天坑中的这座大宅，门上画了两条狰狞可怖的大蜈蚣，张牙舞爪，活灵活现，看得人心中一寒。

张保庆三人手举火把，抬头打量面前的大宅，只见高墙巨门，墙上留有不少炮孔。在东北的方言土语中，常将"枪、炮"二字混用，土匪当中打枪打得准的人叫炮手，倒不是会用火炮，而土豪地主雇来的保镖，只要带枪，也可以叫炮手，炮孔是指枪孔，供人躲在墙后边放枪用的。

那个年头兵荒马乱，遍地起胡子，盗寇兵匪多如牛毛，为非作歹无恶不作。老百姓有句顺口溜叫"有钱的怕抢，有姑娘的怕绑，走道的怕劫，出门的怕攘"，可想而知当时的世道有多乱，行路之人都免不了被土匪在背后捅刀子、打闷棍，何况站着房、躺着地的富户？因为常有地主大户遭到土匪洗劫，绿林黑话称洗劫大户为"砸窑"，抢钱、抢粮食不说，很多时候不留活口，不分男女老少全杀了；更有那缺德的主儿，专门糟蹋女眷，扒光了衣服，肚脐儿中掐烟头儿，乳头上串铃铛，什么损招儿都使得出来。土匪们出去"砸窑"之前，只要为首的高喊一声："弟兄们！到老丈人家了！"土匪们一听便明白了，这一票除了能抢钱抢粮食，还可以糟蹋女眷。长白山兴安岭这些所在，地广人稀，等到县城保安团或森林警察赶来，黄花菜都凉了，所以有钱有势的地主大户，会将围墙盖得很高，其中有房屋、水井、屯谷仓，一家老小连同长工、雇工、炮手，乃至牲口骡马，全在大院套里，一旦发生了变故，大门紧锁，完全可以做到自给自足，坚守三年五载也没有问题。外边挖壕沟，围着大院套是一望无际的庄稼地，一旦土匪前来劫掠，离老远就能瞅见，地主雇来的炮手便躲在高墙上，通过炮孔以长短枪支射杀来敌，所谓"养兵千日，用兵一时"，炮手们平时除了练枪，别的什么活儿也不干，好吃好喝地养着，只为了在紧要关头抵御土匪。

炮手这个行当不好干，您别看平日里足吃足喝，可到了节骨眼上真得玩儿命，土匪攻打地主大院，必须先将炮楼打掉，否则冲不进去。旧时招募炮手极为严苛，那是雇来保命守财的，没有几分真本领可不成。越有钱的人家越怕土匪，养的炮手也越多，炮手头儿在家里地位很高，可以与大管家平起平坐，出来进去谁都得高看一眼，相当于过去的王爷府养教师爷一样，看家护院的手下人全听他的。其余炮手在大门旁边的屋子睡通铺，炮手头儿在头一进院子里住单间，吃的也不一样，厨子单给开火，有道菜上一顿有下一顿还有，那就是羊肝，吃了能明目。炮手们平日里光练准头儿也不成，那是最基本的，脚力、臂力、身上的把式都得练，睡觉的屋子里有楼梯，可以直通炮楼，一旦来了土匪，三步两步蹿上去，抬枪就得打，腿底下不利索可不行。万一土匪来得多攻破了宅子，炮手们还得近身厮杀。因此说给大户人家当炮手，那是脑袋别在裤腰带上的买卖，还不是长个脑袋的就能干，最主要的一点是枪杆子直溜，指哪儿打哪儿，再一个是胆大豁得出去，别等土匪来了本家还没动，你当炮手的先跑了。

后来东北实行土改，又经过剿匪，当年地主大户用于防御的大院套也逐渐荒废了，只留下断壁残垣，上岁数的人大多见过，张保庆也曾听四舅爷提及。他寻思多半是地主大户为了躲避打仗，在天坑里造起这么一座巨宅，是避世之人隐居的所在，看样子荒废已久，在战乱年代，这也不足为奇。不过宅子门上画两条大蜈蚣，不说吓人，也是够诡异的！

蜈蚣是五毒之一，寻常人家躲还躲不及，怎么会有人把蜈蚣贴在大门上？张保庆看到天坑中的大宅，不免觉得有几分古怪，说道："门上画蜈蚣有什么用？吓唬土匪？"

二鼻子则是一脸惊愕："原来真有这座大宅……"

菜瓜不解地问二鼻子："哥，你咋知道这地方？"

二鼻子说："在屯子里听老辈儿人提到过，门前画蜈蚣的大宅，不会错……准是这地方！"

菜瓜问道："这是啥地方？门上为啥画蜈蚣？"

二鼻子说："相传以前的人迷信，认为蜈蚣能守财。"

张保庆一直在旁听着，忍不住说："敢情门上画蜈蚣，是为了摆阔。"

菜瓜说："火把快灭了，外头天色已黑，逃出去也得冻死，不如先到这大宅里躲一躲，有啥话进去再说不迟。"

张保庆也是这么想的，高墙大屋虽然有些诡异，可好歹也是人住过的地方，不仅可以挡住穷凶极恶的猞猁，没准还能找到取暖充饥之物。

二鼻子为人莽莽撞撞，一贯大马金刀，什么都不在乎，这会儿却犹豫不前，好像在担心些什么，迟疑了片刻，又想不到别的出路，才同意进入门上画蜈蚣的宅子中躲一躲。

天坑下边的宅子三面高墙，背靠山壁，两扇朱漆大门的木头足有半尺厚，上下包铜皮，铜上镶钉。二鼻子上前推了推，发觉大门落闩，从里头顶住了推不开。三个人围着大宅子转了一圈，没找到后门。二鼻子和张保庆搭成人梯，将菜瓜托上去，让她抠住炮孔登上墙头，再从里面把门打开。三人都进了院，再次将大门顶好，以防猞猁进来。四下一看，只见里边重门叠户，前院连后院，不知道有多少进，房屋一间挨一间，看意思住得下百十来人。大门边上是三间贯通的屋子，门没上锁，屋中许久不曾通风，一进去一股子霉味。里边有炕有灶，灶灰冰冷，柴垛堆了一人多高，桌上摆放着茶盘子、茶碗，都是粗瓷的，并非什么讲究之物。墙上整整齐齐挂了七八条步枪，一水儿的东洋造三八式。衣服、被子全没动过，由于是在天坑里，蜡烛、油灯所在皆有，只是到处积满了灰尘。瞧屋中布置，应该是炮手的住处。炮手通常住在大门两边，一来方便把守门户，二来可以随时登墙抵御土匪。张保庆心想：不知以前住在这儿的人都去哪儿了，可是大门从里边顶住，难道宅子里的人根本没出去，全部死在了天坑之中？

3

前文书说到张保庆他们三个人被猞猁追赶，误打误撞来到一座大宅之中，门上一左一右画两条活灵活现的大蜈蚣。宅子位于天坑深处，看规模可不小，高墙炮孔一应俱全，里头却没半个人影，显然荒废已久，却从里到外透出一股阴森恐怖的气息。

张保庆胡思乱想：大宅中的人死光了，岂不是处凶宅？这地方会不会有鬼？没动这念头还则罢了，此时他这么一想，似乎能看见大宅中有孤魂野鬼走动，身上顿时感到一阵阵发冷。但是眼下饥饿难忍，他也顾不得害怕了，帮二鼻子点上屋里的灯烛，准备先吃些东西。

二鼻子摘下挂在墙上的步枪，端在手里看了看，枪是好枪，不过放的年头太久，枪栓都锈死了，根本拉不开。菜瓜看到门口有一眼泉水井，取水刷去锅底和马勺上的污垢，又抱来一捆秫秸秆塞到灶下，点上火往灶膛中添加木柴，但这土灶少说几十年没通过，里边全堵死了，点起火来便往屋里呛烟，呛得三个人满脸黑灰，一个个跟灶王爷似的，鼻涕哈喇子齐流。眼看地灶无法使用，干脆在屋里升起一堆火，把整根的猴头蘑拿出来洗干净，再以短刀切开，一块块扔到锅里煮。

张保庆坐在锅旁两眼发直，他在饭庄子后厨当过学徒，早听说猴头蘑是能上大宴的山珍。猴头鱼翅可称山珍海味，鱼翅是鲨鱼翅，猴头并非真的猴头，而是指野生的猴头蘑，此刻饥肠辘辘，迫不及待地拿起马勺，舀了一大勺汤刚要喝，忽然冒出一个念头：这鬼地方的水能喝吗？

二鼻子从锅里捞出一块猴头蘑，也是饿得狠了，吹都没吹就往嘴里扔，烫得无法下咽可也不舍得往外吐，口中含混不清地对张保庆说："你呀，寻思得也太多了，当年地主大户造村堡般的宅子，里边一定要有活水，或是泉眼或是水井。人可以三天不吃东西，但不能一天不喝水，如果地主的大院套里没有水源，一旦让土匪乱兵困住，全家人便只有死路一条。"

张保庆一看二鼻子吃了没事，也迫不及待地从锅里捞了一块，吹了吹滚烫的热气，一边吃一边说："可这宅子里的人，还不是都死了？"

二鼻子奇道："你又没看见死人，怎么能说宅子里的人全死了？"

张保庆心想：那倒也是，确实没看见死人，屋里的摆设一切如常，衣服、被子全都没动过，大门从里边关得好好的，若不是积了厚厚的尘土，你说宅子里的人刚刚还在这里我也会信，可见没有遭受到土匪袭击。不过住在大宅中的人，也不像突然搬走了……他想起二鼻子在大门前脸色古怪，正憋了一肚子的话要问："到底是什么人出于什么原因，要常年住在与世隔绝的天坑里？当年住在宅子中的人是死是活？"

二鼻子说："我也就是听老辈儿人那么一说，我是怎么听来的怎么说，我也没亲眼见过，你俩可别怕，咱们那上岁数的人都听过，当年在深山老林里出过一桩奇案，奇案懂不？"

菜瓜说："奇暗……那是相当地黑了？比锅底还黑吗？"

张保庆说："不是，奇案是指很离奇的案件，一般破不了，也说不清道不明。"

二鼻子一拍大腿，对张保庆说道："没错，你也听过？"

张保庆说："我没听过，你怎么树林子放风筝——绕上了，别勾我们腮帮子，快说是怎样一桩奇案，又跟门上画蜈蚣的大宅有什么相关？另外你说过蜈蚣守财，大宅的主人很有钱？"

二鼻子说："何止很有钱啊，那简直是……我这么跟你说吧，当年东三省所有的钱放一块堆儿，都未必赶得上他的多，那真是趁了小鼻子他爷爷——老鼻子钱了。如果我没猜错的话，这是金王马殿臣的宅子！"

"金王"两个字一出口，张保庆觉得有几分耳熟，从前听四舅爷提起过，这会儿让二鼻子一提，再看这宅子的规模阵势，倒也觉得有几分可能。

相传清朝末年，关外出过一个响当当的人物，此人姓马，名殿臣，人称金王。一听这个外号就知道这个人有钱，到底多有钱呢？还真不好说，可能连他自己也不知道自己有多少钱，说是富可敌国未免有些夸张，但只要一出了山海关的大门，这位绝对是首屈一指的巨富，他排第二，没人敢排第一。后来，不知出于什么原因，马殿臣突然失踪了，连同他的财宝一同消失得无影无踪，谁也不知道这个人上哪儿去了，凭空的这人就没了，却留下了很多传说，被说书的拿出来改成了评书，关外说书的都会说这套书。在旧社会，说书的走江湖，讲究"把点开活"，不一样的听众给不一样的书听。好比关内人听评书，喜欢听《三国演义》《水浒传》《明英烈》《岳飞传》这样的袍带书，全是骑马打仗、排兵布阵、攻城拔寨、两军交锋，再一个听《三侠五义》《雍正剑侠》《包公案》《彭公案》，这叫短打书，讲的全是剑客侠客、平山灭岛、争印夺宝、破阵打擂之类。关内的评书主要是这两个路数，说的人多，听的人也多，不过你到关外还说这个可吃不开。关外的老百姓爱听什么？无外乎"鬼狐妖怪、土匪响马"，此乃风俗使然，就跟吃饭一样，一方水土养一方人，地域不同口味也不同。马殿臣两者兼具，说书的人不同，说的版本也不一样，有当成公案短打来说的，有当成响马传来说的，也有说成神鬼妖狐的，真是怎么说的都有。张保庆到长白山以来，虽听四舅爷念叨过金王马殿臣，却也未知其详。而二鼻子说起马殿臣的旧事，则是如数家珍，不过他并不擅长讲述描绘，只会照葫芦画瓢，当即按他听来的原话，说起了"长白山天坑奇案，马殿臣三闯关东"，听得张保庆身上起了一层鸡皮疙瘩，头皮子直发麻。

第五章
金王马殿臣（上）

1

书接前文，张保庆和二鼻子兄妹闯进天坑中的一座大宅，从种种迹象上来看，天坑大宅多半是"金王"马殿臣的老窝。马殿臣不仅是个威震一方的匪首，在关外还有"金王"之称。您想想，够得上一个"王"字，必定在某一方面拔了尖儿，那得是出乎其类、拔乎其萃的人物。得了"金王"这个称号，足以见得马殿臣有钱，可不单单是有钱，再说具体点儿，他趁金子，还是金子最多的那位。无论怎么改朝换代，金子也是硬通货，世道越乱金子越值钱。其他像什么银票之类的，别管多大的票号，也说不定哪天就倒了，那就变成了废纸一般。那位问了，马殿臣到底有多少金子？那可没人知道，估计连他自己也没个准数。咱这么说吧，据传大军阀张小个子，当年都要跟马殿臣借钱充军饷。军饷没有小数儿，十几万人连吃带喝，军装被服吃穿用度，再加上枪支弹药，那就是个无底洞，多少钱才能够往里填的？由此可见马殿臣是多有钱。别看马殿臣在东三省的名头响，但他老家是山东泰安的，闯关东到的长白山，他这一辈子真可以说大起大落、几经波折，经历绝非常人可比，如果掰开了揉碎了，至少够说上三五个月的。咱撇下稀的捞干的说吧，这段书有个名目叫"马殿臣三跑关东"，后来也可以说成"马殿臣三闯关东"，因为以前闯关东的人不愿意使"闯"字，说这个字太凶险，九死一生，便改成了"跑"字，图个平安。

对于马殿臣此人，世间众说纷纭、褒贬不一，有人说他是好人，好得不能再好了，在家孝顺父母，在外行侠仗义；也有人说他是恶人，因为他落草为寇，当过杀人不眨眼的土匪胡子。这世上没有十足的好人，也没有十足的恶人，所谓是非功过，很难一两句话说清楚，好人也备不住做过恶事，恶人也保不齐发一回善心，往往是善中有恶、恶中有善，善恶到头因果循环！

闲言少叙，且说当年在这长白山提起马殿臣的名号，那可了不得，都知道此人乃是名震一方的土匪头子，真可以说是心狠手辣、杀人如麻，视人命如同草芥，弄死个人有如踩死一只蚂蚁。据说有一次马殿臣杀人，把这一家二十几口子装进米缸，一字排开埋到地里，仅仅露出脑袋。他骑在一匹高头大马之上，马后面拖一个铁犁，催马扬鞭在垄上一跑，铁犁过处人头乱滚，眨眼之间血流成河。俗话说"不凡之子，必异其生；大德之人，必得其寿"，这是说不同凡响之人，生下来就跟常人不一样。据说他这股子狠劲儿是胎里带来的，还没落草的时候便是如此，并不是说当了胡子之后才变成这样的。民间有这么一种说法：马殿臣乃女鬼所生，因此才这么心狠手辣，善于争强斗狠，天不怕地不怕，一副"神挡杀神、佛挡杀佛"的嘴脸。

女鬼当然不能生孩子，这只不过是后人以讹传讹演绎而成的。据说是马殿臣的娘当初临盆之际难产，过去说生孩子是"儿奔生，娘奔死"，形容女人生孩子如同在鬼门关前走上一遭。当时请了好几轮稳婆也无能为力，十里八村的都找遍了，然而谁也没办法，平日里那些个自诩如何如何的也都束手无策傻了眼。最后还是一个江湖大夫诊过脉以后告诉家里人，这个病症叫"抱心生"，实属罕见，孩子大人只能保一个，让家人赶快决断。怎么叫"抱心生"呢？传说这样的孩子上辈子乃是大恶之人，一生下来先得要了娘的命，在胎里双手紧抱为娘的心肝，往下一走，当娘的便疼得撕心裂肺。遇见这种情况，必须用针灸和汤药把孩子置于死地，先让他松了手，再将死孩子引产，这才能保住为娘的性命。

马殿臣他娘一听就不干了，这位夫人也是个烈性之人，当时银牙一咬、杏眼一瞪，偏不信这个邪，非要把孩子生下来，谁劝就跟谁玩儿命，拿一把剪刀抵住了喉咙："再劝我就先把自己扎死。"大夫和家里人都不敢上前，只能眼睁睁地看着马殿臣的娘疼得死去活来，叫天天不应，叫地地不灵，足足折腾了三天三夜，额头上汗珠子往下滚，身下血水横溢，指甲都抠进了床板，就这样孩子还是没生下来，自己却已气绝身亡——活活疼死了！

家里人捶胸顿足、号啕大哭，无奈人已经死了，那时候也没有剖腹产，孩子想必也已胎死腹中。马殿臣他们家又不是多有钱的大户人家，只得一尸两命装进一口薄皮棺材，找了个坟岗子草草下葬掩埋。

简简单单拍了个坟包子，却无墓无碑，经人指点在坟头上插了一把黑纸伞。这是为什么呢？民间传说孕妇难产死后到了阴间仍会产子，这孩子还是得生出来，所以要插上一把黑伞，一来挡一挡阴曹地府的阴风，二来也别污了阎王爷的森罗殿。

本以为事情就这样过去了，人死如灯灭，时间久了也就不想了。但从那以后，总有一个女子，无论刮风下雨还是艳阳高照，阴天晴天都举着一把黑伞，到离村子几里之外的街市之上去买糕饼和小孩衣服。以前的大姑娘、小媳妇儿大门不出二门不迈，没有人认得马殿臣的娘，因此也对不上号，并不知道这是谁。可糕饼铺掌柜的却接连遇到怪事，明明收的是铜子儿或是散碎银钱，过了一夜却变成烧给死人的纸钱。

过去的人迷信得厉害，掌柜的以为是女鬼来买糕饼，也不敢声张，怕消息一传出去没人敢来他这儿买东西，生意都不好做了。为了辨清人鬼，就在柜台上摆放一盆清水，倘若有人来买东西，叫他直接把钱扔进水里，无论是散碎银子还是铜钱，那都是入水则沉，可如果是死人用的纸钱，便会浮在水面上，用这么个法子来分辨。可纸里终究是包不住火，一时间流言四起，人心惶惶，都知道糕饼铺闹鬼了，有鬼来买东西。日子久了也不是个办法，糕饼店老板无奈之下，不得不请来一位高人捉鬼。行走江湖自称能降妖捉怪的高人太多了，其中混饭吃的可不少，这位也是不例外，能不能捉鬼先搁一边，饭量可倒真是不小，大饼、馒头、面条子敞开了一通吃，一天三顿，一顿也不能少，还都得是这等好吃食。这位高人在卖糕饼的这家连吃带住了好几天，一缸面眼瞅见了底儿了，掌柜的心疼得直嗑牙花子，天天发愁："女鬼怎么还不来呢？你再不来我这买卖非得让这个捉鬼的给吃黄了不可！"

　　这一天正晌午，烈日高悬，晒得地皮"滋滋"冒油，手持黑伞的"女鬼"又进了店，跟往常一样一声不吭，抓起两块糕饼，往案子上扔下几个铜钱转身走了。那位说不对了，都说鬼见不得日头，怎么还能大白天的出来到处游逛呢？您别忘了，她不是打了伞吗？卖糕饼的拿起铜钱扔进水盆，却不见铜钱沉底，当时冷汗直冒，手脚冰凉，心说：我这日盼夜盼的，终于把您给盼来了，急忙把高人从后屋请出来。高人一听"女鬼"来了，也不废话，两眼一瞪眉毛一拧，抓住卖糕饼的袖子，拽上他出了店门。二人偷偷跟在"女鬼"身后，一路出了城，直跟到马夫人的坟前，怎知眨眼之间，"女鬼"踪迹皆无，坟中却传出婴儿的啼哭之声。

　　光天化日之下，又是两个大老爷们儿在一起，才不至于屁滚尿流，但那也是吓得够呛。二人仗起胆子走上前去仔细探听，哭声果然是来自坟中，呜哧瘪肚，时断时续。这两位你看看我，我看看你。卖糕饼的心说：你吃也吃了喝也喝了，一缸白面都进了你的五脏庙，现在可指望你了，你得把这鬼给捉了啊！总不能白吃闲饭不干事儿吧！哪承想这位高人也没主意了，说好了捉一个女鬼，怎么又出来一个小鬼？我这单枪匹马一个人如何对付得了一大一小两个鬼？这可不是我没本事，是因为当初说好了一个鬼，而今多出来一个，不在我的计划之内啊！两人一合计，咱也别在这儿相面了，先去报官吧，当下一路狂奔就到了衙门口。官老爷升坐大堂，说："你等何事报官？有什么要老爷我给你们做主的？"一问情由也觉得怀头，又不好置之不理，只得命人前去查看。官差奉命带了十几个民夫直奔坟岗子，到得近前，果然听见有小孩啼哭之声，打去坟头土，只见其中埋了一口薄皮棺材，看样子时间不长，埋下没多久，土是新土，棺材板也是新茬儿。三下两下撬开棺材，但见棺中一具女尸仰面朝天，右手之中攥了两块糕饼，身旁一个小孩正在啼哭。众人吓得魂飞魄散，纵然是大白天的，这事儿也太邪性了，搁谁遇见不害怕啊！自此以后，买糕饼的"女鬼"便再没出现过。据说棺中啼哭的这个孩子正是马殿臣，后来他是如何活下来的无人知晓，谁养的、谁带的、谁抱走的一概不知。可是经此一遭，马殿臣也被说成是生在阴间的恶鬼还阳！

2

张保庆跟菜瓜也只是听过"金王"马殿臣的名号，那马殿臣是一跺脚整个关东都得颤上几颤的人物，然而一个人的是非功过本就难以说清，再加之多少年来口传耳录，难免有夸张不实的成分，再从二鼻子嘴里说出来，那可就更邪乎了。

马殿臣乃女鬼所生一事，全是说书的信口编造，根本就没有那个事儿，说书的为了挣钱吃饭，当然是怎么耸人听闻怎么说，到后来一传十十传百，变成了炕头儿上吓唬孩子的鬼话。实际上马殿臣出身于普普通通的庄户人家，祖祖辈辈都是看天吃饭、土里刨食的庄稼把式，一家三口在泰安老家种地为生，早年间这日子也还过得去。马殿臣的爹名叫马成，在地方上绝对是一等一的好汉，论起庄稼把式，马成一个顶仨，他那个身子板儿，真可谓"擎天白玉柱，架海紫金梁"，往那儿一站跟半截黑铁塔一样，典型的山东好汉。

不种地的时候，马成专好打拳踢腿、耍枪弄棒，弓刀石马步箭、十八般兵刃，不敢说样样精通，却也没有他拿不起来的。以往有这么几个地方出练家子，泰安是其中之一，虽说跟河北沧州、河南登封比不了，练武的人可也不在少数。保镖的路过此处都不敢喊镖趟子[1]，镖旗也得收起来，蔫儿不出溜儿地过去。因为这个地方练武的人多，你来这儿"叫号儿"不是找打吗？

习文练武都不容易，全得下苦功夫。尤其是练武，讲究冬练三九，夏练三伏，功夫不亏人，你对得起它，它对得起你，但是一天也不能撂下，一撂下可就拾不起来了。乡下的庄稼汉练武，大多是为了强身健体，身上有力气，下地干活儿才轻快。然而马成没赶上好年景，那几年经常闹饥荒，连年大旱，庄稼颗粒无收，树皮都吃没了，地上连根草都见不着，饿死了很多人。马成一看这可不行，堂堂七尺高的汉子，空有一身的力气把式，有劲儿没处使，养活不了一家老小，为了找条活路，马成思来想去，牙一咬心一横，决定只身一人去闯关东。

俗话说得好，人挪活、树挪死，出去闯一闯，总好过在家饿死。关东指山海关的东大门，出了关是东三省的地界，为什么叫"闯"关东呢？因为出了关便是大清朝的龙兴之地，朝廷颁布了禁令，严禁在关外开荒动土，以免破坏皇家的龙脉，而关外的黑土地又肥得流油，种什么长什么，是种瓜得瓜，种豆得豆，插根儿笤帚苗儿转年就长出一片高粱地。连年的灾荒以及战乱，迫使许许多多的山东人不顾朝廷禁令铤而走险，冒死去关外求生。

马成此一番去闯关东，抛家舍业丢下孤儿寡母，为的可不是开

---

[1] 镖趟子：走镖"喊镖号"也叫"喊镖趟子"，指走镖时镖手们或亮起嗓门儿喊号子，或喊出镖局的江湖名号。

荒种地，他要去长白山挖野山参，东北话叫"棒槌"。曾听说有逃荒的人在长白山找到一个"棒槌窑"，大大小小的野山参数都数不过来，俗话说"七两为参，八两为宝"，一斤以上的大棒槌连皇上都没见过，可那棒槌窑里的棒槌个儿顶个儿都跟大白萝卜似的，挖出一根卖了钱足够一家子人吃香喝辣一辈子。此一去虽说是九死一生，可只要有朝一日回到山东老家，那准是发了大财，衣锦还乡。

马殿臣他娘听完丈夫这一番话，苦笑了两声摇了摇头。别看她是个村妇，可也有几分见识，心知马成说的天花乱坠是为了让自己有个盼头，可去关外挖棒槌的人有几个能回来，还不是大都死在了外头？当即说道："人家闯关东开荒种地求一碗饭吃，你却胆敢进山挖宝？想那长白山是大清朝的龙脉所在，一向有官军把守，你只身一人哪还有个活啊？也罢也罢，反正也没活路了，你头前儿给我们娘儿俩探好了路，在下边等我们一等，等我们娘儿俩饿死了，咱一家三口在黄泉路上重逢！"

话是拦路虎，衣裳是瘆人的毛，媳妇儿一句两句连三句，句句说在理上，说得马成哑口无言，一句话都答不上来，怎么呢？说得太对了！其一，关外的龙脉有八旗兵将严密把守，你挖棒槌等于在龙脉上动土，挖皇上家的祖坟，那是什么罪过？非是一般的偷坟盗墓、欺君罔上，那叫意图谋反，天大的罪过！一旦让守军擒获，问都不用问当场就杀，按王法这叫斩立决。"咔嚓"一刀人头落地你还得认便宜，敢刨皇上家的祖坟，万剐凌迟、挫骨扬灰、全家抄斩、株连九族也不为过；其二，那地方杀人越货的土匪太多了。关外称土匪为"胡子"，也叫"绺子"，因为这些人大多一脸胡子，积年累月洗不上一回脸，胡子贴在脸上打了绺，并且身穿黑衣，下山打家劫舍之时一字排开，从远处望去一绺子一绺子的，故此得名。在关外挖棒槌，侥幸躲得过八旗军，未必躲得过土匪，落到土匪手里也不比落在官军手里好多少，照样是图财害命，躲过了土匪，山中还有那么多吃人的虎豹豺狼，备不住就给野兽填了肚子；其三，马成一个山东汉子，从没离开过老家，更别提千里之外的长白山了，不识关外深山老林中的路径，就算是误打误撞闯了进去，却又如何走得出来？

马成心里明白这条路往好了说叫九死一生，往坏了说必是有去无回，无奈眼下吃不上饭了，横不能待在家等死，左右是个死，不如豁出命走上一趟，万里有个一，要是老天爷开眼，让自己挖到个宝棒槌，一家三口就再也不用挨饿了。眼下这日子大人还好说，只可怜儿子马殿臣，还指望他日后"殿上称臣"，给老马家光宗耀祖，为了这个孩子也得出去奔命，他出去这娘儿俩也许还能活，他不走一家三口都得饿死，家中有他这七尺多高一把扳不倒的汉子，要饭都要不来。旧社会的妇女讲究三从四德，在家从父，出嫁从夫，夫死从子，纵使心中千般不舍万般无奈，丈夫的话也不得不听。马成心意已决，收拾好行囊包裹，与妻子挥泪而别。

当家的一个人去关外挖棒槌，留下马殿臣娘儿俩无依无靠，赶上大灾之年，村头的树皮草根都让人吃光了，哪里讨得来饭，哪家还有饭舍给你？娘儿俩无奈只好逃难进城，马老夫人用一块蓝布将马殿臣背在身后，手托半个破碗，东讨一口残羹，西讨一口剩饭，对付着过日子，拉扯着马殿臣长大。上无片瓦遮身、下无立锥之地，白天要饭，晚上在城西头的破庙中苦挨。

可也不能总要饭，赶上年景好的时候，当娘的就在破庙里给人家缝缝补补，干点儿针线活儿，过去管这一行叫"缝穷的"。很多穷汉光棍儿一条，衣裳破了舍不得扔，自己又不会缝补，干惯了粗活儿的手连针都捏不起来，只得麻烦这些大嫂子来做，也花不了多少钱，一两个大子儿足矣，缝补好了，这衣裳又能穿上大半年，赶再穿破了，就接茬儿送过来补，那衣服都是补丁连着补丁，补丁摞着补丁，三环套月的补丁。马殿臣他娘手巧，在家的时候，炕上一把剪子、地上一把铲子，就没有不会干的活儿。如今母子二人无以为生，除了缝穷之外，夜间在破庙中点灯熬油捻线，预备过年的时候换点儿钱，好歹把年关对付过去。有钱人叫过年，穷人过年那叫过关，尤其在老时年间，打一进腊月，大街小巷的年味儿就出来了，从腊八一直到正月十五，天天有例儿、顿顿有讲儿，杀猪宰羊、白面馒头都得提前预备下。穷苦人则不然，平时还能要饭，但是年关难过，过年那几天没地方要饭去。按照要饭的规矩，婚丧嫁娶、红白喜寿事可以登门乞讨，唯独过年不行。大年初一要饭的登门，搁谁不别扭，这一年还有个好吗，那一堵心还不得堵心一年？还甭说是要饭的，过年那几天大户人家的下人都不能进主人屋，怕让这些穷人冲了财气。马殿臣的娘知道年关不好过，到时候连缝穷的活儿都没有，吃什么喝什么呀？过去有老例儿——正月不能动针动剪子，不吉利，但是进了腊月，要准备过年的新衣服、新铺盖、新鞋、新袜子，免不了用线，因此提前捻下几捆线，等到腊月换点儿钱，买点儿米面过年。

这一年眼瞅过了腊月初八，马老夫人把马殿臣叫过来，交给他两捆线，一捆是两百股，让马殿臣拿去长街之上卖了。说话这时候还是大清朝，封建社会规矩多，山东乃孔孟之乡，尤重礼教，妇道人家大门不出二门不迈，抛头露面都不成，当街做买卖成何体统？因此只能让儿子出去卖线。临走告诉马殿臣，卖了钱去买上三斤白面、一棵白菜，再买点儿最贱的剔骨肉，大年三十儿那天包顿饺子吃。马殿臣听了娘的话，小心翼翼把两捆线背在身上，又带上一个盛米装面用的空布袋子，高高兴兴出门而去。

马殿臣出了破庙，心中高兴脚底下走得就快，一边走一边摸摸身上这两捆线，心知当娘的捻这两捆线不容易，他们住的这座破庙，残垣断壁加个顶子，连门板都没有，勉强遮风挡雨，天黑之后点不起油灯，有个蜡烛头照亮都是好的。马老夫人捻这两捆线，眼都快熬瞎了，没个好价钱，这线可不能卖。没承想还挺顺当，两捆线转眼卖光了，价钱也不错。腊月里的线好卖，缝新衣、做新被、纳新鞋，少不了用线。马殿臣揣上卖线的几十文钱，估摸过年这顿饺子里能见荤腥了，心下十分快活，脚步也轻盈了许多，拎上面口袋大步流星直奔粮店。高高兴兴进了店门，把布袋递到柜上，告诉掌柜的来三斤白面，说话掏出铜钱，一个一个拈出来往柜台上数。当时的白面九个大子儿一斤，三斤面二十七个大子儿，他手上这钱有富余，剩下钱还能买菜、买肉回家剁馅儿包饺子。怎知掌柜的一伸手把铜钱都抢了过去，又将布袋往外一扔，大声说道："马殿臣，你们娘儿俩这一年从我这赊的欠的可不少了，按规矩三节两供一拢账，我见你母子二人可怜，五月节、八月节都没找你们要，这眼瞅过年了，咱这账也该归拢归拢了。我还别不告诉你，你这点儿钱刚够利息，本钱一个大子儿也没减，还在账本儿上白纸黑字给你记着呢，有了钱赶紧还啊，滚蛋！"说话一脚将马殿臣踹出了粮店。马殿臣一个孩子，如何与粮店掌柜的相争？打也打不过，骂了还得招拳脚，无奈从地上爬起来，掸去身上的尘土，捡起装面的布袋子，垂头丧气往回走。越走这心里边儿越难过，一边走一边掉眼泪，自己跟自己说："娘的头发熬白了，眼也快瞎了，多半年才捻了这么两捆线，平时舍不得拿出来卖，全指望年底下卖几个钱吃顿饺子，而今我两手空空，线也没了，钱也没了，回去如何跟娘交代？"他一边走一边胡思乱想，也没看路，不知不觉天已经黑了，等到抬头一看，才发觉自己进了一个大坟圈子。

3

话说马殿臣他爹马成一个人去闯关东挖棒槌，从此音信全无。扔下马殿臣和他娘，母子二人相依为命。无奈年景不好，实在吃不上饭，只得流落到城中乞讨为生。一晃到了年根儿底下，马老夫人捻了两捆线，让马殿臣换钱包顿饺子吃，却又被粮铺老板夺了去。马殿臣不敢回去跟娘交代，失魂落魄走到了一片坟地，没想到遇上一件怪事。

腊月天黑得早，马殿臣定住身形四处观瞧，隐隐约约看见一个个高低起伏的坟头，西北风卷起的坟土上下飞扬，周围枯草长得半人多高，东摇西摆瑟瑟作响。这要是换成旁人早吓坏了，马殿臣却不怕，打小跟老娘到处要饭，什么地方没住过？前几年闹灾荒，饿殍遍野，路边死人身上的衣服扒下来就穿，人穷到家了没那么多忌讳，横竖好过冻死。马殿臣发觉走错了路，也没当回事儿，扭头正待往回走，却见坟圈子当中有一团绿色的鬼火，在坟头上忽明忽暗、时隐时现，瞅着挺瘆人。他多曾见过坟地中的鬼火，可都是星星点点、飘忽不定，却从没见过固定在一处的，也没有绿的，心下觉得奇怪，想起以前听人说过"银子埋得年头久了，会成精作祟，夜间放出绿光"，如若这坟中有个银窖，那可真是老天爷开眼了！马殿臣一时间财迷心窍，早把这个"怕"字扔在了脑后。当即俯下身形，拨开蒿草，蹑手蹑脚摸过去。来到近处一看是个半人多高的大坟头，坟前的石碑已经没了，也不知哪朝哪代的古冢。此时云阴月暗，隐隐约约看到坟头上趴了一个东西，却并非窖银，这个东西是活的！

马殿臣这孩子胆大包天，打小没怕过什么东西，又往前挪了挪凑近了定睛一看，这东西比猫大比狗小，似猫非猫、似狗非狗，说是狸子却又不太像，嘴头子又黑又尖，支着两个耳朵趴在坟头上，口中吞吐一道绿光。他从没见过这样的东西，可好歹是个活物，土地爷吃蚂蚱——大小是个荤腥儿，捉回去下了汤锅，够娘儿俩一顿嚼谷。他手上没别的家伙，只有那个空布袋子，趁那东西不防备，偷偷摸过去抡起大口袋往下一罩，不偏不倚正好套在当中。马殿臣心中高兴，连忙扎住袋口，拎起来扛在肩上，转身往坟地外边走。那个东西不干了，这怎么话说的，稀里糊涂就被装口袋里了，在袋子中东一头西一头乱撞。马殿臣心说：这东西太不老实，一会儿别再把我的口袋撞破了！正寻思找块大石头给它砸死，没想到布袋中的东西口作人言，尖声细气叫道："大胆的泼贼，你捉我干什么？"

马殿臣一听这东西不但会说话，口气还挺横，心下十分诧异，不过兜住了逃不掉，可见没有多大能耐，于是应道："那还用问，当然是带回家去。"

布袋中那个东西说道："你又不认得我，我也不识得你，为何带我去你家？"

马殿臣笑道："我和我娘乞讨过活，整日里吃糠咽菜，多少天没开过荤了，今天捉了你，正好带回去开膛剥皮，炖烂糊了打打牙祭。"

布袋中的东西说："小子，听你说话山根清响、气若洪钟，不该是要饭的命，眼下困顿只是一时，将来发了财还愁没饭吃吗？你若是放了我，尽可以指点你一条财路，荣华富贵指日可待！"

马殿臣年纪虽小，但东闯西逛要饭糊口，各色人等见过不少，却也没那么好糊弄，对布袋中这位说道："好不容易逮住你，岂能轻易放了？大富大贵我不敢想，眼下有肉吃就行。"

布袋中的东西忙道："发财有什么不敢想的？你听我的，城隍庙后边有一条六尺道，天黑之后你躲在道旁，等到夜半更深，定有一个官衣官帽的大老爷经过，你见了他二话别说，只管跪下磕头。那是降世的财神爷，你给他磕一个头，至少赏你一块狗头金。"

那个东西说得天花乱坠，马殿臣听得动了心："我信你无妨，但是空口无凭，你把你口中那个发绿光的东西给我，等我发了财再还给你，发不了财我拿去卖了，多少也能换几个钱，否则说出仁皇帝宝来我也不放你。"

布袋中这个东西为了活命，没有别的办法，只得应允下来。马殿臣先将布袋打开一个小口，它从中吐出一道绿光，落在地上"骨碌碌"打转。捡起来一瞧，鸟蛋大小一颗珠子，非金非玉、混浊无光，他把珠子揣入怀中，缓缓打开袋子。那个东西"嗖"的一下蹿出来，钻进乱草丛中，眨眼间踪迹全无。

马殿臣心想：能不能发财尚且两说，眼下可还挨着饿，今天吃什么呢？他在周围找了一阵儿，还真不错，逮了两只大刺猬，一手拎一个回到破庙，把白天怎么卖线，怎么让粮店老板抢了钱，一五一十跟娘一说。为娘的也觉无奈，欠债还钱，天经地义，没处说这个理去。娘儿俩一齐动手，从河边挖了块泥，将俩刺猬裹成两个大泥蛋扔进火堆，过一阵子再用树枝扒拉出来，砸开黄泥一看连刺带皮全沾在泥上，把泥扒拉干净，中间仅有白嫩嫩的肉。相传刺猬乃是五大仙家中的白家，吃了它还了得，不怕遭报应吗？您可别忘了，人饿急了没有不敢吃的，闹饥荒这几年，也不管是刺猬、草蛇还是耗子什么的，真可以说逮住什么吃什么，狐狸和黄鼠狼子也不是不敢吃，只是不好逮而已，否则这五大仙家已经让母子二人吃遍了。马殿臣没敢告诉娘在坟地里碰上的东西，他有个思忖，万一跟娘说了，娘一害怕不让自己去，岂不错过了发财的机会？

转过天来，马殿臣编造个借口，跟娘说他晚上不回来了，出来直奔城隍庙。以往四处要饭，周围的地方他都熟，城隍庙后头的六尺道是条死胡同，进出都在一个口。虽叫六尺道，实际上可不止六尺，挺宽敞的一条胡同，两边都是山墙。马殿臣来到胡同口，站一会儿，溜达一会儿，又跟墙角靠一会儿，拿大顶、折跟头百无聊赖。好不容易等到定更天，刚要抬腿进去，忽听见身后有人喊了一句："你不要命了？"

马殿臣转头一看，身后有个卖馄饨的，这位挑个挑子常年在城隍庙卖馄饨，一大早出来，到天黑把馄饨卖光了才收摊。附近来往的，没有不认识他的，但也不知道姓甚名谁，就知道住在附近。此时正是寒冬腊月，路上没几个行人，马殿臣左右看了看，问卖馄饨的："大爷，您叫我？"

买馄饨的点点头："你这孩子，黑天半夜不回家睡觉，去城隍庙干什么？"

马殿臣觉得卖馄饨的多事，大路朝天各走一边，我去干什么与你何干？随口应付道："我上里面等个人。"

卖馄饨的奇道："等人？小子别说我不告诉你，城隍庙这条胡同一丈多宽，为什么叫六尺道？因为这是条阴阳路，一半走人，一半走鬼，大白天也是阴风阵阵，更何况这深更半夜的，你一个人进去不是找死吗？"

马殿臣生来胆大包天，从没怕过什么，憋着能发财，吃了秤砣铁了心要进这条胡同。卖馄饨的劝不住他，只得叹了口气："良言难劝该死的鬼，天堂有路你不走，地狱无门你自来投！"叹罢收起馄饨挑子回家，走出几步又转过头来，寻思虽然非亲非故，这毕竟是个孩子，还是救他一命吧，于是叫住马殿臣，从挑子上取下一把筷子交给他说："你且听我一句话，对与不对你也不吃亏。攥上这把筷子进胡同，万一遇上凶险，你就扔筷子，可别一把都扔了，一根一根扔，切记！切记！"说罢担上馄饨挑子，摇摇晃晃地去了。

马殿臣不明所以，握住一把筷子进了胡同，心说：这卖馄饨的真有意思，多半是看我小成心吓唬我，几根筷子如何保命？又寻思等我捡了狗头金，明天一早吃他的馄饨，顺便把筷子还给他，看他怎么说。说话行至胡同尽头，也是一道山墙，墙壁高耸，挡住了灯火，好在月明星稀，不至于什么都瞧不见。马殿臣蹲在墙根下边等财神爷，约莫过了一个更次，正犯困打盹儿呢，忽然刮起一阵阴风，两旁房脊之上的瓦片"哗楞楞"作响，他发觉身上一冷，一抬头见从胡同口进来一位，看不清长相，但是穿得宽袍大袖的，不是一般人的打扮。

马殿臣心说"来了"，不敢怠慢，急忙拍去身上的土，毕恭毕敬跪下就准备给财神爷磕头。胡同口那位一眨眼到了他面前。马殿臣这才看清楚，哪是什么降世的财神，从头到脚一身死人装裹，一张大脸比白纸还白。一怔之下，对方伸出手抓过来，眼看拽到头上了，马殿臣惊呼一声："妈的妈我的姥姥！"有心想跑却跑不了，这是条死胡同，身后的山墙有一丈多高，没地方蹬没地方踩，上天无路入地无门，猛然想起手上攥了一把筷子，他是临时抱佛脚，也不知有什么用，按卖馄饨的所言，抽出一根筷子扔了出去。说来奇怪，筷子扔了过去；但见那恶鬼一愣，倒退了七步。

马殿臣暗道一声"侥幸"，心下将满天神佛谢了一个遍，再看那鬼退开七步，随即又走上前来。马殿臣只好再扔筷子，这一人一鬼在胡同中周旋开了。他这一把筷子扔了捡捡了扔，直至鸡鸣四起，天光放亮。马殿臣眼前一黑栽倒在地，过了半天才爬得起身，捡起地上的筷子，一步一挪出了胡同，见那个卖馄饨的刚来，急忙抢步过去跪下磕头谢恩。

卖馄饨的打量了一下马殿臣，点点头说："行，你小子命还挺大，真在胡同中待了一宿？"马殿臣心知卖馄饨的是位高人，双手捧起筷子恭恭敬敬还给人家，又将半夜遇上的情形一五一十这么一说。卖馄饨的见马殿臣又冷又饿，说话都不利索了，哆哆嗦嗦地舌头直拌蒜，当下给他盛了一大碗馄饨，撒了不少胡椒面儿。马殿臣也不客气，稀里呼噜、连汤带水把这碗馄饨喝下去，出了一身透汗，肚子里有了底，方才觉得还了阳。卖馄饨的对马殿臣说："城隍庙是什么去处？这地方鬼比人多，没有这朱砂筷子，我也不敢在此地卖馄饨，可我之前怎么说你都不信，撞了南墙才知道回头？你非进这条胡同干什么？你要等的是什么人？"

马殿臣不敢隐瞒，把自己在坟地里遇见那个会说人话的东西，指点他来捡狗头金，让他在这儿等财神爷，怎么来怎么去说了一遍前因后果。卖馄饨的眯起眼想了想，告诉马殿臣："你在坟地逮到的东西是黄妖，不是狐狸也不是黄鼠狼子，不在五大仙家之内，没多大道行，仅能口作人言，无从脱化人形，不然也不会让你用面口袋子套住。"马殿臣听得火往上撞，心里这个气啊！这东西也忒坏了，敢情是骗我去城隍庙送死，多亏有卖馄饨的高人相助，否则我已然死了多时！马殿臣心知卖馄饨的是位异人，便求他指点个报仇的法子。卖馄饨的说："除此黄妖不难，你把它口中吐出的那个珠子放到锅里煮，尽可以要了它的命，不过冤仇宜解不宜结，你福大命大造化大，久后定当发迹，这么个东西害不了你，又何必赶尽杀绝，还是留下三分余地为好。"

马殿臣可不这么想，他口上称是，别过卖馄饨的，一路小跑回到破庙找了一个砂锅，跟娘扯谎说有大户人家搭棚舍粥，咱这儿离得远，明天再去怕来不及，今天在那附近对付一宿，明儿一早去讨粥。为娘的也没多问，马殿臣说罢揣上珠子，抱起砂锅出了城。山东境内连年灾荒，好多人家都跑没了，地方上多有逃亡之屋。马殿臣找了一处没人住的破屋子，把砂锅放在土灶上，捡拾枯枝烧火，等锅里的水滚了，掏出珠子扔进去，又用两块砖头压住盖子。忽听屋梁之上有人说话："你快把火灭了，咱俩还有个商议，这次我保你发财！"

马殿臣听出来这说话的不是旁人，正是此前他在坟地捉住的黄妖，抬头一看房梁上空无一物，不知此妖躲在何处。他牙关一咬狠下心肠，来了个充耳不闻，添柴鼓风只顾烧火。梁上那个声音开始出言恫吓，又破口大骂，爷爷奶奶祖宗八辈儿，什么难听骂什么，还咒马殿臣以后发了大财也留不住，到后来惨叫哀号之声不绝于耳。马殿臣置之不理，直烧得砂锅滚沸，但听得"噼啪"一声响，锅盖摔在一边，锅子裂开流出污血淌了一地，恶臭之气扑鼻，梁上声息皆无，其怪遂绝。

4

上回讲到马殿臣稀里糊涂走到一个大坟圈子，无意之中捉了黄妖，却上了黄妖的当，好悬没让鬼掐死，多亏遇到了高人，给了他一把朱砂筷子，这才保住了性命。前文咱们说过，马殿臣有仇必报，不可能凭空吃哑巴亏，一狠心把黄妖除了。黄妖死前咒他心黑手狠，以后发了大财也留不住。此乃后话，按下不提。

咱们这段书叫"马殿臣除妖"，相当于"马殿臣三闯关东"的一个引子。有人说马殿臣哪儿都挺好，但是打小心狠手辣，不合天道有损阴德，不知是不是冥冥中的因果相偿，反正除妖之后，马老夫人一病不起，死在了破庙之中。马殿臣没钱给娘买棺材，只得用草席裹尸，在城外找块荒地埋了。从此之后，马殿臣一个人乞讨为生，孤苦伶仃倒也了无牵挂。城中还有很多小要饭的和他一样，东家讨口剩饭、西家要口残羹，食不果腹、衣不蔽体，走街串巷到处受人欺负。马殿臣经常打抱不平，替这些小要饭的出头，久而久之成了小乞丐的头儿，远近小要饭的听说马殿臣讲义气，纷纷前来投奔。他手下的小乞丐越来越多，白天分头出去讨饭，晚上聚到城隍庙过夜，讨来的吃食无论多少，都交给马殿臣，再由他分给众人，大伙儿都挨不了饿。

花子头儿可不好当，那个年月穷人太多，仅仅一个县城，要饭的不下几百人，大大小小、老老少少什么人都有，全是光脚不怕穿鞋的光棍儿汉，论起争勇斗狠，谁也不比马殿臣尿，为了抢地盘要饭，时常发生冲突，为了半拉窝头人脑袋可以打出狗脑袋来。马殿臣可以在县城立足，凭的是规矩。他手下一百多个小要饭的，大多是十来岁的半大孩子，闲七杂八各色人等皆有，难免有几个歪毛儿淘气儿的嘎杂

子琉璃球儿 [1]，为了不让他们惹是生非，马殿臣定下几条规矩：到外边只能老老实实要饭，不许给别人添堵、不许坑人害人、不许小偷小摸、不许调戏大姑娘小媳妇儿。谁要是敢不守规矩，轻则一顿狠揍，重则打折一条腿，扔出去自生自灭。那位说都是些要饭的孩子，怎么能坑人害人给人家添堵呢？这是您有所不知，过去成规模的丐帮，别说是老百姓，连有钱有势的大户人家都不敢惹他们，就怕这帮人来捣乱。你比如这家员外爷给儿子娶媳妇儿，必须在头一天把像马殿臣这样的花子头儿先请来，好吃好喝招待一顿再多给几个钱，让他手底下的小弟兄们别在正日子来捣乱，如若给的钱多，他们还能在门口帮忙维持。倘若不然，这帮要饭的是不敢闹事，却也能让主家恶心半年，怎么说呢？主家转天办喜事，头天夜里派人给大门上均均实实刷上一门的粪，您觉着够恶心了？这还都是小打小闹，再不然给你弄俩"肉帘子"挂上。什么叫"肉帘子"？那个年头死孩子多，民间有个迷信的规矩，死孩子不能进祖坟，大多扔在乱葬岗子大水沟，这帮要饭的可不忌讳，到那儿捡俩死孩子，用绳子绑住两只脚，头朝下往这家大门上一挂，你说主家还怎么接亲？马殿臣不一样，从来不让手底下人这么干，哪怕少要点儿要不来，也不愿意缺这份德。他虽是个穷要饭的，但是最重脸面，不想挨这个骂，因此旁人都高看他一眼。

马殿臣在县城占了一块地盘，手下有一百多个小要饭的，平时也不用他出去要饭，闲来无事成天拜师傅练把式，寒来暑往春去秋还，树叶子绿了几回又黄了几回，不觉已是十五六岁的大小伙子了。这一

---

[1] 嘎杂子琉璃球儿：北京、天津一带的土话，多指不合群、不务正业、滑头或常常与人为难的人。

年又发生了大旱，旱得河里跑马、石头冒火、土道生烟、庄稼地拔裂，县城中的老百姓都饿死不少。马殿臣一看别在这儿等死，把手底下人都散了，让大伙儿出去逃难，各寻各的活路。他见别人都走了，心想：我去哪儿呢？以前听他娘念叨过，那一年也是大饥荒，他爹马成只身一个人去关外挖棒槌，从此再没回来，活不见人死不见尸，不知是让官兵抓住砍了脑袋，还是在深山野林中被野兽吃了。马殿臣左思右想，倒不如我也去关外闯一闯，反正穷光棍儿一条，死在什么地方不是个死？他将手底下那一百多个小要饭的全打发走了，身边还有俩过命的穷朋友，平时经常在一起混，一个叫张仁，一个叫赵义，这二人也决定跟马殿臣走。关外虽然山高路远，却是大清龙脉所在，地广人稀到处是宝，老林子里的獐狍野鹿、各式山珍，取之不尽，用之不竭，兔子往腿上撞、山鸡往饭锅里飞，从河里舀瓢水也能带出两条大肥鱼，不过真想发大财还得说是挖棒槌。哥儿仨商量定了，说走就走，也没什么牵挂，一同到关外放山挖棒槌。

放山有个规矩，一个人去可以，那叫"单撮棍儿"，三五个人结伴也成，还有好几十人结成参帮的，唤作"拉帮放山"，却最忌讳二人同行，以免两个人中有一个见财起意，下黑手害死另外一个，近似于关内"二人不看井，一人不进庙"的说法。马殿臣一行三个人，没犯这个忌讳，出门上路也不用收拾行李，穷得仅有一身破衣烂衫，白天当衣裳穿，夜里当被子盖，死了一埋又是装裹。简单地说吧，他们仨一路要饭奔了山海关，这几年朝廷开禁，混出关去并不难，出了关一边打听一边走，不一日来到长白山脚下。进山一看三个人都见傻，先前想得容易，以为但凡出来折腾折腾也好过在老家饿死，万一挖出个大棒槌，下半辈子可以足吃足喝，买田置地娶妻生子了，却忘了一节——隔行如隔山。你别看棒槌天生地长，挖出来便可换钱，其中的门道那可太深了，三天三夜都讲不完，他们三人绑一块儿这几百斤肉没长一根会挖棒槌的筋，连棒槌长什么样都不知道，又不会"喊山"，还以为随便一溜达就能让棒槌叶子绊个跟头呢。

书中代言，何为"喊山"？说白了是参帮口中的行话，等同于江湖上的"唇典"，但是迷信色彩很重。因为棒槌近似人形，又极其罕见，按民间的迷信之说，什么东西有了人形，那就是吸收了天地灵气、日月精华，年久即可成精。好比几个人进山挖棒槌，一边走一边商量"咱们奔什么什么地方去，听说什么什么地方有棒槌窑"之类的，这话让成了形的棒槌听见，它便会躲起来，你还怎么找它？进了山什么该说，什么不该说，诸如此类，有很多忌讳。马殿臣这仨满不懂啊，正应了那句话，醋碟儿里面扎猛子——不知深浅。

一连在山上转了几天，棒槌叶子都没见到半片。这天晚上三人找了一块空地，笼起火来歇宿，腹内空空难以成眠，只好围在篝火前聊闲天儿，无非说些穷光棍儿发财的白日梦。篝火可以防止野兽靠近，却引来了无数的蚊子和小咬儿。时下正值秋季，蚊虫逮着活人往死里叮，山里的蚊子叫海蚊子，个儿大嘴长，叮上一口又疼又痒，难受劲儿往心里钻，十天半个月都好不了。三个人挨不住这个咬，想起艾草燃烟可以熏虫，只好起身去找，忽听远处草丛中传来"窸窸窣窣"的响动，不知是什么东西，听来为数众多。哥儿仨仗起胆子过去一瞧，竟是无数又大又肥的林蛙，黑压压的一大片。

关外将林蛙称为"哈什蚂"，这东西身上的肉好吃，也不咬人，捉到肥美的林蛙与山鸡放在一个锅里炖，喝酒下饭再好不过。按说这种东西没什么可怕的，可什么也架不住多，成千上万的哈什蚂，铺天盖地地涌将来，看得马殿臣他们三个人身上直起鸡皮疙瘩。他们也不认得这是哈什蚂，还当是河沟子里的癞蛤蟆。张仁一向胆小，惊呼一声掉头跑进了密林。马殿臣和赵义一看他跑了，只得跟在后边，怕他落了单儿又迷了路有危险。此时大群哈什蚂开始围歼被火堆引来的蚊虫，由于这玩意儿实在太多，拥上来将火堆都压灭了，冒出阵阵浓烟，腥臭之气传出去好几里。马殿臣和赵义跑了一阵子，却不见张仁的去向。

5

前文书说到马殿臣安葬了马老夫人，在城中要饭混日子，因为讲义气敢出头，一来二去的成了乞丐首领，手下聚拢了一帮小要饭的，无奈赶上了百年不遇的大饥荒，别说乡下了，城里的老百姓都饿死了很多。马殿臣走投无路之下，跟张仁、赵义两个拜把子兄弟去闯关东挖棒槌，可这三人什么都不懂，在山上转了好几天，不仅没挖到棒槌，还把张仁给走丢了。马殿臣和他兄弟赵义喊了半天也没回应，忙点上两根火把四下找寻，发现前方落叶覆盖，仅脸盆这么大的一片没有枯叶，还泛出暗淡的光亮。原来这是一片沼泽，关外俗称为"大烟泡儿"，内中积满了深不见底的淤泥，其上被枯枝败叶所掩，根本看不出来。可见张仁受了惊吓，顾头不顾腚一脚陷进去，让大烟泡儿闷住了，那还有个活？二人撅了根长树枝，伸进去捅了半天也没捞上什么来。哥儿仨闯关东挖棒槌，还没见棒槌长什么样，先死了一个张仁，真可谓出师不利！

马殿臣和赵义纵然伤心，可转念一想，赶上这个兵荒马乱的年头，人命如同草芥一般，生生死死太过于平常，张仁死于此地，至少不用在世上忍饥挨饿了，可叹连个尸首也没留下，但愿他在天有灵，保佑他两个兄弟挖个大棒槌，回去多给他烧纸上香，请和尚老道念几捧大经，度他早登极乐。

挖棒槌的三个人死了一个，剩下马殿臣和赵义，这可就犯了"二人不放山"的忌讳，马殿臣也听说过这句话，却没放在心上。如若死的那个是赵义，换成张仁和他挖棒槌，兴许得嘀咕，因为交情还不够深，但是赵义不同，想当初赵义偷鸡让人逮住，险些被本家打死，正巧马殿臣路过，他见赵义瘦得跟麻秆儿一样，哪禁得住这么打？于是上前阻拦，这才保住了赵义的一条性命。没想到那家人报了官，告赵义和马殿臣动手打人。偷鸡不成还敢动手，这是挨板子的罪过，衙门口儿一问谁偷的鸡谁打的人，马殿臣横打鼻梁一并承担，在大堂上挨了五下板子，捂着屁股在破庙里将养了半个月才下得了地。那位说不对，一般听书，到了大堂上至少是"四十大板"，哪有打五板的？咱得给您讲明白，那是说书的只顾说起来痛快，实际上没那么打的，一般的小偷小摸、打架斗殴，顶多打个五下十下，四十大板打下去，这人也甭审了，可以直接抬出去埋了。打五下板子可也不轻，衙役们手中的"水火无情棍"齐眉那么长，鹅蛋那么粗，空心儿里头灌水银，举起来轻落下去重，一起一落屁股开花，有那手重的，三下两下能把腰打折了。可以说马殿臣对赵义有救命之恩，赵义也对得起马殿臣，平时偷鸡摸狗掏鸟蛋，得了好处总有马殿臣一份，二人虽然未曾结拜，素常也以兄弟相称。

简短截说，张仁死了之后，马殿臣跟赵义哥儿俩一合计，棒槌还得找，不然咱也是没活路。奈何两人什么都不懂，没头苍蝇一样乱撞。

正在路上走着，前边过来一队人，大概有个一二十口子，看装扮听说话，像是在山里找棒槌的参帮。二人一想"咱俩瞎转悠肯定是不成，不如跟在参帮后头，看看人家怎么找棒槌"。不过参帮的人常年放山，眼观六路、耳听八方，岂容外人尾随偷窥？转过一个山口，突然掉头围住这二人，为首的把头问马殿臣和赵义："你俩想抢棒槌不成？凭你们这尿样儿，真是吃了熊心、咽了豹胆！"

马殿臣跟赵义一看这可坏了，黄泥巴掉在裤裆里——不是屎也是屎。深山老林之中没有王法，让人家打死也是白死，尸体往老山沟里一扔，半天的工夫就被豺狼虎豹啃成白骨，我们哥儿仨一路要饭，千里迢迢跑到关外干什么来了，敢情都是来送死来了！忙对参帮把头说明情由，声称自己兄弟二人在山东老家活不下去了，走投无路闯了关东，想跟在各位大爷身边，瞧瞧怎么挖棒槌，万不敢动盗抢行窃的歹念。赵义脑子快，眼珠子一转跪下磕头："大爷，您行行好带上我们吧，让我们伺候各位大爷，我们不怕苦不怕累，什么活儿都能干。"

参帮把头想马殿臣和赵义并非歹人，但带上这二人肯定不行，因为参帮不收外人，便指点了一条道路，让二人下山投奔一个做棒槌生意的财主，给这个财主做"青份"，相当于替财主挖棒槌，讲好了不给工钱只供吃穿，也没什么好的，无非是一件旧棉袄，外加半口袋小米，深山老林里冻个半死，挖到棒槌跟东家四六分账。这营生虽然辛苦，可马殿臣和赵义至少不用挨饿了，先后跟把头也进了几次山，压营造饭什么活儿都干。不觉过了三两年，赵义得了一场重病，三天三夜高烧不退，豆大的汗珠子把铺板都快泡透了，口吐白沫，满嘴胡话。众人都说这个赵义完了，如若找来"九扣还阳草"，或许可以救他一命，但这九扣还阳草可不好找，大伙儿也是听说过没见过，山下药庄子或许会有，你没银子如何讨得来？马殿臣求众人帮忙上山去找"九扣还阳草"，求了半天没人应声儿。马殿臣心想：赵义是我的结拜兄弟，而今他死到临头了，我岂能袖手旁观？当下更不多想，拿了个口袋，背上一杆土枪，单身一个人上了山。可那"九扣还阳草"什么模样、怎么个长相，是山上挖还是谷里找，马殿臣一概不知，两眼一抹黑在山里瞎转悠，这就叫有病乱投医。

翻山越岭走到半路，忽听"咔嚓"一声惊雷，天上黑云翻滚，下起了瓢泼大雨。马殿臣出来匆忙，既无雨伞也没蓑衣，赶紧四下里找寻山洞石檐避雨，抱着肩膀看着天上雨如瓢泼心里起急，怕耽误的工夫长了，跟自己兄弟连个面儿都见不着。愁眉不展之际，只听得雷声如炸，霹雷闪电一道紧似一道，都往一株奇大无比的松树上打。马殿臣纳了一个闷儿，这古松邪了，怎么招雷劈呢？他抬头一瞅，就见大松树的顶上站了一个小孩，这小孩红脸红眼，头上一顶紫金太子盔，两根盔缨猩红如血，身穿亮银甲外罩红衫，背上十字花斜插两杆红缨枪，枪头银白雪亮，夺人的二目，双手各持一面三角旗，瞪着两只锃亮大眼珠子，雷火一打下来，就抬手用小旗一挡。马殿臣不看则可，一看之下大吃一惊："这是个什么妖怪？"

6

马殿臣到关外以来常听人说，深山老林中有的是妖魔鬼怪，可也是说的人多，见的人少。他一看松树上的情形，心知此乃天雷击妖。他也是胆大不信邪，在树下放了一土枪，只听"轰"的一声响，那个小孩从古松上栽了下来。原来马殿臣这枪一响，是从下边往上打，惊得那小孩一愣，赶巧一个雷劈下来，来不及用旗子去挡，正被雷火劈在头顶，落在地上变成一条扁担大小的东西，头顶两根两三尺长的须子，冲马殿臣就蹿过来了。恰在此时一道白光刺眼，又是一个炸雷击下，那东西长拖拖地倒在地上不动了。转眼间乌云散开，马殿臣低下头仔细一看，好大一条蜈蚣，足有扁担那么长，让雷劈掉了半个脑袋，一股焦臭之味扑鼻，之前的两面小旗变成了两块脏布。书中代言，古松上的蜈蚣活到千八百年，凭的可不是朝吞日精、暮采月华，它乃是恶修，专采血食，说白了是吃人，吃够九十九个人脑子，已然可以幻化人形，如若吃上一百个，则飞天彻地无所不能，谁也降不住了，这才引来天雷诛妖。可这东西不知从何处得来两块女人用过的脏布，天雷劈不了它。马殿臣在松树下打了一枪，误打误撞除了这个妖怪。故老相传，蜈蚣身上有定风珠，能够起死回生。马殿臣开膛破肚一探究竟，果真找出一个绿幽幽的疙瘩，鸡蛋大小、黯淡无光，不知这东西能否救下赵义。他将定风珠揣在身上，又撬开蜈蚣的颚牙，拔下两个毒囊，其中有罕见的剧毒，带下山能换几两银子。

马殿臣担心赵义，将两样东西揣好，大步流星往山下走，行至半路天色已黑。深山密林虎狼出没，说什么也不敢走夜路。恰好有个大窝棚，一伙儿打围的猎户在此歇宿。山里有规矩，打围的也好，挖棒槌的也好，不论认不认识，遇上了都要互相行个方便。马殿臣进去寻了口吃的，和十几个打猎的坐在一起说话。

马殿臣在这长白山里也待了些时日，参帮、围帮也都见过不少，此时一行人围坐在一圈，当中一个年长的看样子五十多岁，双目如电、脸膛黑红、腰身粗壮、胸脯挺直，一把花白的胡子飘洒胸前，说起话来中气十足，其余人等言语间也甚是恭敬，应当是个为首的老把头，便客气道："不是今天遇到各位，我这一宿又得饿肚子了，没饭吃倒也还好说，却难保不被那豺狼猛兽叼了去，落个尸骨无存，幸好您几位收留，这是我的福分！"老把头一摆手道："兄弟太客气了，都是在这山中讨食吃的，行路之人互相帮衬一把也是应当，不少你这一口吃的。"马殿臣又对老把头说："兄弟我在这山中挖棒槌，围帮的也是见过不少，但像您列位这样的可不多见。"老把头一听有些诧异："兄弟这话是什么意思？我们有什么不一样的？"马殿臣道："寻常打围的猎户也都不是什么有钱人，无非是些猎户凑在一起，打些小兽混口饭吃，但见各位都是精壮汉子，火枪鸟铳带得也齐全，坐立之间井然有序，非是一般的围帮可比。"老把头闻言哈哈一笑："兄弟好眼力，朝廷虽然封山禁猎，却有专门打官围的猎户，可都是受过皇封的，拿着一份俸禄，要替皇上看守龙脉，以报皇恩。我们就是打官围的，比起那一般的围帮自是不同。"说罢拿起身上的腰牌给马殿臣看。马殿臣认不了几个字，看了一眼老把头手中的腰牌，请教道："官围是如何打法？"老把头拿起酒囊喝了一口，捋了捋胡子，说道："打官围是给皇上打猎，朝廷要多少虎皮虎骨、鹿胎鹿茸、熊掌熊胆，我们按数打来进贡。"双方正聊得热闹，突然刮起一阵恶风，围着窝棚打转儿，紧接着一声虎啸震彻天地，十来条猎狗嗓子眼儿里发出呜呜的动静，体似筛糠，凑在墙角一动不动。话说打围的带着猎狗进山，那猎狗都是驯养出来的，别管是熊瞎子还是豹子都敢往上扑，十几条猎狗往上一围，什么大兽也都能困住了，单有一节，唯独老虎不行，那是兽中之王，甭管多少猎狗，一遇见老虎就变成猫了。屋里坐的除了马殿臣都是猎户，为首的老把头脸上变色，低声叫道："不好，山神爷要人来了！"山神爷暗指老虎，打猎的围帮虽有鸟铳，却不敢打老虎，首先在传统观念中老虎是山神爷，打猎的靠山吃山，全指望山神老爷护佑。其次猎户带的鸟铳威力不够，打獾狍野鹿尚可，老虎的皮有多厚，一枪出去挂一身铁沙子，非但要不了命，还得把老虎打惊了。打猎的围帮遇上虎怎么办呢？过去有个规矩——扔帽子，都把头上的帽子扔出去，老虎叼谁的帽子，谁自己出去让老虎吃了，其余之人落个活命。如今一屋子十几个打猎的，一个个眼巴巴地全盯着马殿臣。马殿臣心里明白，人家打猎的是围帮，绝不会胳膊肘往外拐，真要是急了眼，推也得把他马殿臣推出去。

马殿臣是红脸的汉子，顶天立地的豪杰，此时如果说出半个"怕"字，那也不是他马殿臣了。当即站起来抱拳拱手作了一个罗圈揖，口称："各位老少把头，我马殿臣绝非贪生怕死之辈，帽子咱也别扔了，我是穷光棍儿一条，不比各位有家有口，我出去见山神老爷便是。山下的仓子还有我一个半死不活的拜把子兄弟。明日一早劳烦你们派个人下山，把这颗定风珠带去药庄换成九扣还阳草，赶去仓子救他一命。"

打官围的猎户们对马殿臣肃然起敬，拱手说道："壮士放心，今日你深明大义铤而走险，替我们挡灾避难，交代的事情岂敢不从，倘若你命大不死，我等必有重谢。

马殿臣心中冷笑：你上嘴唇一碰下嘴唇说得容易，我这一去哪还有命在？当即把身上的衣服收拾得紧趁利落，迈步出了窝棚，只觉恶风扑面。俗话说："风从虎，云从龙。"老虎一出来那是威风八面，马殿臣但见眼前站定一只斑斓猛虎，体大如牛，头顶"王"字，尾似钢鞭，却是一只头排虎。关外称最大的虎为头排虎，实乃虎中之王！老虎见马殿臣出来，双目圆睁、虎爪攒劲。说是出来喂老虎，谁能甘心一动不动等老虎来吃？马殿臣本想作困兽之斗，忽听又是一声咆哮，侧面又蹿出一只虎来，与眼前的这只大小相等。马殿臣大吃了一惊，俗话说"一山难容二虎"，可哪个山里的老虎都不止一只，这句话的原意是一个山头上只有一只头排虎，想不到这山中竟有两只！还都让自己碰上了。这会儿漫说是马殿臣，任你是大罗金仙也插翅难逃。眨眼之间他已被老虎按在爪下，当时万念俱灰，闭眼等死，没想到这老虎一口咬在他脖领子上，叼起马殿臣翻山越岭而去。

马殿臣只觉两耳生风，犹如腾云驾雾一般，吓得他紧闭双眼，不敢再看。不知道穿过了几道山梁，忽觉脖领子一松，掉到了一个地洞里，两只老虎扬长而去。马殿臣虽没被老虎咬伤，可这一路上被山石撞得七荤八素，当即吐出两口鲜血。他挣扎着站起身来，发现地洞不算太深，多说过不去一丈，心下琢磨着：这老虎将我摄了来为何不吃？想存着等饿了再吃？思来想去不得要领，眼下还是逃命要紧，好在洞壁坑坑洼洼不算光滑，常言道狗急了还跳墙呢，此时生死攸关，马殿臣逃命心切，手脚并用爬了出来。躺在洞口边上气儿还没喘匀，但听不远处杂草声响，心知是那两只恶虎又回来了，旷野荒郊没个藏身的地方，见身后不远有一株老树，他似抓住救命的稻草一般，拼了命地往树上爬去。还未爬到树顶，耳听得身后一声兽吼，霎时间腥风四起，赶紧隐在枝叶之间借着月色观瞧，见那两只头排虎可不是先前那么连蹿带跳了，蜷着四肢并排伏行，身上驮了一个怪物！

7

书接前文，闲话不提，正说到马殿臣被两只头排虎叼到一个地洞里，舍命爬出来，原以为得了活命，没想到两只恶虎驮来一个大兽。从没见过这个东西，似虎非虎，身形比猛虎大出一倍有余，两只头排虎在它身下如同两只小猫，而且全身皆黑，头如麦斗，锯齿獠牙，嘴上的胡须根根露肉、条条透风，足有筷子粗细，两只铜铃大眼凶光毕露，从虎背上蹿下来探头一望，见洞中空无一物，怒不可遏地仰头长啸，吓得两只头排虎体如筛糠。

那大兽勃然大怒，抬起爪子摁住两只猛虎，张开血盆大口左撕右咬，两只头排虎转眼之间命丧当场。马殿臣躲在树上看得心惊肉跳，心说：这东西太厉害了，居然可以吃老虎，两只头排虎在它面前还不如两只猫！

再说这大兽吃罢了虎肉，鼻子嗅了一嗅，抬起头来盯住马殿臣藏身的老树，突然人立而起，张口来咬树上的马殿臣。马殿臣在树上无从躲闪，他纵然勇武，也绝不是这大兽的对手，只得闭目待死。怎知大兽和猛虎一样不会爬树，蹿了几下够不到马殿臣。马殿臣长出了一口气，可是转念一想，如此僵持下去，迟早掉下树让大兽吃了，连皮肉带筋骨一百多斤，不够这大兽塞牙缝的，想活命必须另寻他法。真得说是马殿臣，福大命大造化大，当时也是急中生智，伸手往怀中一摸，摸到两枚蜈蚣毒囊，抽出匕首在胳膊上划了一个口子，将鲜血涂抹在毒囊上，往树下一扔。大兽见得人血，伸出舌头舔入腹中，吃下去才觉得不对，一声巨吼震彻山谷。马殿臣两耳嗡鸣，所抱树枝不住摇颤，树叶子"唰唰"往下掉。再看那大兽以头拱地，翻翻滚滚好一阵挣扎，方才倒地毙命。

马殿臣在树上趴了一夜，直等到天光大亮才从树上下来，见那大兽已经死透了，寻思这巨兽皮毛乌黑光亮，带下山去说不定能换几个钱，于是抽出刀子，三下五除二剥下兽皮，叠好了背在身后觅路下山。

说来巧了，走到半路又遇上昨天的围帮，马殿臣上前抱拳行礼，高声叫道："各位三老四少，还认得我吗？"

一众打猎的见马殿臣竟然没死，无不惊诧万分。老把头问明始末根由，当真是心服口服，愿同马殿臣结伴打围，打了东西头一份分给他。

马殿臣一心惦记赵义的安危，没心思上山打围，要回定风珠，磨头又往山下走。老把头追上来叫住马殿臣，从怀中掏出了一棵三品叶的棒槌，想换马殿臣背在身上的大兽皮。马殿臣接过棒槌在手，掂了掂分量，这棒槌紧皮细纹，少说也有个五六两，过去那会儿是小秤，十六两一斤，所谓"七两为参、八两为宝"，半斤的棒槌世上少见。这棵棒槌多了不敢说，在山东老家换上几亩良田绰绰有余。老把头对马殿臣说："好汉，这是我们两天前挖的棒槌，俗话说隔行如隔山，你是放山的，我是打围的，正所谓一物找一主，各有所归，能不能让我用这棒槌换你的兽皮？实不相瞒，你这兽皮可值老鼻子钱了，这东西唤作貔，乃山中兽王，凶恶无比，平日以虎狼为食。关东山打围的有句老话'十虎出一豹，十豹出一貔'，熊与虎配出貔，长白山林深雪厚，老虎常见，豹子稀少，遇上十次虎也遇不上一次豹子，貔更为罕见，遇上十次豹子不见得遇上一次貔，它这一身皮比上等的虎皮贵出几倍。我这棒槌虽然称不上宝，却也不是小货，你换去绝不吃亏。我得了这张皮子也不卖，带回去做成一件皮袄，往后钻山入林添几分威风。"马殿臣不懂兽皮价值几何，这个棒槌却是真金白银，心想换了倒也无妨，当场将兽皮换成棒槌，小心翼翼揣在怀中，甩开大步赶下山，以定风珠在药庄子换来了九扣还阳草。赵义也是命大，还有这么一口气儿了，服下九扣还阳草煎的药汤，躺了三五日便可下地走动。马殿臣拿出棒槌给他看，赵义大喜过望，如今有了这个棒槌，足够在老家置办几亩薄田，再也不用为吃饭发愁了！

　　哥儿俩辞别了东主，由赵义把棒槌包好了带上，收拾行装上路，翻山越岭返回老家，一路走一路合计换了银子如何使用。赵义在关外这几年，已然是一口的土话："咱先找个饭馆子，整上一大盆炖肉、两坛子上等烧锅，狠劲儿造一把，再去堂子找个条儿顺盘儿靓的姑娘，嘚瑟完了来上两口大烟，那可太仙儿了！"

　　马殿臣知道赵义这么说只是痛快痛快嘴，都是穷怕了的人，有了钱他也舍不得这么造。两个人边说边聊，一前一后往山里走，不知不觉就来到一处悬崖边上。马殿臣见前边无路可走，转过头来正要下山，赵义却突然变了脸，伸出手来往前狠狠一推，咬牙切齿地说了声"我去你的吧！"，当场将马殿臣推下深崖。正所谓"穷生奸计，富长良心"，人穷怕了没有干不出来的事情，见财起意就想着独吞了。赵义揣着这个棒槌，心中便想：我凭什么跟你平分，我一个人得了它，回家够买一亩地再娶一房媳妇儿，和你分了够买地就不够娶媳妇儿，打我又打不过你，怎么把你整死呢？他心中暗暗发狠，藏下害人的心思，眼珠子滴溜溜乱转，琢磨如何弄死马殿臣。一路挨到悬崖边上，正是下手的机会，心中叫了一声"好"，这是老天爷要成全我啊！当初马殿臣如何替他挨板子、哥儿俩如何称兄道弟、马殿臣如何舍命上山给他找药，此时此刻全忘了，牙一咬、心一横、眼一瞪，冷不丁给马殿臣来了这么一下。马殿臣虽有一身把式，但是明枪易躲，暗箭难防，当时心头一紧，"啊"了一声身形不稳，一个跟头翻下山崖。打高处往下一掉，心说：完了，想不到自己死在过命的朋友手上，看来"二人不放山"这个忌讳不得不信，怪只怪自己看走了眼，交错了朋友。霎时间万念俱灰，双眼一闭只等摔成肉饼子。怎知他命不该绝，或说是苍天开眼，让绝壁上伸出来的一棵松树挡了一下，再加上悬崖底下有二尺多厚的落叶，这才没摔个尸骨无存，那也昏死了大半天，让松树枝条扎得千疮百孔，衣衫尽破，惨不忍睹，浑身上下全是血，跟个血葫芦似的。

这一下虽然没摔死，但好歹那也是万丈悬崖，他摔得自然不轻，浑身是血，没被野兽啃了实属万幸。不知过了多久，等马殿臣明白过来挣扎起身，天色已经黑透了。马殿臣吐出几口血沫子，用胳膊胡乱一抹，抬头四下一看，月光下只见悬崖下有一株老树，一抱多粗，不知多少年前让雷劈过，上半截枝叶不存，下半截树干兀自屹立在林中，当中已经空了，烂出一个窟窿。树洞中有道红光忽隐忽现。马殿臣一来胆大包天，从来不知道什么叫怕；二来落到这等地步，与孤魂野鬼并没什么两样，反正穷光棍儿烂命一条，倒要看看是鬼是怪！

8

话说马殿臣和赵义二人怀揣棒槌，高高兴兴上路，想回老家买房置地娶媳妇儿，却忘了"二人不放山"的行规，结果赵义起了贪心，下黑手将马殿臣推下山崖。然而马殿臣命硬福厚，自有神明护佑，一个要饭的赵义可害不死他。非但大难不死，还见到一个树窟窿中红光隐现。马殿臣往身上一摸，火石火镰尚在，于是撅了根松枝把上衣撕下一块，缠在上边捆成一根火把，走到近前借火光看向树窟窿。不看还则罢了，这一看看明白了，都说大难不死必有后福，果然应验了，这就是该着啊！不由得仰天大笑。原来树洞中这是个七品棒槌叶，七个叶子各分五瓣，当中捧有一簇簇红亮亮的棒槌籽儿，月光之下红晕闪烁。马殿臣双眼放光，是儿不死、是财不散，该发财挡都挡不住，这就是命。顾不得许多，伸出双手刨地，小心翼翼捧出这个棒槌，足有一尺来长，须叶俱全。马殿臣不知道他挖出的这个大棒槌非比寻常，单有一个名字，唤作"凤凰单滴泪"，千百年未必出得了一个，有多少银子也没地方买去。为什么说树洞子中长出的大棒槌是"凤凰单滴泪"呢？传说关外深山老林里有一种棒槌鸟，长得近似夜猫子，衔起棒槌籽儿到处飞，非得赶巧了让一只棒槌鸟把参籽掉在枯树洞中，有了树窟窿挡风遮雨做隐蔽，躲过挖棒槌的眼睛，地底下又有腐烂的树根供其滋长，年深岁久成了宝参。长错了地方不成，年头不够也不成，必须千年成形，并且长在枯树洞中，才可以称为"凤凰单滴泪"，这是千年难得一见的宝棒槌！

且不提马殿臣得了宝棒槌如何高兴，眼下还是从深山老林中走出去要紧，否则命丧于此，纵使有千年大棒槌相伴，那也是尸骨不得还乡的孤魂野鬼。当下脱去破衣服，裹好大棒槌，仔仔细细、小小心心，唯恐伤了一须一叶，背在身上绑好了，瞅准了方向往山外走。他心中有了盼头儿，脚底下这劲头也足，何况以前要饭那几年，练出一个好胃口：要说吃，可以一顿吃下去三天的饭量；要说饿，三天两宿水米

111

不进他也顶得住。马殿臣瞅准了一处走上去，跟跟跄跄直走到天光大亮，来到山下一条羊肠小道上，找了块山石坐在上头，寻思歇一歇再走。可这一坐下来，就觉浑身骨头节儿疼，累得抬不起个儿来，身上到处是伤，连血带泥，要多狼狈有多狼狈。正当此时，远远望见前边有一个人在低头赶路，脚步急促细碎走得匆匆忙忙。马殿臣一看高兴了，心想：说不定这位身上带了干粮，同是赶路之人，我上前多说几句好话，兴许能讨些个吃的。想罢三步并作两步追了上去，往前一追才看清楚，这个人竟然是赵义！

真得说是冤家路窄，也应了一句话"仇人相见分外眼红"。马殿臣怒从心头起、恶向胆边生，三两步追到跟前，在赵义背后高叫了一声："兄弟哪里去！"赵义闻声猛一转身，三魂立时吓丢了七魄，只见来者身上、脸上又是血又是泥，光了个膀子，与其说腿上穿的是裤子，倒不如说是几十片迎风招展的破布条，晃晃悠悠奔自己就冲过来了，瞧不出是谁，听说话声却似马殿臣，直如晴天响个霹雳。赵义吃了一惊，话都说不利索了，战战兢兢问了一句："马……马殿臣？你……你是人是鬼？"

马殿臣听罢哈哈大笑："兄弟，你说我是人，我就是人，我敢在光天化日出来溜达，怎么会不是人呢？你说我是鬼也对，我是死过一次的恶鬼，今天就要取你的狗命！"他不容赵义多言，"噌"的一下冲上前去，抬腿将赵义踹倒在地，挥拳一顿乱打。赵义那身子骨，如何挨得住马殿臣三五个拳？直打了个一佛升天二佛出世，当场毙在了马殿臣的乱拳之下。马殿臣打死了赵义仍不解恨，心说：平日里把你当亲兄弟对待，不承想你小子禽兽不如，七十二个心眼儿，三十六个转轴儿，肚子里没有一件好下水。脑瓜顶拍两下，脚底板都流脓——

你坏透膛了！

马殿臣是越想越气，越气越恨，心中一发狠，拔出随身的刀子，对赵义的死尸说道："我得瞧瞧你这皮囊中装了怎样一副心肠！"说话给赵义开了膛，掏出心肝肚肺，一件件在日光下翻看，看罢多时，自言自语地说："我还当你这厮长了黑肝肠，却也和寻常的猪狗相似！"马殿臣扒下赵义的衣服自己穿上，揣上那个三品叶的棒槌，抬脚将死尸踹到路边的乱草丛中，大踏步走出了深山。

由打长白山上下来，马殿臣找到当地最大的一家药材庄，想卖他这根宝棒槌。不找大买卖家不成，为什么呢？怕有眼无珠不识宝货，何况买卖不大也收不起。马殿臣迈步一进去，把掌柜的和伙计们都吓了一跳，心说：这位哪儿来的呀？穿的比要饭的还破，满身的伤痕血污，他往这儿一戳，别人谁还敢进来？马殿臣心知肚明，自己这副模样比鬼强不了多少，别等别人撵了，忙取出赵义那个三品叶的半大棒槌，又捧出七品叶大棒槌，小心翼翼摆到柜上。掌柜的眼睛可就直了，舌头伸出来多老长，拿手现往回揉。这是什么东西？千年成形的"凤凰单滴泪"，从没见过这么好的东西。无奈有一节，出不起价钱，给多少钱也不为多。马殿臣可没想讹人，他告诉掌柜的，我不要银票，只要现银，因为那个年头不太平，再大的银号也是朝不保夕，银票说不定哪天会变成废纸，现银才是实实在在的钱，银子装够一个口袋，再多他也扛不动。说实话他还是没见过钱，也不知道他挖出的大棒槌乃无价之宝。药材庄捡了个天大的便宜，赶紧派伙计取出银两，给马殿臣装了一大袋子。马殿臣背上银子，准备回到山东老家买房置地娶妻生子，安安稳稳过日子。然而天不遂人愿，还不该他发迹，当时世道太乱，关外到处是土匪，马殿臣不知道路险恶，孤身一个人背了这么一大口袋银子，无异于背了一道催命符！还没出山海关的大门，就被土匪抢去了，这还得说多亏他跑得快，才躲过一刀之厄，捡回一条命。这可倒好，用命换来的银子全没了，空欢喜一场，兜了一个大圈，最后还是两手空空，当初怎么来的，现在还是什么样。三个兄弟一起闯关东，现在就剩下自个儿了，无奈赶上那个没王法的年月，想哭都找不到坟头儿。

9

马殿臣福大命大造化大，闯关东挖到了宝棒槌"凤凰单滴泪"，杀死仇人赵义，奈何天有不测风云，人有旦夕祸福，讲的就是个世事无常、福祸相倚，该是你的财跑不了，不该是你的也留不住，只能说是这九九八十一难还没凑够数，不到他发迹之时。且说马殿臣用宝棒槌"凤凰单滴泪"换了一口袋银子，一两也没来得及花，转眼之间又是半子儿皆无，无奈在关外乞讨要饭。眼瞅着到了天寒地冻的时节，他身上单衣单裤连一两棉花也没有，只好披个破麻袋片子到处逛游。常言道"十层单不如一层棉"，更何况披个麻袋片子顶得了什么用？眼看要冻死了，客死异乡。有好心人看他可怜，便出主意让他去投军。马殿臣一听这也是条活路，军队好歹能给口饱饭吃，如若战死沙场，那也是命该如此。

适逢日本入寇平壤，大清朝将派大军去朝鲜打仗，到处都在征兵，来者不论出身，也不管你是干什么的，偷鸡摸狗、杀人越货一概不问，只要有个百十斤肉，上阵可以给官老爷挡一挡枪子儿就行，过去签字画押摁个手印儿，当场给你两吊铜钱。老百姓都说这两吊钱是"买命钱"，拿了这个钱，这条命就不是你的了。

军中吃得饱穿得暖，马殿臣身上没少长肉，不过可不白吃这份军粮，他练过把式又胆大过人，打起仗来愿出死力，冲锋陷阵屡立战功，只要到了战场之上，肯定是打头往前冲，一点儿不含糊。同营中的小兄弟们都敬佩他，把他当大哥。军官见马殿臣如此英勇，也高看他一眼，破格让马殿臣使用马提尼步枪。清朝末年的军队，大多兵勇仍使用大刀、弓箭，有枪也是极为笨拙的一种土火铳，俗称"大抬杆"，一杆有好几十斤重，一个人都使不了，必须得是两个人，一个在前头用肩膀扛住枪管，再烫手也得抬稳了，另一个在后头搂火射击，三五次下来前头抬枪这个兵勇耳朵就给震聋了。那也比抡大刀挡枪子儿的差事好啊！不用冲上去近身肉搏，命起码保住了。即使在袁世凯的新军之中，也不是个个配发快枪。上官抬爱，破格给了马殿臣一支马提尼步枪，射程和准头比"大抬杆"强过百倍。马殿臣起初仅仅为了有口饱饭吃，有件衣服穿，免得冻饿而死，这才从军上阵，哪知道天生是这块料，胆子又大，一身本事在行伍之中发挥得淋漓尽致。在一次战役中，他所在的部队刚登上一个山头，日军就攻到了。当时日军都穿黑色军装，黑裤子、黑上衣，腰里系皮带，黑帽子、黑鞋，腿上打白绑腿，居高临下一看，日军漫山遍野，真好似黑云万朵。山头上的清军才几千人，攻上来的日军不下两三万。见了这个阵势，清军兵勇未战先怯，眼见这场仗没个打，日军那个炮打得"咣咣"的，清军这边不仅没有炮，枪也不如人家，况且敌众我寡，如何守得住阵地？当官的也吓傻了，见日军发起了冲锋，丢盔弃甲头一个跑了。别看上来的时候磨磨蹭蹭、小心翼翼跟在兵勇的后边，这逃跑可一点儿都不含糊，喊里咔嚓就把盔甲都扔了，拨转马头一溜烟儿是人影不见，那叫一个快啊！众兵勇见军官临阵脱逃，那还打什么仗，不免一阵大乱。马殿臣是个不怕死的，趴在山头上举起步枪，睁一目闭一目将枪口对准手握指挥刀的日本军官，一枪放倒一个，三枪打过去，撂倒了三个军官。其余的清军兵勇正乱成一团，有胆小的想逃，却因一时慌乱还没摸准方向，当然也不乏胆大想打的，奈何当官的跑光了无人指挥。马殿臣这么一带头，他身边那些小兄弟也不跑了，抬枪的抬枪，搂火的搂火，与攻上来的日军展开了一场血战。马殿臣这几个人带动了一整营，这一个营又带动别的营，整支清军死守山头阵地，打退了日军一次又一次的冲锋。

马殿臣和弟兄们奋勇杀敌以少胜多，然而这一次战斗无法扭转大局，清军终究一败涂地，死伤无数。马殿臣九死一生保住一条命，没有战死沙场，随军败退回关内整编。由于没有粮饷，众兵勇一哄而散，本就是为了吃穿来的，现在什么都不管了，还当什么兵？

如果这一个人倒上霉，真是喝凉水都塞牙，放屁都能把脚后跟崩了。马殿臣回到山东老家还是没活路，一咬牙一跺脚，决定二闯关东。这一次可让他走了大运、发了大财、倒了大霉！

第六章
金王马殿臣（中）

1

前文书说的是马殿臣头一次闯关东，吃了苦历了险，也挣了一口袋银子，不过半个大子儿也没留住，到头来仍是两手空空，走投无路只好去当兵吃粮，在朝鲜打完仗随大军退回关内，部队一哄而散，又变回了一穷二白的光棍儿汉。按说从军征战出生入死是替朝廷卖命，有苦劳更有功劳，回来应当有份粮饷，可那时候大清国正在危亡之秋，国力衰败，八旗子弟都吃不饱，哪里还顾得上他们？清廷一向是用人朝前不用人朝后，用得上你供你吃穿用度，不用你就让你哪儿凉快哪儿待着去。况且自古以来养兵最费银子，人吃马喂、兵器粮草，几万张嘴天天得吃，军饷算起来没小数儿，战败之后割地赔款，使的银子海了去了，哪有多余的钱粮养兵？不论国家如何衰败，王公贵胄照样吃喝玩乐，什么都不耽误。这么说吧，宁愿遣散军队，军饷不发了，也得省下钱来给慈禧太后盖园子，种上四时不败之花、八节长春之草，为了造园子多少钱都舍得花，如若老佛爷一高兴，金口玉言说一个"好"字，加官进爵不在话下，可比上阵打仗实惠多了。正所谓天子一意孤行，臣子百顺百从，置国家危亡于不顾，当年就是这么个时局。

回过头来咱再说马殿臣，部队入了关就地遣散。朝廷开恩，一人发给一份安家费。名为"安家费"，仨瓜俩枣可不够安家，回山东老家这一路之上晓行夜宿，吃饭要饭钱、住店要店钱，勉勉强强够个路费，到了老家还是得挨饿。那位说了，不对，上战场打仗不都得按月给一份饷银吗？马殿臣当了好几年兵，军中管吃管住没什么花销，多多少少不得攒下几个钱？这倒不假，饷银加起来也是不少，无奈有一节——当兵的存不住钱。上阵杀敌不是做买卖，枪林弹雨，出生入死，脑袋别在裤腰带上，说不定什么时候命就没了，真可以说有今天没明天。因此当兵打仗的不存钱，挣一个恨不得花两个，只怕人死了钱没花完，那可太冤了，必须吃喝嫖赌及时行乐，什么烟馆、妓院、宝局子，没有不敢进的地方。马殿臣虽然不好这一套，但身在行伍之中，也难免"螃蟹过河——随大溜儿"，而且他为人义气，更不把钱财放在心上，别人找他借几个钱，从来没有二话，所以半个大子儿也没存下。

单说马殿臣怀揣安家费奔山东老家，有道是"在家千日好，出门一日难"，兵荒马乱的不说，人在路上一举一动都得花钱，要说不花钱的也有，清风明月、高山流水，途中的风光不要钱，奈何饱得了眼睛填不了肚子，风光再好不当饭吃。咱说书讲古过得快，马殿臣在路非止一日，这一天进了山东地界，说是老家，可是抬头没亲戚、低头没朋友，饭辙还得自己找。他从军这几年别的没落下，落下一身好武艺，身子板那叫一个鞭实，前八块、后鬼脸、双肩抱拢扇子面的身材。然而赶上兵荒马乱的年月，打把式卖艺挣不来钱，谁有闲心看这个，有这份闲心也没这份闲钱。别说打把式卖艺的，落草当响马贼的也没生意可做，连年的灾荒战乱，有钱的早举家迁走了，你抢谁去？

马殿臣到处转悠，越走越觉苦闷，心说：人这一辈子七灾八难，怎么什么倒霉事儿都让我赶上了？挖棒槌换的银子让土匪抢去了，当兵吃粮部队又被朝廷遣散了，不得已回到山东老家，但是哪儿来的家啊！一无亲二无故，头顶上连块瓦片也没有。七尺多高一把扳不倒的汉子，站着比别人高，躺着比别人长，身大力不亏愣是吃不上饭。怎么想怎么别扭，茫然四顾不知何去何从。

马殿臣心中胡思乱想，不知不觉走到一条大河边上，瞧见这地方挺热闹。原来是一个渡口，有做摆渡生意的。渡船只是简易的木筏子，十几根大木头桩子用绳子绑住，撑船的把式手握一根长杆，在河上往来渡人。这个买卖没人管，谁有力气谁干，老百姓称之为"野渡"，又方便又省事，也花不了几个钱。马殿臣瞧了半响，发现河上来来往往的人可真不少，心想：这买卖不错，木头筏子、撑船杆子不用本钱，无非起早贪黑卖力气。渡河的一人一个大子儿，钱不多架不住人多啊！一天下来百八十个大子儿不在话下，这就够吃够喝了。不过马殿臣不想跟别人抢生意，虽说自己一贫如洗，饭都吃不上了，耍胳膊根子欺负人的勾当可干不来，在河上干摆渡的也不容易，不能从穷人嘴里抢饭吃。走来走去行至一个大河湾子，从此处过河不用绕远，却没有渡船，因为河道突然下行，有如滚汤一般紧急，暗流漩涡密布，无人敢在这里行船。马殿臣心说：成了，我就来这儿了！他是艺高人胆大，不惧水流湍急，寻思扎一个大筏子。别说人了，连车带马都能渡过去，别处的摆渡要一个大子儿，我这儿可以要俩，一天跑上几趟，足够吃喝，别人挣不了这份钱，我马殿臣却能挣。他在河上渡人，无非挣口饭吃，却引出一段"半夜打坟"的奇遇！

2

上回书说到马殿臣下定决心，凭自己一身气力，在河上做野渡的买卖。当即找了十几根大腿粗细的木头拿绳子捆好了，翻来覆去摔打摔打，还真挺结实，筏子这就有了，又找来一根三丈来长的木头杆子，准备用这个撑船。马殿臣并非一拍脑门子有勇无谋的人，万一在河上出了事，等于砸了自己的饭碗，他得先把筏子撑顺了，再开张渡人。木筏子没什么讲究，只要绑扎实了，入水不沉即可。撑船的杆子却马虎不得，长短粗细必须顺手，结不结实也十分紧要，筏子在大河上往来，遇上激流暗涌什么的，全靠这根杆子保命。马殿臣把找来的杆子握在手中，气发于丹田，丹田贯后背，后背贯两膀，双手一较劲儿，只听得"咔嚓"一声，杆子应声折断。

眼见这根木头杆子不成，马殿臣又找来几根白蜡杆子，白蜡杆子不值钱，却是练武之人常用的东西，通常都拿来做齐眉棍，鸭蛋粗细，也有长的，抡起来挂动风声，砖石都能打碎，用之前还得使滚油炸上一遍，可以让它更加坚韧，不容易折断。马殿臣仍怕不结实，将三根三丈多长的白蜡杆子捆成一捆，绳子蘸过桐油，从上到下足足捆了七道，这叫"七星节"，没有比这个再结实的了。握在手中抖了两下，觉得挺称手，于是把筏子推下水，白蜡杆子往河中一戳，三下五下到了大河当中。此处河水湍急无比，白蜡杆子一下吃满了劲儿，若非是马殿臣，换了二一个非得让杆子甩出去不可。马殿臣使了个千斤坠稳住身形，双手握紧杆子使劲儿往前一撑，又是"咔嚓"一声响，三根一捆的白蜡杆子生生断为两截，筏子也让河水冲翻了。全凭马殿臣会水，才得以挣扎到岸上，心想：筏子上如有旁人，一个个全得淹死，岂不作孽？不由得暗叫一声"苦也"，原以为可以在此挣口饭吃，却找不到一根称手的杆子，真是天不遂人愿！正自感叹，忽然想起县城南门口有一根杆子，插在城门旁边不下几百年了，听人说那是一根"挑头杆子"。

按照大清律，犯了王法砍头，一样是掉脑袋，却分为斩首和枭首两等，罪过轻一些的斩首，推上刑场刽子手手起刀落，人犯身首异处，尸首可以给本家。家中来人收尸，通常还带个皮匠，就是平时缝破鞋的。皮匠都有缝尸的手艺，过来把人头和尸身缝到一处，再用棺材装了入土掩埋，好让死者落个全尸。枭首则不同，砍下人头之后，尸身还给本家，首级却不给，挂在城门楼子下边以儆效尤，让往来的行人瞧瞧什么叫王法。城门外边悬挂人头的杆子，民间俗称"挑头杆子"。

马殿臣心下寻思，城门口的挑头杆子插了那么多年，刮风下雨从没见它动过，怎么看怎么结实，长短粗细也合适，兴许可以用来撑船渡河。他趁当天晚上月黑风高，摸到了城门口，见四下无人，绕杆子转了三圈。这挑头杆子什么样呢？足有人臂粗细，三丈多长，下边是个底座——三根粗木头桩子搠进地里，再用铁条箍紧，这根杆子插在当中。许是年头太久，杆子十分光滑，摸上去冷森森的，使人不寒而栗。马殿臣刨出挑头杆子，当时顾不得多看，扛起来就走。咱们前文书说了，挑头杆子虽不值钱，那也是国家的王法，不过向来没有军卒看守，您想吧，从古到今偷什么的都有，可没有人偷这玩意儿，躲都躲不及了，劈了烧火也嫌晦气。

常言说"做贼的心虚"，毕竟是偷了东西，马殿臣扛上杆子一路跑到河边，一头钻进了树林子，心里头直扑腾，上阵厮杀也没皱过眉头，可要说偷东西，不论偷的是什么，这还是大姑娘上轿——头一回。坐在树底下把这口气喘匀了，上下打量盗来的杆子，这才看见杆子上挂了两个脑袋，不知是江洋的大盗还是海洋的飞贼，年深日久皮肉都已经烂没了。马殿臣见死人见得多了，两个人头可吓不住他，由打杆子上解下来，于林中刨个土坑埋好，走到河边洗了洗这根杆子，抖了几下十分称手，又扎了个筏子推下河一试，行舟渡水又稳又快，太好使了这个。

话说头一天马殿臣就没吃饭，饿了一整天，这会儿有了称手的家伙，天光也放亮了，忙招呼过往之人渡河，好挣几个大子儿买两张大饼充饥。老话说得好——没有不开张的油盐店，马殿臣做生意的渡口浪多水险、暗流翻涌，但是不用绕远，不乏着急过河的行人，加上此时天色尚早，别的船把式还没出来，他这一招呼，很快凑够了一筏子人。马殿臣一根长杆撑得既快且稳，眨眼到了对岸。众人见马殿臣的摆渡船又近又安稳，多花一个大子儿也值，争相来此渡河。不到半天光景，马殿臣已经挣了一百多个大子儿。

马殿臣一摸怀中的铜钱不少了，肚子也饿了，于是不再接活儿，扛上杆子进城吃饭，筏子扔在河边不怕丢失，大不了再绑一个，杆子却舍不得撒手，真要是丢了，可没处再找这么称手的家伙，因此走到哪里扛到哪里。说是钱没少挣，腰里边揣了一把大子儿，却不够找个饭庄子来上一桌，一般的小饭馆也未必吃得起。长街之上行行走走，瞧见一个挑担卖包子的老汉，一嘴山东话高声吆喝："吃包子，吃包子，馅儿大面儿好，一口能咬出个牛犊子来！"马殿臣知道，挑担卖包子的跟包子铺不一样，全是自己在家做，蒸得了出来卖，肉馅也不值钱，用不起正经肉，去牛羊肉铺子收来筋头巴脑、边角下料，回家跟大葱一起剁成馅儿，放足了佐料包上就蒸。东西简单，但是真香，咬一口顺嘴流油，又解馋又解饿。主要是便宜，俩大子儿一个，跟烧饼价钱差不多，还有荤腥，能见着肉，旧时卖苦大力的人最得意这一口儿。马殿臣掏钱买了三十个包子，用荷叶包好了，热乎乎捧在手上，到路边找了一个茶摊儿坐下，肉包子一口一个吃了二十个，一个大子儿随便儿喝的大碗儿茶连喝三碗，拿袖子抹了抹嘴，其余十个包子裹好了揣在怀里，低头一看自己这身衣服，窟窿挨窟窿，口子连口子，心想：这可不成，干上船把式了，起码穿个周全。书中代言，老时年间卖衣服的分两种：一种是成衣铺，是卖新衣服的；另一种是估衣铺，以卖旧衣服为主，有的旧衣服跟全新差不了多少，价格便宜但是来路不明，说是收来的，保不齐是从死人身上扒的。马殿臣穷光棍儿一条，无所顾忌，也不要好的，找个卖估衣的，捡干净利落的来了这么一身粗布衣裤，伸手抬腿没有半点儿绷挂之处。

马殿臣置下一身行头，吃饱喝足扛上杆子回到河边，转天一早起来，把头天剩下的肉包子一吃，继续开野渡挣钱，寒来暑往日月如梭，不知不觉干了整整一年，许是命中注定他不该干这个，让他在河边遇上一位奇人！

3

　　且说马殿臣凭一身力气在河边摆野渡，一天只干早晨到中午这一段，挣够一把钱就不干了，不是他舍不得出力气，因为马殿臣不甘于一辈子干这个，摆野渡的勾当发不了财，只是眼前没别的活路，为了混口饭吃而已。

　　闲话少叙，单说这一日，马殿臣又在渡口等活儿，说来也怪，一整天没人过河。马殿臣心里纳闷儿：这人都上哪儿去了？怎么连个过河的都没有？摸摸身上锅子儿皆无，早知道昨天省着花了，好歹买俩馒头，今天不至于饿肚子！正当此时，打远处过来一位，看穿着打扮是个做买卖的老客，一身粗布衣裤风尘仆仆，胯下一头黑驴，肩上背一个褡裢，手拿一根半长不短的烟袋锅子，乌木杆儿、白铜锅儿、翡翠嘴儿，锃明瓦亮，用的年限可不短了。腰间拴一枚老钱，没事儿拿手捻着，也不知道捻了多少年，烁烁放光夺人二目。再往脸上看，四十岁上下的年纪，长得土头土脑，却生了一对夜猫子眼，透出一股子精明。马殿臣赶紧扛起杆子，迎上前去搭话："客爷过河吗？这方圆几十里只有我这一条摆渡，连人带牲口两个大子儿。"骑驴老客摇了摇头。马殿臣以为他是嫌贵，又说："客爷，您打听打听去，我这价码真不贵，这年头买个烧饼也得三个大子儿啊！这天色可不早了，您再往前走，到天黑也不见得能过河，瞧您这意思是常年跑外走南闯北，在乎这两个大子儿？"

　　骑驴老客一开口满嘴的官话："我不过河，我是来找你的。"

　　马殿臣听了这话一脸的不高兴，心说：我可没心思跟你逗闷子，不过河你找我干什么？当下对骑驴老客说："实不相瞒，我这一天没开张了，身上分文皆无，晚上还不知道去哪儿吃饭呢，您要是不过河，我也收杆子回去了。"说罢一拱手，扛上杆子扭头便走。

骑在黑驴上的老客见马殿臣要走，忙伸手拽住，脸上堆笑道："我是不过河，可没说不做买卖，咱商量商量，你手上这根杆子怎么卖？"

马殿臣眉头一皱，这杆子虽不值钱，却是他摆野渡吃饭的家伙，如何肯卖？再者说了，你又使不动，买去有什么用呢？懒得理会此人，低下头只顾走。

老客见马殿臣不搭理自己，却不肯罢休，在后边追上马殿臣，三说五说，唾沫星子把前襟都打湿了，一点儿用没有，马殿臣是根本不答话。老客说急了，从黑驴上下来，伸手打怀中掏出一锭银子塞到马殿臣手中，死活非要买。马殿臣一瞧老客塞给他的银子，至少有个七八两，这可不少了，在河上摆野渡，一天可以挣百十来个大子儿，相当于十天挣一两银子，七八两银子够他干上七八十天的。银子给的不可谓不多，杆子却不能卖，这些钱过得了一时过不了一世，饭碗子没了，往后还得挨饿。怎奈骑黑驴的老客不依不饶，死说活说非要买这根杆子不可。马殿臣心里奇了一个怪，瞧这位不是干膀大力的，买这杆子有什么用？这东西在我手上是吃饭的家伙，换了旁人别说买，扔地下都没人捡，顶门烧火都不合适，谁肯用七八两银子买它呢？忽然闪过一个念头——常听人说世上一路憨宝的，不在七十二行之内，这路人眼最毒，别人看来不值钱的东西，在他们眼中却是价值连城。眼前这个老客是个憨宝的不成？果真如此，我这杆子更不能卖了，他出七八两银子，这东西值七八百两都说不定，我可别让他给诓了！

马殿臣心下有了主张，任凭老客死说活求，说出仁皇帝宝来，只是不肯应允。骑黑驴的老客却似吃了秤砣一般，铁了心要买这根杆子，价码越开越高，银子一锭一锭地往外掏。马殿臣不接他的银子，告诉他："咱把话挑明了说吧，变戏法的别瞒敲锣的，你是干什么的你心里明白，我心里也清楚，你想要这杆子也行，但是你得告诉我要去干什么用，得了好处再分我一半。"

老客一摆手："话不能这么说，买卖买卖，愿买愿卖，当面银子对面钱，两下里心明眼亮，各不吃亏，你开个价钱我给你，这杆子就是我的了，我用它干什么可与你无关。"

马殿臣说："不错，你说的这是买卖道儿，到哪儿都说得出去，可有一节，许不许我不跟你做这买卖呢？你出多少钱我都不卖，你还敢抢我的不成？要么你按我说的来，要么咱一拍两散，这个事儿没商量！"

骑黑驴的老客沉吟半晌，一跺脚说道："也罢！我看你也是一条好汉，否则降不住这根杆子，当着明人不说暗话，非得是你这般胆大心直、行伍出身的人，才敢用这挑头杆子撑船渡水。"话是拦路虎，衣服是瘆人的毛，此人这番话一说出口，马殿臣心中暗暗吃惊：这个骑黑驴的言不惊人、貌不动众，却能一眼瞧出这杆子的来头，绝不是等闲之辈！可话说回来，挑头杆子并非只有这一根，何必非来找我？

骑黑驴的老客看出马殿臣不信，对他说："你这可不是一般的挑头杆子，这年月天天有人掉脑袋，哪个城门口没有挑头杆子？按说这东西不稀奇，可是有句话叫'挑头不过百'，插首示众的杆子至多挑九十九颗人头，再多一个杆子准断，你可知其中缘故？"

马殿臣再不敢小觑对方，抱腕当胸："马某愿闻其详。"

骑黑驴的老客还了一个礼，说道："实话告诉你，挑一个人头这杆子上多一个鬼，所以有的杆子可以挑三五个，有的可以挑十个八个，到时候来一阵阴风就吹断了，挑到九十九颗人头的可了不得了，神见了神怕，鬼见了鬼惊。你手上这根杆子，打从明朝至今不下六百年，挑过的人头不计其数，你说是不是宝？"

马殿臣让老客说得云里雾里，冷不丁这一句问得他摸不着头脑，心说：这是宝吗？当得了穿还是当得了吃？怔了一怔，答道："倒也难得。"

骑驴的老客说到兴头上，指手画脚、口沫横飞，瞪圆了夜猫子眼看着马殿臣说："何止难得？这两轮日月、一合乾坤，天之下地之上，再也找不出另一根这样的挑头杆子！"

马殿臣说道："按老兄所说，这杆子惊了天动了地，出了奇拔了尖儿，冒了泡翻了花儿，可它挑过的人头再多，不还是根木头杆子？能有什么用呢？"

骑黑驴的老客眨了眨那对夜猫子眼，嘿嘿一笑："能做何用？有了这根杆子，你我二人下半辈子站着吃、躺着花，享不尽的荣华富贵！不是我夸口，这东西的用处除了我窦占龙，世上再没二一个人知道，真乃说开华岳山峰裂，道破黄河水倒流"！

4

前文书言道，马殿臣在河上摆野渡，挣的钱虽不多，至少够他吃饭了，可是这一天奇了怪了，没有一个渡河的，好不容易来了个骑驴的老客，却只想买他这根挑头杆子。要说这老客可不是一般人，江湖人称"无宝不识窦占龙"。咱们书归正文，马殿臣知道了骑黑驴的名叫窦占龙，伸长了耳朵等他往下说，到底如何用这挑头杆子发财，窦占龙却闭口不提，只告诉马殿臣扛上杆子跟他走，这一两天之内保准能发大财。马殿臣也明白，吃江湖饭的人大多如此，从不把话说透，说透了别人就知道你的深浅了，必须让旁人觉得你高深莫测，这就是所谓的故弄玄虚。马殿臣实在是穷怕了，只要可以发财，没有他不敢做的，但是仍对窦占龙半信半疑，抱紧了杆子说道："老兄你不够意思，说好了合伙发财对半分，你不告诉我这是什么买卖，我如何信得过你？"

窦占龙笑道："你放心，说出来的话泼出去的水，咱们行走江湖的人一口唾沫一根钉，凭的就是'信义'二字，我答允你得了好处均分，绝不会言而无信，只不过时机未到，恕我不能说破。"

马殿臣留了个心眼儿，怕窦占龙口说无凭，拽上他在河边撮土为炉、插草为香，跪下来指天指地起誓发愿："今天你我二人在此共谋一注大财，得多得少，甘愿平分，若有二心，躲得了天诛，躲不了地灭！"说完二人冲北磕头，互通了名姓。

书中代言，这个窦占龙大有来头，走南闯北到处憋宝，人称"无宝不识窦占龙"，论起憋宝的勾当，他要说认了第二，没人敢认第一。相传窦占龙走南闯北，有三件东西从不离身：头一件是腰中所挂的铜钱，不知道是什么朝代的老钱，外圆内方，上刻四个字为"落宝金钱"；二一个是手中的烟袋锅子，无论走到什么地方，点上这烟袋锅子抽两口，便瞧得出这地方有没有宝；三一个是胯下的黑驴，一跑一道烟，神仙也追不上它。不过马殿臣不知道窦占龙是谁，只想知道如何用这根挑头杆子挣下金山银山。

窦占龙说道："你切莫心急，万事听我安排，而今天色不早，你我二人先找个地方打尖住店，安顿好了再说不迟。"马殿臣点头称是，既然跟着人家干，那就该听人家的吩咐。两个人一个骑驴一个扛杆，来到城外一处大车店，这是个野店，没那么讲究，虽然有吃有喝，但是七碟八碗的一概没有，顶多是大饼切面，管饱不管好。外边有牲口棚子，住人的地方很简陋，没单间没上房，一水儿的大通铺，一个屋子躺十几个人，满屋的臭胳肢窝、汗脚丫子味儿。马殿臣常年睡野地、住破庙，有个屋子住已经很知足了。窦占龙却执意包两间房，和马殿臣一人一间，加倍给店钱。赶上这几天住店的不多，他们两个人给二十个人的店钱，开店的当然没二话，忙前忙后好生伺候。

马殿臣觉得这个窦占龙一举一动处处诡异，来大车店摆什么谱？即便一个人住一间，不也是草席土炕八下漏风的破屋子？等到安顿好了，窦占龙让伙计给打盆热水洗脸烫脚，又吩咐下去煮两大碗烂肉面，说白了就是擀好的面条里面放上碎肉头儿，又热乎又解饿。二人坐在窦占龙的屋中，稀里呼噜吃完了面条。马殿臣刚想跟他聊几句，再看窦占龙碗筷一推倒头就睡，倒是真利落。马殿臣以为今天不到时候，心想：我甭跟这儿瞎耽误工夫了，你睡我也睡，不过挑头杆子我可不能撒手。当即回到隔壁和衣而卧，很快打起了呼噜。正睡到定更天前后，窦占龙把他叫了起来，让马殿臣抱上杆子跟他出去。马殿臣迷迷糊糊坐起身来，这大半夜的出去发财？突然间心里一掉个儿，对窦占龙说道："窦大哥，我看出来了，原来你是一砸孤丁打闷棍的，你们这行我知道，半夜三更躲在官道两旁，看见行走夜路的人，从背后一棍子砸倒，身上的财物洗劫一空。干这个勾当我还用你？凭我这一身的能耐，别说打闷棍，劫道明抢都不在话下，但我马殿臣行得端坐得正，别看认不得几个字，可也听说过志士不饮盗泉之水，一向清白磊落，岂能落草为寇、杀人劫径？"

窦占龙"嘿嘿"一笑，一脸神秘地告诉他："殿臣兄，你想多了，咱不打人，咱打坟！"

马殿臣目瞪口呆，用这三丈多长的挑头杆子打坟？那能打出钱来？但见窦占龙言之凿凿，不是信口胡说，转念一想：我也别多问了，免得让他小觑于我，倒被他取笑一场，且跟他出去走上一遭，瞧瞧如何打坟，究竟是能打出金子来还是能打出银子来。当下不再多言，二人收拾齐整，推门出了大车店。

窦占龙骑驴，马殿臣步行，三绕两绕走了好一阵子。行至一座古坟近前，借星月之光一看，这座古坟大得出奇，坟头足有一丈多高，据说坟上的封土经过风吹日晒雨淋，一百年矮一尺，不知这座大坟是哪朝哪代的巨塚，估计刚埋的时候至少得有两丈来高，否则早平了。坟头上荒草丛生，两旁的石人、石马皆已破败不堪。

马殿臣看罢多时，心中又闪过一个念头，敢情窦占龙是个吃臭的！什么叫"吃臭的"？说白了是挖坟窟窿的盗墓贼。这一行损阴丧德，着实不太光彩，再说盗墓挖坟你不带锹镐，带根杆子如何下手？

马殿臣脑中胡思乱想，各种念头转了一百八十多个来回，嘴上却没多说。窦占龙骑在黑驴上，围绕这座古坟看了一遍，低声告诉马殿臣："你抡起挑头杆子，有多大劲儿使多大劲儿，用力往坟头儿上打，打上三下，切记一下别多、一下别少，打完之后无论见到什么、听到什么，你勿惊勿怪、别说别动，我自当理会。"

马殿臣点了点头，心说：得嘞，这可是你说的，事到如今我也别多问了，你让我打我就打，要别的咱没有，这一身的力气可使不完。他之前那一碗烂肉面真不白吃，走到坟前撸胳膊挽袖子，摆开一个马步扎稳当了，铆足气力抡起大杆子往坟头上狠狠打去，"啪啪啪"连打了三下，抬眼再看这座古坟，可了不得了！

5

前文书说到马殿臣经不起憨宝的窦占龙纠缠，同意拿这挑头杆子入伙，两人一起发大财。马殿臣按窦占龙的吩咐，抡起挑头杆子使尽全力往坟头之上打了三下，气归丹田抬头观看，但见乌云四合，凭空刮起一阵阴风，吹得坟头上的蒿草乱摆，不知要出什么变故。再看窦占龙骑在黑驴上不动声色，不慌不忙提出一盏灯笼，上头罩了海碗大小一个灯罩，当中是个蜡烛头儿，看似平平无奇，这一点起来可了不得，照得坟前坟后一片通明。等了半晌不见有异，窦占龙冲马殿臣摆了摆手，打牙缝里挤出几个字："再打三杆子！"

马殿臣这叫一个奇怪，窦占龙怎么想的？三更半夜不睡觉让我跟这个坟头较劲儿，杆子打折了坟土也开不了啊！无奈之前对天起了誓，到如今不打显得自己不够光棍儿，权且陪他疯吧，反正力气也不花钱。想罢抡起杆子上前要打，却见坟前荒草分开，探出一个毛茸茸的脑袋，还没等马殿臣看明白，一条大狐狸从坟中蹿了出来，这还没完，陆陆续续又出来二三十条狐狸，大大小小什么样儿的都有，一个个人立而起，抱起前爪对马殿臣和窦占龙作揖下拜。

马殿臣站在坟前，看了个真而又真、切而又切，不由得倒吸了一口凉气，暗道一声"古怪"，打这三杆子不要紧，坟里的东西待不住了，这是出来求饶了？

骑在黑驴上的窦占龙一边抽烟袋锅子，一边"嘿嘿"冷笑，抬手一指为首的老狐狸，说道："你给我听真了，明日子时之前我要上等金珠十担，若有延误，定用这挑头杆子来打！"说罢掉转驴头，带上马殿臣转身便走。

有书则长无书则短，二人回到大车店继续睡觉，折腾了半宿也是乏了，马殿臣这一觉直睡到天至正午，起身去找窦占龙，进得屋来，十个柳条筐一字排开，里边满满当当全是金珠，明晃晃夺人二目。窦占龙坐在炕头上"吧嗒吧嗒"抽他的烟袋锅子，一脸得意之色。马殿臣揉了揉眼睛，恍如梦中一般，嘴张得老大，半天合不拢。窦占龙笑道："殿臣不必惊诧，那古塚里是一窝得了道的狐狸，你那挑头杆子一下能打掉它们一百年的道行，想必昨天半夜这三杆子够它们受用了，还没到子时便送来了十担金珠。只要有这根杆子在，你我二人从今以后吃香的喝辣的，享不尽的大富大贵。"

马殿臣拾出一个金珠瞧了瞧，足有个二三两，这十筐上等金珠，八辈子也花不完，这才真心服了窦占龙。他本以为得了十担金珠该去城中，置下广厦豪宅、娶美妻纳娇妾，享尽世间荣华。没想到窦占龙一摆手："不够不够，九牛一毛都不够，今天定更之后咱们还要去打坟！"

二人吃饱喝足了，等到定更天前后，一个骑驴一个扛杆子又奔了坟地。前边有车后边有辙，昨天怎么来今天还怎么来，马殿臣也是一回生二回熟，来到坟前抡起杆子正要打，群狐又从坟中出来下拜，一个个战战兢兢、悲悲切切，显得又惊又怕。窦占龙这一次不要金珠了，让它们明日子时之前献上夜明珠百枚，迟一刻少一颗定打不饶，说罢磨头就走，一句废话都没有。

简单说吧，转天早上，窦占龙的屋中又多了大大小小一百颗夜明珠。二人这是走顺腿了，此后每天夜里都扛上杆子到坟前溜达一趟，什么是珊瑚宝树、怎么叫羊脂白玉，什么值钱要什么，要什么来什么。也有给不够的时候，窦占龙到了坟前不由分说，先让马殿臣打一杆子。一连七八天，几乎天天如此。单说这一日，马殿臣由打坟地回来，躺在炕上寻思：这个窦占龙真叫人心不足蛇吞象，怎么还没个够呢？故老相传，憋宝的个个贪得无厌，发多大财也觉得不够，看来此言不虚，不过即使搬来一座金山，成天住在这大车店中住土屋吃粗粮，这又有什么意思？

马殿臣正在炕上前思后想，忽然闻到一阵臊臭。他起身一看，见屋中多了一个小老头儿，一身暗红色的裤褂，脸上皱纹堆叠，须发皆白。马殿臣想问一声"来者何人"，他这话还没出口，老头儿已经跪倒在地，口中连称："好汉饶命。"马殿臣心下奇怪，扶起老头儿问道："老人家，你这是何意？你我二人素不相识，因何让我饶命？"

老头儿说道："好汉见问，不敢不如实相告，我正是坟中为首的狐狸，你和那个憋宝的这一招儿太狠了，我举族老小住在此处多年，从不曾为祸世人，如今被你们逼得走投无路，成天给你们二位献宝，迟上片刻，就得挨你这杆子，一下打掉一百年道行，如何承受得起？还望好汉高抬贵手，放我等一条生路吧！"说完泪如雨下，磕头如同捣蒜。

马殿臣是山东爷们儿，红脸的汉子，从来心地耿直，说他杀人不眨眼，杀的可全是不义之人，绝不欺压良善。狐狸住在坟里不招灾不惹祸，并不曾碍了谁，更没有兴妖作祟，况且这几天下来，金珠宝玉已是得了不少，几十辈子享用不尽，何必如此贪得无厌呢？马殿臣对老头儿说："老人家，打坟这招儿不是我出的，我只是卖卖力气，你何不去求隔壁的窦占龙？"

老狐说："憨宝的窦占龙'贪'字当头，眼中只有钱财，岂会理睬我等死活？只求好汉你将杆子毁了，放我辈一条生路！"

俗话说"横的难咽，顺的好吞"，马殿臣是个顺毛驴的脾气，你要是跟他叫板，哪怕他一百二十个不占理，也不会说出一个"服"字。可眼前这个老头儿，且不说是人是妖，这么大岁数跪在地上给他磕头，让他于心何忍？再加上确实理亏，就是欺负人，当下一咬牙一跺脚，迈步出门从柴房拎了一柄斧子，几下将那根挑头杆子劈了。老狐狸又给马殿臣跪下，不住磕头谢恩。马殿臣上前去扶，不料一跌而醒，耳听鸡鸣四起，始知是南柯一梦，不过再看怀中的杆子，却跟梦中一样断成了两截。

马殿臣暗觉古怪，起身去找隔壁的窦占龙，推门进屋一看，堆积如山的金珠宝器都不见了，窦占龙横尸在地，早已气绝身亡！

6

马殿臣见窦占龙死了，财宝也没了，呆立原地直冒冷汗，没想到妖狐趁夜入梦，诓自己劈了杆子，上了它的当！想到此处懊悔不已，而今合伙的窦占龙死了，金银财宝没了，挑头杆子也折了，连野渡都摆不成了，这才叫"竹篮打水——一场空"。暂且顾不上后悔，等会儿伙计进来送饭，一看死了一位那还得，人命官司可有的打了。想到此处，马殿臣连门都不敢走了，推开后窗户跳将出去，脚后跟儿打屁股蛋儿，来了个逃之夭夭。

咱们前文书说过，窦占龙骑在黑驴上走南闯北，身上有通天的本领，就这么让狐狸害死了？您是有所不知，书中代言，窦占龙并非常人，相传他这一辈子要躲过九死十三灾，死在大车店里的仅是一个分身，替他死上一次。窦占龙来找马殿臣打坟，也不是为了要钱，只不过借此应一个劫数。

再说马殿臣从大车店逃出来，躲在河边的禹王台过夜。之前这些天，虽说也没享多大的福，但是吃得饱喝得足，而今又落到了身无分文的地步，可叹没有发财的命，金山银山摆到了眼前也留不住，怎么就这么倒霉，送到嘴边的鸭子都能飞了，当真命该如此？心里憋了一口恶气不知何处去发，直恨得咬牙切齿。忽然间又闻到一股狐臊，揉了揉眼睛闪目观瞧，昨天那个老头儿又来了。马殿臣气不打一处来，心说：我正待寻你，你倒自己送上门来了，那可怪不得我马殿臣了！不由分说举拳便打。老头儿急忙抱拳拱手："好汉，且息雷霆之怒，慢发虎狼之威，容我说两句，你听听在不在理。献给窦占龙的财物，不是你的也不是我的，只不过还回去而已。先前你们用挑头杆子打坟，道行小的都被打得灰飞烟灭了，我辈迫于无奈才去给你们运财，那是好来的东西吗？谁用了谁遭报应，因此我拿回去还了，这可是替你我消灾免祸。窦占龙死于大车店，也是命中注定有此一劫，你却不该死，阁下乃大富大贵之人，只不过未到发迹之时，何必拘于这些许薄财？"

马殿臣并非蛮不讲理之人，听这老头儿说的言之有理，自己还不了嘴，只得叹了口气，说道："日后的富贵我不敢想，那是镜中花水中月，可望而不可即，眼前吃不上饭却是真的。"

老头儿哈哈大笑："如今你有恩于我，我岂能弃你于不顾？如若不嫌弃，请到我那儿吃顿便饭。"

换个人打死也不敢去，狐狸住的是什么地方？马殿臣可不在乎，有饭吃那还犹豫什么？老头儿带上马殿臣，三绕两绕，又来到那片坟地，却不见了那座巨冢，眼前分明是一片深宅大院，金钉朱户好不气派，里头重门叠户、屋宇连绵，不知有多少进。马殿臣看傻了，两只眼不够使唤，但见屋里屋外灯烛通明，男男女女、老老少少、家奴院工、婆子老妈，黑白丑俊各有不同，都出来远接高迎。

马殿臣在老头儿的带领下进了正厅，屋子里雕梁绣柱，别有洞天。进来分宾主落座，老头儿吩咐下人赶紧设摆筵席，然后陪马殿臣喝茶聊天儿。很快有人上来通报酒宴齐备，马殿臣又随老头儿进了饭厅，迎面的大八仙桌子上满满登登摆了一桌子的菜，杯盘碗盏摆得老高，烧黄二酒都烫好了。马殿臣定睛观瞧桌上的宴席，没别的，一水儿的鸡：烧鸡、烤鸡、白切鸡、熏鸡、炸鸡、麻油鸡、蒸鸡、煮鸡、黄焖鸡、炒鸡、炖鸡、花子鸡，鸡丝、鸡块、鸡条、鸡片，外加一大盆鸡汤，整个一百鸡宴。马殿臣暗自好笑，除了鸡还是鸡，就没别的了？他当时饿急了，也不讲什么礼数了，对老头儿一抱拳，坐将下来甩开腮帮子一通吃，这没出息劲儿够十五个人瞧半个月的，整只鸡拿起来顾不得撕，张嘴就啃，一口就咬掉半拉鸡胸脯子，噎住了用酒往下顺，酒再顺不下去，站起来连直脖子带跺脚往下咽，咽完了坐下接着吃。老头儿坐在主座上相陪，酒喝干了给倒上，吃完了这碗把旁边的盘子递过去，屋里屋外一大帮子人伺候马殿臣。这一顿饭足足吃了一个多时辰，吃得马殿臣胸脯子顶住了下巴，这才把筷子撂下，此时已有十分醉饱，站起身来摇摇晃晃迈不开步。老头儿又吩咐人把马殿臣安置到一处上房，让他歇息一宿，吃饱喝足了好好睡上一觉，有什么话明天再说。

马殿臣吃饱了睡得踏实，一夜无梦，这一觉直睡到日上三竿。爬起来揉了揉眼睛，觉得酒意未退，不过心里明白过来了，觉得自己多有叨扰，待要拜别老头儿告辞离去。

老头儿却说："既然来了，何不多住几日，我这里前院后院、楼台亭阁，谈不上雅致，却还有几分景色，轻易也不来外客，我陪你走走转转，吃饭饮酒，岂不快哉？"

马殿臣心想也罢，反正无处投奔，既然这老头儿执意挽留，不如在这儿多住几天，有吃有喝的倒也不错。简单地说，马殿臣一连住了十天，饮酒吃鸡，到处闲逛，简直是神仙般的日子，之前哪里享过这样的福？不但不想走，还和那老头儿相处得挺好，聊得也投机。后来一个头磕在地上结成八拜之交，老头儿说得好："咱俩之间不能按岁数论，常言道英雄无岁、江湖无辈，既然你我二人对脾气，这便是天大的缘分，以后便以兄弟相称。"

这一日清晨，马殿臣还没睡醒，老头儿过来找他，说要出门办一件事，少则三天多则五日便可回来，嘱咐马殿臣不必担心，已经安排好手下的使唤人伺候他吃喝。马殿臣是客随主便，把老头儿送出门外，扭身刚要往回走，老头儿突然叫住他说道："贤弟，你住在这里该吃吃该喝喝，想去哪个院子去哪个院子，但是你住的那个偏院西屋千万别进，里边的东西也不能看，切记切记。"

老头儿临走时不说这几句话，马殿臣也想不到，偏偏说了这两句话，倒把马殿臣的腮帮子勾住了。人都是这样，你越不让干什么，他就越好奇，非进去瞧瞧不可。马殿臣也是天天闲得无聊，按捺不住好奇之心。这一日不顾劝阻进了西屋，想看看这里边究竟有什么秘密。

7

上回书说到马殿臣忍不住一时好奇，心说：这大宅子里前后好几进院子，大大小小的屋子不下百十来间，兄长为何不让我进这一间？借三分酒来到西屋门口，一咬牙一狠心，"吱呀呀"一声把门推开，探头探脑往屋子里看。原来是一间祖先堂，迎面一张供桌，上面密密匝匝摆满了牌位，左右各有一个蜡扦，上边点了蜡烛。马殿臣暗暗称奇：没见有人往这屋来，这蜡烛什么时候点上去的？迈步进屋一看却也平常，只是侧面摆了一张条案，上列四个石匣。马殿臣心说：这石匣供在祖先堂中，莫非是狐仙的传家之宝？我进也进来了，正好开开眼，见识见识匣中秘宝！

马殿臣三步并成两步，来到石匣跟前，掀开一个石匣的盖子，借烛光一看，里边仅有一个阴阳鱼，非金非玉，看不出有什么好处。又将另外三个石匣一一打开，二一个石匣中放了一个八卦，三一个放了一枚青枣，都不是什么值钱的东西，第四个石匣中却有一块狗头金，不过并不大，多说一二两的一个小金疙瘩。马殿臣瞧不出个子丑寅卯，忽听得背后有人叹了口气。马殿臣虽然没偷东西，可老头儿临走千叮万嘱不让他进这屋，如今要是被人撞破了，显得自己言而无信，脸上可就挂不住了，急忙转过身来，见背后不是别人，正是自己结拜的兄长。

马殿臣羞愧万分，这脸都不知道往哪儿搁了，臊得火辣辣的，恨不得把脑袋扎裤裆里，涨红了脸刚要开口说话，老头儿却对他摆了摆手，叹道："兄弟无须多言，你既然开了这石匣，你我的情分也该到头了。"

马殿臣以为大哥说的是气话，怪自己莽撞不听劝告，忙躬身施礼，要给老头儿道歉认错。老头儿说："兄弟不可如此，我并不是责怪你，石匣中乃是我们仙家的至宝，打祖上传下来的，任何一件都非同小可。你对我有救命之恩，我正寻思选一件送给你，还没想好选什么，也不好跟你明说，所以不让你看，如今你已窥视了天机，向来天意如此，你就自己挑一件吧。"马殿臣自知有愧低头不语，兄长再三嘱咐，不让自己进这屋子，自己非要进来，还被人家当场逮到，闹了个大红脸，哪还好意思接话。可那老头儿一个劲儿催促，马殿臣推托不过，心想：我一不会算卦相面，二不想种树卖枣儿，那阴阳鱼、八卦、青枣要来没什么用处，若真让我选，还是那块狗头金好，虽然不大，好歹是个金疙瘩，于是告诉老头儿，自己要那块狗头金。

老头儿对马殿臣说："实不相瞒，这几样东西各有用处，阴阳鱼可以长生不死；八卦可以呼风唤雨；青枣可换一朝江山；狗头金能保一世富贵。既然你选了狗头金，将来我一定让你发上一注大财，还望兄弟你好自为之。"说罢一掸袍袖，转身出门而去。

马殿臣不敢再动石匣，臊眉耷眼回去睡觉，躺在床上思前想后心里挺别扭，倒不是后悔自己没选好，对他来说享人间富贵远比成仙得道当皇帝来得痛快，前半辈子真是穷怕了，再不想过这样子的穷日子了。别扭是因为越想越对不起坟中狐仙，不该出尔反尔，不顾劝阻去祖先堂偷看石匣。念及此处羞愧难当，想再去给兄长赔罪，一睁眼却见自己躺在一座古坟之上，深宅大院都不见了。

8

　　马殿臣若有所失，对大坟拜了几拜，打坟地出来，回到大车店附近打探消息，得知官府并未缉拿于他，这也不奇怪，兵荒马乱的年月，人命最不值钱，死上一两个外乡老客，开店的必定不敢声张，正所谓民不举官不究，多一事不如少一事，多半找了张破席子卷了，蔫儿不溜秋地扔到乱葬岗子喂野狗了。如今马殿臣没了吃饭的家伙，又有手有脚有的是力气，拉不下脸再去要饭了，可也找不到别的活路，穷得没辙只好去"吃仓讹库"，用自己这一身肉换饭吃。怎么叫"吃仓讹库"呢？说白了就是耍胳膊根儿，凭着一身肉换饭吃。清朝的时候，各地都有官府的粮仓用于存放禄米，一年到头运粮的大车进进出出，来往不断。那年头有个规矩，粮食入库之前地痞无赖可以在半路上白吃白拿，但不是谁想吃谁就吃，谁想拿就随便拿，你想白吃皇上家的粮食，必须得舍出命去，还得按规矩来。首先找一个黄道吉日，手上托一个鸟笼子，在众人的簇拥下来到粮仓大门口，到了地方把鸟一放，三下两下踹碎鸟笼子，身上的衣裳一撕，那意思是不想过了，往粮仓门口打横一躺，高喊一声"求大人成全"，抱头夹裆等人来打。看粮仓的也没有善茬儿，他也懒得打你，那还得费力气，打人也是力气活儿，这年头没好处的事谁愿意干？或赶着运粮的大骡子车从你腿上碾过去，或摆出一盆烧红的火炭让你一屁股坐上去，哪怕是从你身上扒下一层皮，你也不能皱一皱眉头。别说一哼一哈，倒吸一口凉气那都算白给了，怎么打都白打，可要是坚持住了没吭声，这就算有了。看粮仓的一看拿你没法子了，也敬你是块硬骨头，终究不能闹出人命，此后你再到这儿来，他就给你口吃的。不过要是再有别人来"吃仓讹库"，你得去充当打手，如果你镇不住别人，你那口吃的就得给人家。马殿臣练过武、当过兵，禁得住打，凭这身骨头吃仓讹库混了一口饭吃。可是到了清朝末年，大厦将倾，禄米仓也没多少粮食了，是饥一顿饱一顿只能勉强活命。

　　无奈好景不长，没过多久禄米仓都荒废了，马殿臣好不容易捧到手里的饭碗子又丢了，山东老家还闹起了旱灾，俗话说"久旱必蝗"，千百年来都是如此。地里的庄稼本来就不好好长，黑云压顶一般的蝗虫飞到田里一通乱啃，遮天蔽日地过去，就把庄稼全啃光了。马殿臣吃不上饭，见别人捉蝗虫充饥，他也一同去捉，饿急了没有什么不能吃的，人下水都吃过何况虫子呢？蝗虫非常好捉，因为太多了，糊了天盖了地密密麻麻，用个布口袋随处一兜，就是百八十只。蝗虫也并不难吃，肚子上一堆肉，或炸或烤吃起来还挺香，好歹也是荤腥。那也架不住成天吃这玩意儿，吃多了打嗝儿吐绿水眼前冒金星。况且不是总有蝗虫，哪儿有庄稼它们往哪儿飞，民间常说"过蝗虫"，什么叫过啊？那就是啃完这片庄稼就飞走了，你庄稼都没了人家蝗虫也不待着了。有这么半个来月，马殿臣连蝗虫也吃不上，投亲无路、靠友无门，眼看着又走到了绝路。想起当年在长白山挖出个宝棒槌换了一袋银子，虽然被土匪劫去了，但也说明闯关东能发财，至少有个奔头，总比待在这儿饿死好。以口问心道一声"梁园虽好，不是久恋之家"，这才打定主意二闯关东。这回跟上一回可不一样了，一回生二回熟，沿路给人打八岔 [1]，有活儿干活儿、没活儿要饭，出了关直奔长白山。

---

[1] 打八岔，天津方言，指没正式职业，干临时的杂活儿。

有书则长无书则短，不止一日来到长白山下。马殿臣一个人在深山老林中连更彻夜转了七八天，带的干粮早吃光了，仍没见到半片棒槌叶子。虽说山中鸟兽不少，可他一没猎枪二没鸟铳，想打猎也打不了，好在森林中的蘑菇、野果正多，勉强可以填饱肚子。仍苦于身上衣服单薄，抵不住关外的寒风，白天还好说，起码有日头照着，到了晚上山风一吹，那叫一个透心儿凉，蹲在树洞子里上下牙关一个劲儿打架。眼见这苦日子没个头，找不见棒槌只能天天这么苦挨，有几次马殿臣也不想活了，可叹自己练过武当过兵，但在这深山老林之中，空有一身的本领无从施展，有劲儿都没处使去，顶天立地的七尺汉子，为何如此命蹇，老天爷竟如此待我？

且说这一天傍晚，马殿臣在山里转来转去，瞅见密林中有几个蘑菇，样子土了吧唧似乎不带毒。这里边有个说道，越是五颜六色、鲜艳无比的蘑菇越有毒，其貌不扬、灰不秃噜的反而没毒。马殿臣揪了几个正要往嘴里放，猛然想起这东西不能生吃，吃不好要死人。当下找了一个背风的山洞，点上一小堆火把蘑菇插在松枝上烤熟了，一通狼吞虎咽下了肚。按说这东西烤得煳巴烂臭的好吃不了，可老话说"饿了吃糠甜似蜜，饱了吃蜜蜜不甜"，饿透了什么都好吃。马殿臣吃得这个香啊！吃罢一抹嘴头子，肚子里有了东西，这困劲儿就上来了，顺势往火堆旁边一躺，就在山洞里睡着了。

半夜时分，马殿臣恍恍惚惚做了个怪梦，一个老头儿步入山洞，走到近前伸双手去推马殿臣，闪目观瞧来者不是别人，正是那位结拜大哥——住在古坟中的老狐狸。马殿臣翻身而起纳头便拜。老头儿拦住他说："不用多礼。"当下告诉马殿臣，今天便来助他一笔大财，可要听好了记住了：前边山涧之中有条河，但是渴死也不能下去喝水，因为那里有条大蟒，下去喝水的人都让此蟒吞了。不过这个地方有宝，你如此这般这般如此，就可以取了蟒宝！说完踪迹不见。一阵阴风过去，马殿臣一惊而起，忽觉腹中翻江倒海，"哇"的一声把之前吃下的蘑菇全吐了出来，方知乃是南柯一梦。虽说梦是心头想，可过去的人多多少少都有些迷信，加之此梦真而又切，马殿臣不得不信，跪下往洞口拜了三拜。好容易挨到天光放亮，急不可耐地出去一瞧，还真有个山涧，两边荒草漫漫。此时正是深秋时节，山上的蒿草均已枯黄，这里却有一趟子[1]草还是绿的，此间必有缘故。马殿臣暗自点头，想来此乃巨蟒进出山涧必经之地。自古说"蟒有蟒道"，来来去去只走同一条路。马殿臣强忍饥渴，摸过去将匕首刀尖朝上倒插在乱草之中，在远处找个地方躲好了。晌午刚过，就望见远处草丛晃动，隐隐之间腥气扑鼻，似有一个黑色的庞然大物滑入山涧。马殿臣沉住气等了半天，这才走上前去找到草丛中的匕首，见上边全是血迹，又寻着血迹向前走，离山涧不足五尺的地方血迹不见了。马殿臣低下头仔细一看，乱草深处有一片棒槌叶子，上顶一小捧透红的棒槌籽儿。马殿臣又惊又喜，这还真是有宝，可把棒槌挖出来一看却有点儿失望，怎么呢？太小了，跟香菜根子似的，多说过不去二两，换不来几个钱，这能是宝吗？又一想好歹是个棒槌，这么些日子什么也没找到，今日方才开张，下了山再小也能换钱，于是揣在怀中，抬腿回了山涧。

次日天明，还是那个时候，马殿臣又去蟒道之上将匕首倒插，找个地方躲在一旁。直等到夜半三更，一轮明月悬在半空照彻了天地，树林之中一片银白。马殿臣等了一天正觉困乏，忽听得乱草之中沙沙

---

[1] 趟子，此处为量词，行、垄。

作响，随后传来一声震颤山谷的凄厉巨吼，不觉吃了一惊，探头出来借月光一看，山涧中如同打翻了朱砂罐，霎时染成红色。他蹲了一夜没敢再动，直等到天光大亮，这才踮起脚尖，提心吊胆走出来，到了他放置匕首的地方，只见一条巨蟒死在乱草丛中，身长不下三五丈，头大如麦斗、身粗如水缸，让那把匕首开了膛，腹下一条大口子直通至尾，整条山涧都让血水染红了。马殿臣捡起匕首挖出这条巨蟒的两个眼珠子，放在水中洗去血污，有如鸡蛋般大小混沌无光，看不出有什么出奇的。赶紧冲山东老家方向磕了几个头，又找来一个短树枝咬在口中，挽起两条裤腿，右手倒持匕首，一咬牙一闭眼手起刀落，在自己的俩腿肚子上分别割开一道口子。换成一般人，谁下得去手？这可不是杀鸡宰兔子，而是刺自己肉，马殿臣却面不改色，想当初在山东吃仓诓库，装满粮食的大车轱辘从自己身上轧过去，红通通的火炭捧在手中也没有"哼哈"二字，回手将巨蟒的两个眼珠子拿过来，一边腿肚子中塞进去一个。纵然马殿臣是条好汉，额头上也渗出了黄豆大小的汗珠子，忙从怀中掏出之前挖到的小棒槌，只用棒槌叶子在刀口上这么一抹，可煞作怪，刚才两边腿上的刀口还血流如注，一抹之下立即愈合，腿肚子上连个疤都没留下。

9

话说老狐狸的深宅大院又变成了荒坟，马殿臣无处容身，无奈去吃仓诓库混口饭吃，又赶上大旱闹蝗灾，连禄米仓都没了，思来想去决定二闯关东，按老狐狸的指点得了一对蟒宝。马殿臣站起来活动一下两条腿，心中又惊又喜，巨蟒的两个眼珠子是蟒宝，将它埋在自己的腿肚子里，可以使人脚下生风，翻山越岭如履平地。再说那个小棒槌，个头虽小却有起死回生的益处，无论多大的伤口，棒槌叶子一扫即可愈合。头一天马殿臣插在地上的匕首划开了蟒腹，巨蟒带伤从棒槌叶子上爬过，继而痊愈，马殿臣挖走了宝棒槌，转天巨蟒又被开了膛，失了宝棒槌才命丧深山。马殿臣得了至宝，急匆匆往山下走，双腿如飞一般一路跑到山脚之下，气不长出面不改色，根本不觉得累，心想：上什么地方把宝棒槌卖了才好？但实在是不好卖，只怕这小地方没人识得此宝。

在当时来说，拉帮放山的参客不用自己出去找买主，那些有威望的参帮，棒槌还没下山，大药材庄的伙计们就背了银子等在山底下了。如果今年碰巧了挖到极品，那得好几家买主比价，看大小、称分量，谁出的钱多卖给谁。不过马殿臣手中的宝棒槌个头小，称分量值不了几个钱，又不能站在路口吆喝，那不当了走江湖卖野药的骗子？

马殿臣一路想一路走，在城中转悠来转悠去，无意当中一抬头，瞧见道旁围了很多人，人群之中高挑一个幌子。马殿臣不识字，见有热闹可看，就分开人丛挤进去，见当中蹲着一个人。这位一身土黄布的裤褂，头上一顶黑色的瓦楞帽，小个儿不高，小胡子七根朝上八根朝下，一对小眼滴溜乱转，透出一股子精明，口操南音，身后站了几个跟班的，穿得都挺讲究。周围有这么三五位，手上都捧了棒槌，马殿臣一看人家那棒槌，最小的也有七八两，看意思是想卖给蹲地上这位。马殿臣越看越纳闷儿，这几位挖了大棒槌为何不去大药材庄卖，反而来找这位？这个走江湖做买卖的老客，看着也不像多有钱的主儿，能收得起大棒槌？一问他才知道，当中这位是关内来的老客，常年在此收仙草，在长白山上挖棒槌的都认得他。别看打扮得不起眼儿，银子可有的是，只要你的货好，绝对出得起钱，只是一般的东西入不了他的法眼，非得世间少有的仙草才收。同为将本图利，但是人家本大利也大，说腰缠万贯并不为过，否则做不了这么大的买卖。而且这个老客的眼最毒，称得上无宝不识，从没打过眼。好比说过去长白山脚下有一户人家，那一年天寒地冻、大雪封山，正待在家猫冬，这个老客忽然找上门，要买他们家门口的一个窝棚。这家人想不明白，只不过是几根木头杆子支起一个架子，上头盖一层干草，还没有一人高，猫腰低头才进得去，天寒地冻、风大雪大的时候也住不了人，买这个窝棚干什么？老客执意要买，这家人拗不过信口说了个价钱。卖完才知道，原来他这窝棚里钻进去一条猫冬的大蛇，在里头呵气成冰，这个冰可是一宝，也叫"冰片"，却和寻常的龙脑冰片不同，可以拔除沉疴，价同金珠。

马殿臣在路口遇上的正是这位，此人对捧到他面前的大棒槌不屑一顾，只是连连摇头，口中反反复复只念叨一句话："宝草还没下山！"卖参那几位脸上挂不住了，有个脾气不好的在那儿抱怨说："啥玩意儿还没下山？您那对招子是不是糊上了？好好把合把合咱哥儿几个这东西，哪个不是尖局 [1] ？您别再是个腥 [2] 的吧？压根儿不趁片儿 [3]，那就别在我们这儿抹盘儿 [4] 了。"围观瞧热闹的人听不明白，马殿臣却知道这位说的是黑话，他在军队那几年已经听熟了，因为当时大清朝的兵勇之中，不乏招安来的土匪山贼，也有走江湖耍把式卖艺

---

[1] 尖局：此处指真的。

[2] 腥：此处指假的。

[3] 片儿：此处指钱。

[4] 抹盘儿：此处指丢脸。

的，这些人凑在一处少不了说黑话，马殿臣听也听会了。关内来的老客没搭理那个人，反而盯上了马殿臣，上上下下打量多时，用手一指大喝了一声："尖局在此！"

周围之人听他这么一说，全都望向马殿臣，想瞧瞧他手上的尖局是个什么宝贝。老客招呼马殿臣过来："这位兄弟，你身上带了什么好东西，掏出来让我开开眼吧。"马殿臣走过来蹲在老客前面，却迟迟不肯掏出宝棒槌，不是怕让人抢跑了，而是他身上这个棒槌还没一根小手指头粗，多说有二两，跟那几位手中的大棒槌没法比，实在是拿不出手。

老客对马殿臣说："我既然叫你过来，就知道你身上有尖局，你先掏出来让我把合把合，只要是宝货，我这片儿海，杵头子[1] 随你开。"

马殿臣闻言点了点头，掏出怀中的宝棒槌双手捧到老客眼前。周围看热闹的人连同那几个卖棒槌的，一个个押脖子瞪眼往他手上看，等看清楚了，众人一阵哗然："这样的货色也有脸拿出来卖？还不如回去熬粥吃了，好好补补脑仁儿，省得再出来丢人现眼。"那位老客见到马殿臣的这个棒槌，却是左看右看、两眼冒光，一对五轮八光的招子，盯在棒槌上再也拔不出来，就差流哈喇子了，口中一个劲儿叨叨："尖局！尖局！"

马殿臣一看老客还真识货，知道这是找对人了，赶紧问道："这东西你收不收？"

老客的眼睛一刻也舍不得离开这根宝棒槌，生怕眨个眼的工夫就

---

[1]　杵头子：此处指钱。

长翅膀飞了，口中连忙应承马殿臣："说吧，你要多少钱？"

这句话真要了马殿臣的短儿，别说他这个外行，连之前卖棒槌的几位也愣住了，不知道这么个小棒槌是什么货色，更不知道应该卖多少钱。马殿臣穷光棍儿一条，一年到头饱饭也吃不上几次，没见过多大的世面，明知他这棒槌是宝，却也想不出要多少钱合适，索性直愣愣往地上一躺，就要这么多了！

看热闹的人都傻了，心说：这位不说价，躺地上这叫什么？还是那个老客见过世面，点头道："也罢也罢，一躺就一躺！"

那位问了："一躺是多少钱？"这里边大有门道，按江湖上的规矩，要钱的人往地上一躺，给钱的必须用五十两一个的银元宝，一锭一锭从头顶码放到脚底，还得竖着码，这样码得多，少一锭也不成，这就叫"一躺"。

这个老客当真片儿海，说白了有的是银子，一点儿不含糊，反倒怕马殿臣后悔，当场命人从身后骡马车上背下几个大皮口袋，打开一瞧满满登登都是银子，全是五十两一个的大元宝。周围看热闹的人一阵惊呼，寻常老百姓谁见过这么多钱？那眼都直了，嘴张开就忘了闭上。老客当众把银子拿出来，一锭一锭往地上码。马殿臣那是山东好汉，搁现在的话说平顶身高一米八五，这一躺足足码了百十来锭。您想想，足两的纹银，两个大元宝一百两，这得多少钱？

10

前文书言道马殿臣发了大财，挣下整整一躺银子，觉得自己是在做梦，脑袋里一片空白，虽说之前跟窦占龙打坟的时候也见过无数的金玉珠宝，可都没得着花，况且那是不义之财，转眼就没了，而今这可是实实在在的足两纹银，自己挣来的。之前那些卖棒槌的参客也傻了眼，以为这老客失心疯了，纵然这小子是他亲爹也没见过这么个孝顺法，好几千两银子买个二两的小棒槌，有钱也不能这么造啊！

银两交割妥当，老客只恐马殿臣后悔，取出纸笔立下字据，让他按上手印，同他说道："兄弟，咱可说好了，这一躺是绝后杵，今儿就今儿了，咱们钱货两清，可不带翻后账的。"马殿臣这才明白他要少了，但是白纸黑字按了手印，再后悔也来不及了，况且马殿臣是什么人，那是一口唾沫一个钉，说一不二、顶天立地的汉子。又一想几千两银子到下辈子都花不完，多少是多啊？为人不可贪得无厌。于是将字据揣在怀中收好，跟这位老客讨了一辆骡车，银子装进大口袋放到车上，抱拳拱手别过老客，赶上骡车扬长而去。

马殿臣平地一声雷陡然而富，一下子成了有钱的主儿，可也只不过是个财主，比"金王"还差着十万八千里，这当中的情由，咱还得一点儿一点儿地说。真应了那句话——"发财似做梦，倒霉如落坑"，马殿臣将骡马车赶到没人的地方，打开皮口袋摸里边的银子，摸了一遍又一遍，不敢相信这是真的。穷了那么多年，窝头都吃不起，做梦也不敢想挣下一躺的银子啊！使劲儿在大腿上掐了一把，觉得挺疼，知道自己确实发财了。他先找了一家大票号，将银子换成银票，不然推这么一大车的银子实在招人眼目，也走不快。这一次不怕土匪了，一来从军打过仗，二来腿上埋了蟒宝，跑起来一阵风，没人追得上他。

如何买房置地娶媳妇儿那是后话，再多的钱也不能直接放嘴里吃，眼下先得填饱了肚子，于是找了一家名叫"德隆楼"的饭馆，三层楼的大饭庄子，前头吃饭，后头还带客房，门口雕梁画栋、气派非凡，里边煎炒烹炸传出一阵阵酒肉之香。马殿臣心说：就这儿了。当下迈步往里走。饭庄子的伙计见马殿臣破衣烂衫、一脸的渍泥儿，有日子没剃头了，前额头发二寸多长，后边这条辫子都打了绺儿，离二里地都能闻见身上的馊味儿，还当是上门要饭的，迎上去就往外轰。

马殿臣知道人敬阔的、狗咬破的，大饭庄子里的伙计个儿顶个儿的势利，当下不慌不忙从怀中摸出一张一百两的银票递过去，告诉伙计这是压柜钱，先存在柜上，从今儿个起自己吃在这儿住在这儿，什么时候这一百两花完了再来要。俗话说"钱压奴婢手，艺压当行人"，伙计一看自己走了眼了，这是财神爷来了，急忙换上笑脸，把马殿臣让到一楼散座，先给沏了一壶茶，说："大爷您先歇会儿，喝口茶定定神儿。"告诉身边的小徒弟拿上这张银票去兑现银，快去快回。因为马殿臣这身打扮太破，怕这银票是假的，所以伙计长了个心眼儿，搁现在话讲先去验验钞。出了饭庄子后门不远就有一家票号，小徒弟脚底下麻利，一溜小跑儿出去了，不一会儿换回来一百两银子。跑堂的伙计这才恭恭敬敬把马殿臣请到二楼雅座，拿白手巾又给擦了一遍桌椅，请贵客坐下，其实也没什么可擦的，只不过做个样子给客人看。楼下刚沏的那壶茶也不要了，换成一壶上等的香片，往雪白的茶壶中抓了两大把茶叶，刚开的沸水往里一倒，扣上盖子闷一会儿，倒出来头一杯不喝，把壶盖打开再倒回去，这叫"砸香"，为了增加茶香，砸完了再倒出一杯，恭恭敬敬地端到马殿臣面前。

马殿臣长这么大别说喝，闻都没闻过这么好的茶叶，好是好却不敢喝，这会儿已经饿透了，一壶酽茶砸下去非晕过去不可。吩咐伙计赶紧上菜，拣快的上，慢的再好吃也不要，恨不得马上吃到嘴，一刻也等不了了。伙计说："大爷，咱这儿最快的就是火锅子了，现切的羊肉，配上白菜、豆腐、粉条子，用筷子夹起来往锅里一涮就得。"马殿臣一听哈喇子都流出来了，用袖口擦了擦嘴告诉伙计赶紧把火锅子端上来，肉片烧饼什么的别问多少只管上。伙计说了一声"得嘞"，转身下楼去端火锅子，也瞧出这位饿急了，满满当当地加了一锅子的炭，由打一楼端着往上走，还没等上到二楼锅里的水已经沸了，放到马殿臣的桌上，转眼间后厨的羊肉也片得了，稀里呼噜摆了一桌子。马殿臣顾不得要酒，先吃了一个沟满壕平，直顶到了嗓子眼儿，端起茶碗咕嘟嘟又喝下去几碗酽茶，这才觉得舒坦了。让伙计给自己留出一间上房，溜溜达达从德隆楼出来，找到一家成衣铺，置办了一套里外三新的行头，再去澡堂子泡澡搓泥，剃头刮脸，换上新衣服新鞋，真得说是人配衣裳马配鞍，而今的马殿臣可不一样了，路上来来往往之人无不高看他一眼，以为这是哪个买卖家的二掌柜。

由打澡堂子出来马殿臣直奔德隆楼，到了后边一看伙计给他留的这间客房还真不错，坐北朝南的正房，里外套间收拾得一尘不染，床上缎子面儿的被褥跟新的一样。马殿臣由打生下来也没用过这么好的东西，一头躺在床上，还没等翻身便已鼾声如雷。简单地说吧，接下来这十几天，马殿臣过得如出一辙，吃饭洗澡、洗澡吃饭，这个馆子吃腻了换别的馆子吃，转着腰子把城中大大小小的饭庄子吃了一个遍，心里也觉得有点儿腻，找点儿玩的吧。别看他是要饭的出身，为人还挺正派，什么宝局子里耍钱、窑子里喝花酒嫖姑娘、烟馆儿里抽大烟一律没有，有钱也不愿意挥霍，仅仅一个爱好——喜欢听戏，甭管什么戏，热闹的就爱听戏瘾还真不小，在戏园子里一待一整天，不吃饭不出来。马殿臣如此混了一个来月，寻思应当买房置地传宗接代，那才是有家有业的大财主。他思前想后，觉得山东老家年年闹灾荒，无亲无故还回去干什么？没人了就不是家，有了人在哪儿都是家。倒不如就在当地置办一座大宅子，再来上百十顷好地，开上几个买卖，什么粮行、南货店，什么买卖赚钱干什么，当老爷、娶太太、生儿子，下半辈子安安稳稳享福。他想得倒是挺好的，怎知买了一块凶地，造了一座凶宅，这正是"人有百算，天有一算，天若容人算，世上无穷汉"，欲知后事如何，且听下回分解。

11

上回书说到马殿臣卖了宝棒槌，得了一躺银子，平地一声雷，转眼富家翁。见天儿下馆子、泡澡、听戏，住德隆楼的上房，享受了一溜够。这日子一舒坦了，就想买宅子置地，娶妻生子传宗接代，此乃人之常情。他找德隆楼的伙计打听，问哪家有宅子要卖。伙计说："客官，您这得去茶馆啊！上那儿找干牙行的。"什么叫干牙行的？旧时单有这么一个行当，乃三百六十行之一，说白了相当于中介，那家要卖这家要买，他在中间一手托两家，帮忙牵线搭桥挣一份好处钱。吃牙行这碗饭的，通常出没于各个茶馆，那地方的人杂，五行八作干什么的都有。老时年间无论穷富，喝茶都讲究去茶馆。有钱的主儿早上一起床，什么也不干先奔茶馆，自备的上好茶叶常年存在柜上，进了门让伙计去给沏茶拿点心，这位在茶馆漱口洗脸弄利索了，坐在那儿喝茶，一坐一上午，邻桌坐的无论认识不认识，天南海北一通聊。穷人也上茶馆，喝不起好茶，一个大子儿给伙计沏上一大碗高碎儿，喝茶倒在其次，主要是为了找活儿干。因为大家主儿雇个使唤人什么的，也都来茶馆儿找。做买卖谈生意，同样是在茶馆。久而久之，茶馆成了牙行的牙侩们聚集之处，没买卖的时候胡吹海侃瞎聊天儿，有买卖了便互相打托、扯皮、踢踢脚儿，这一行是半年不开张，开张吃半年。

牙行不仅买卖房屋，没有他们不做的买卖，鱼盐豆谷、觅车雇船、交易骡马，牙行都可以从中插上一道。其中还单有一路人牙，这家买个丫鬟、那家买个用人，也由他们在中间说和，甚至帮人贩子买卖人口，那是损阴德的勾当，因此过去有句话"车船店脚牙，无罪也该杀"。牙行位列其中，虽不能一棍子全打死，可干这个行当的人，十有八九唯利是图，别人卖孩子哭瞎眼的钱也敢挣。大清朝的时候，牙行分为官牙和私牙两路，官牙行有当地官府发的批票，搁现在说这叫"持证上岗"，但仍以私牙行居多，自己揽生意做买卖。

马殿臣人生地不熟，上茶馆找了一个干牙行的。这个牙侩也不是善男信女，刚才咱已经说了，吃这碗饭的没几个好人，倒卖人口他不敢做，怕犯了王法掉脑袋，瞒天过海的勾当可没少干，左边骗完了右边骗，骗两头吃两头。他得知是卖宝棒槌发财的马殿臣想买宅子，心里头这叫一个乐，这样的大户逮到一个够吃好几年的，整好了下半辈子都不愁了，于是带上马殿臣东城跑、西城转，鞍前马后甭提多周到了。先让你自己选，选好了他带你去看，可只要不是他能拿下的宅子，在他口中绝对没个好，必定编个借口打消你买下的念头。马殿臣跟拜四方似的转了十来天，一直没有合适的宅子，心中不免焦躁。牙侩见时机到了，就跟马殿臣说："爷台，这周周围围的宅子，咱也差不多看遍了，瞧您这意思没有相中的。其实我这些日子也睡不踏实，心里一直装着您这事儿，好在刚给您打听来一处，简直太合适了，西城有块宝地，闹中取静，出来进去那叫一个方便，莫不如您把这块地拿下来，咱自己起一座宅子，想怎么盖怎么盖，想起多大起多大。到时候青砖碧瓦、雕梁画栋，敞敞亮亮这么一住，再娶上一房大奶奶，新房新家娶新人，那才真叫里外三新，也不比买个现成的宅子贵多少。"干牙行的没有不会说的，个儿顶个儿口吐莲花，臭的能说成香的，死的能说成活的，只要能达到目的，就没有不敢说的。

马殿臣一听此言正合心意，看了这么多宅子没有合适的，倒不如自己起一座，想弄成什么样就弄成什么样，那才合了自己的心思。当下随牙侩去看这块地，一瞧位置还真挺好，跟牙侩说的并无不同，当下签字画押交完了钱，牙侩又帮忙找人盖房子。简短截说，不到半年的光景，马殿臣这所大宅子造好了。以往大家主儿起宅子，多是要传代的，如若没什么变故，子孙后代就一直这么住下去了。马殿臣发财了也从不挥霍，不过该花钱的地方绝对舍得，比如在他这座宅子上，造得太讲究了，门口上马石、下马石、拴马桩，五蹬台阶迈门槛，迎面是磨砖对缝的影壁墙，前有亭廊，后带花园，前后两进"海墁"的大院子。怎么叫"海墁"？过去用青砖铺地通常是宽面朝上平铺，"海墁"则是竖码青砖，窄面朝上，有什么好处呢？一是下雨不存水，二是受力小年久不裂。这么铺太费砖，得多用出两三倍去，不是有钱的人家可舍不得。并且来说，这座宅子的位置也好，坐北朝南，后边还有一条小河，从风水上说，水为财，这叫傍财而居。马殿臣又置办了全堂的硬木摆设，丈八的条案，八仙桌、太师椅一应俱全，往屋里一坐，可以闻到淡淡的木香，再沏上一壶好茶，待上十天半个月都不想出门。一切准备妥当，择良辰选吉日，"噼里啪啦"放上一万头红衣鞭炮，马殿臣搬入新宅子。他光棍儿一条没有任何家当，缺什么买什么直接往新宅里送，只要人进来就齐了。马殿臣看他这座宅子，越看越喜欢，觉得哪儿都好，却有一节没想到，这块地这么好，以前怎么没人在这儿盖房呢？偏可巧就专门留给他了？

书中代言，这块空地可不是什么都没有，老早以前这里埋了一位大金国的皇妃，因为得罪了太后被迫上吊，死后不能进祖坟，也不能造墓设冢，锦帛裹尸埋于此处。到现在这块地都不太平，也没有主家，牙侩欺马殿臣不是本地人，随便写张地契找马殿臣要了一大笔银子，造宅子的时候又挣了不少昧心钱，可也知道马殿臣厉害，怕他过后明白过来，早卷上钱远走高飞了。

回过头再说马殿臣，上票号兑出现银，放到这座宅子的土库之中，因为世道很乱，万一钱庄子倒了，银票还不如草纸，真金白银放在自己的宅子里，他心下才觉得踏实。住进来之后也没觉得有什么不对，此时当上了大财主，又置办下这么一座宅子，不能再当光杆儿司令了，该添丁进口了，娶媳妇儿急不得，那不是抓切糕、抢馅儿饼。眼下先得把手底下的使唤人找齐了，但是一直没人敢应这份差事。马殿臣非常纳闷儿，心说：我给开的工钱比谁家都不少，家里人口不多只我一个人，不像别的财主家里十位二十几位等人伺候，我这人又没什么架子，也不欺负下人，按说是个好差事，怎么就没人来呢？结果出去一打听才知道，原来用这么多钱买了块坟地，这换成旁人谁不别扭？马殿臣却不以为然，也真得说胆大如斗，从来不怕鬼神，因为人怕鬼三分，鬼怕人七分，何况他打过仗、杀过人，睡过坟地、抽过死签，身上阳气这么足，有鬼也该鬼躲他，不该他躲鬼，所以半夜有个响动什么的，他根本不在乎，敢来你就来，还指不定谁把谁治了呢！

可这当了财主老爷，手下没几个听使唤的也不成，同样是有钱的主儿，人家手底下丫鬟、婆子、厨子、跑腿子的一大堆，他这可倒好，住挺大的一座宅子，出来进去只有他一个人。有一天上馆子吃完了饭，半路遇上一个行脚僧，不是真僧人，捧个钵盂走江湖，各种迷信的勾当都会。行脚僧见了马殿臣，走过来口诵一声佛号，说："阁下印堂发黑，想必家宅不安，何不做上一场法事？"

马殿臣不是不信鬼，他是不怕鬼，以前穷光棍儿一条，不把命当命，死都不怕，还怕鬼不成？什么冤魂厉鬼，还不一定谁吓唬谁呢！不过他起这座宅子使了不少银子，至今雇不来下人心里也是懊糟[1]，一想不如做做法事，打发了孤魂野鬼，如此一来，别人才敢上我家干活儿。念及此处便把行脚僧请到家中，说好了给十两银子做这场法事。

行脚僧一听给十两银子，那可得卖把子力气，在后院设下一张桌案，五谷杂粮、净水法铃全摆满了，口中念念有词，连比画带叨叨，一直折腾到鸡鸣五鼓，又在马殿臣的宅子中找出九个位置，插进去九根桃木钉。行脚僧告诉马殿臣这叫九仙阵，桃木钉是泰山顶上的桃枝，这都沾了仙气儿了，什么鬼也得钉死。马殿臣见行脚僧说得头头是道、句句在理，赶紧给了银子。行脚僧揣上十两银子告辞出门，他是一走了之，可给马殿臣惹上了血光之灾，下边这个主儿本不想出来，却让这九根桃木钉惹急了！

---

[1] 懊糟：东北方言，指烦心。

12

前边说马殿臣想买宅子置办家业，可选来选去没有满意的，反正有的是银子，干脆买了一块地，自己起了一座宅子。他可不知道这是一块凶地，下边埋了个屈死的女鬼，可巧不巧遇上一个走江湖的行脚僧，自称广有法术，可以降妖捉怪，给马殿臣做了一场法事，在大宅之中钉了九根桃木钉。马殿臣尚且蒙在鼓里，以为做完法事，该当一切太平了。他送走了行脚僧，溜溜达达出门闲逛，吃过了午饭找了一家戏园子听戏，以前都是下午开戏，听完了天才刚黑，有时候还到不了饭点儿。马殿臣一看时间尚早，先到澡堂子里泡舒服了，又找了一家大饭庄子，今天挺高兴，吩咐伙计炒几个热菜，烧黄二酒摆上来，觉得家宅平安了，心里痛快免不了多喝几杯。酒足饭饱打饭庄子出来，晃晃荡荡往回走，进了屋一头栽到炕上呼呼大睡。睡到半夜身上一阵发冷，头发根子直往上竖。马殿臣伸手找被子，迷迷糊糊转过一个念头，此时正是六月三伏，火炕上铺都是席子，怎么会这么冷？睁开双眼这么一看，马殿臣的酒立刻醒了，只见蜡扦上的烛光绿幽幽的，如同鬼火一般，晃晃悠悠，忽明忽暗，别提多瘆人了，又听屋外阴风飒飒，飞沙走石，打得门窗"噼里啪啦"乱响。正在惊诧之际，突然"啪"的一声，屋门左右分开，一阵阴风扑面而来。马殿臣不由得打了一个寒战，心说：这是怎么了？再一抬眼又是一惊，但见门口站定一个女子，披头散发，脸色惨白，一张口如同一个黑漆漆的大窟窿，红惨惨的舌头吐出二尺多长。马殿臣胆子虽大，夜半三更见到这么一位，也不免吓得够呛，感觉脑瓜顶上的天灵盖儿都快开了，三魂七魄要往外飞，赶紧拿手捂上。

要说门口这位，正是埋在此处的那位金国皇妃，当年含冤惨死不入六道轮回，但是埋的这是块风水宝地，千年之后还可以成为地仙，那也是得了一个正果。怎知马殿臣请来一个行脚僧，九根桃木钉打下去，破了这个鬼几百年的道行，使之前功尽弃，搁谁谁不急眼？

马殿臣自己告诉自己沉住气，女鬼不进来我也别动，见怪不怪，其怪自败，我装成没看见，对付到鸡鸣天亮再说，厉鬼也不可能大白天出来作祟。正当他胡思乱想之际，门前的女鬼已经进了屋，伸出两只惨白的鬼手，指甲足有三寸多长，又黑又尖，扑上前要将马殿臣掐死。

毕竟尘世相隔，活人纵然勇猛，难敌阴世之鬼，马殿臣见大事不好，容不得再犹豫了，从炕上一跃而起，抬脚踹开窗子，跳出去拔腿狂奔。他腿上埋了蟒宝，脚下生风跑起来那叫一个快。自从下山卖了宝棒槌得了一躺银子，马殿臣再也没跑过，腰缠万贯的财主老爷，没有用脚力的时候。他也不知道自己跑得有多快，此刻发力狂奔，当真疾逾奔马，一直跑到城外，这才放缓脚步，可刚一慢下来，身后那阵阴风也到了，不用转头看也知道，厉鬼追上来了！

马殿臣不敢怠慢，足下生风双脚如飞，舍命绕城奔逃，女鬼虽然一直跟在身后，亏了马殿臣两条腿上有宝，只要他脚下不停，厉鬼也追不上他，这要是换成旁人不让女鬼给掐死，也把自己累死了。从半夜一直跑到天亮，直等到鸡鸣破晓，背后这阵阴风才散。马殿臣收住脚步，扶墙蹲下来"呼哧呼哧"直喘粗气，好悬没累吐血。家是不敢回了，身上又没带钱，无奈之下去了德隆楼，吩咐伙计给开一间上房。别看马殿臣身上没带钱，德隆楼的伙计也认得他，都知道这位爷是大财主，不怕他赖账不还。马殿臣住进上房，寻思如今是有家难回，暂且在这里安身，看看能否请高人除掉那个女鬼，如若不然，大不了认倒霉，不要那座宅子了，白天去把银两取出来，再上别处买个宅子，反正有的是钱。他打定了主意，一觉睡了一整天，起来叫伙计配了几个菜，打上一壶酒，也没下楼，一个人在这屋连吃带喝，好歹填饱了肚子。不知不觉天黑透了，正想洗把脸歇息，但听窗外阴风骤起，蜡烛仅有黄豆大小的光亮，没等他明白过来，屋门一开，那个女鬼又来了，伸出两只手上来掐马殿臣。马殿臣也没招儿了，只好再次从窗户跳出去，这一人一鬼，一个追一个跑，又绕城转上了，又是直到鸡鸣破晓才完。

三天两天还好说，可接下来天天如此，搁谁谁受得了？天一黑这女鬼准来，马殿臣疲于奔命，真可谓上天无路，入地无门，眼见这地方是不能待了，只能往远处逃了，可是往哪儿跑呢？他下意识地往山东老家走，白天找地方歇脚睡觉，夜里女鬼在后边追，他在前头跑，一下子跑出了上千里！

13

书要简言，且说这一天进了山东地界，马殿臣黑灯瞎火跑了一夜，眼瞅天光渐亮，身后的女鬼也不见了。他跑得口干舌燥，又饿又累，想找个有人家的地方寻口水喝，再吃点儿东西睡上一觉，天黑之后还得逃命。正好前边有一座破庙，门口贴了一副对联"土能生万物，地可发千祥"，可见这是个土地庙，门前还有口井。土地庙不同于别的庙，因为土地爷的神位不高，庙的规模不会太大，有的地方用砖垒个窑，三面砖加一个草顶子，多说半人高，供上土地爷爷、土地奶奶，能烧香就行，这就算土地庙了。马殿臣见到的这座土地庙也不大，看年头可不少了，不知哪朝哪代造的，又没了香火，早已破败不堪。马殿臣在庙门口喝了两瓢井水，心想：如今自己落到这个地步，也别挑三拣四了，想先进去歇上半天，缓过劲儿来再去找东西吃。当下迈步往庙门走，刚走到庙门口还没等进去，从里边出来一个老道。说是老道，岁数也不老，大约三四十岁，身穿八卦衣，足蹬水袜云履，虽然破旧倒也干净，走起路来一瘸一拐，好似腿上有毛病。马殿臣虽不是什么大善人，可也不是打僧骂道之辈，过去见过了出家人，不说毕恭毕敬，也算有几分情面，可之前让那个行脚僧坑了一道，惹上无妄之灾，因此他对这些走江湖的和尚、老道没好感，见土地庙中走出个老道，心下十分厌恶，磨头就要走。可那个老道一看马殿臣，当时吃了一惊，一把将他拽住了。

马殿臣一愣，心说：这老道什么意思？想抢我？也不看看自己那点儿起子，我这一巴掌下去，能把他拍扁了，再团乎团乎又能把他揉圆了。刚要动手，老道却一嘴官话道："财主爷哪里去？"

马殿臣心下暗想：我是财主爷？也对，家里是有一躺银子，无奈一节，没带出来啊！我让那个女鬼追得跟王八蛋似的，指不定哪天就让鬼掐死了，这样还叫财主爷？想必这也是个江湖术士，花言巧语来诓我，却不知马某身上一个大子儿没有。如若你不来这一套，我扭头一走倒也罢了，你非跟我套近乎，那你可别怪我了，一不打你二不骂你，到半夜女鬼找上门来，还不把你这杂毛老道吓死！想到这里，便跟老道进了土地庙。二人坐下，老道掏出几块干粮，让马殿臣吃了充饥，这才说道："贫道观阁下红光罩顶，久后必当发迹，只是你的时运还没到，因此惹上了杀身之祸。"

俗话说"人怕见面，树怕扒皮"，人都有见面之情，心里再怎么恨，牙根儿痒痒恨不得对方出门就掉沟里，但一见了面，人家跟你一个劲儿地客气，说的都是好听的，你也不好意思发作。马殿臣再不待见老道，也吃了人家的干粮，又听老道所言不虚，便把自己如何买了宅子、如何遇上鬼的事说了一遍。老道听完哈哈一笑："财主爷，你惹上的这个女鬼，换旁人对付不了，贫道除此恶鬼，却如同探囊取物、反掌观纹，也不用三年五载、十天半个月，只在今夜！"

马殿臣苦笑摇头，心说：我这是跑得快，侥幸活到今日，眼前这个老道，破衣邋遢，其貌不扬，居然胆敢大言不惭，今夜不让那个厉鬼掐死才怪。但转念一想，不可以貌取人，且看他有何手段，不行再跑也来得及。

老道对马殿臣毕恭毕敬，也是作兴他，一口一个"财主爷"，找出一个大号的茶壶，抓进去两把高碎儿，把水烧开了，打开壶盖这么一沏，碎茶叶末子虽然不值钱，味道却挺香。高碎只能沏一次，续不了水，但在这前不着村后不着店的穷乡僻壤，能喝上茶就不容易，也就别挑剔了。一人面前放一个大碗，茶闷好了往碗里一倒，先不能喝，得等漂在上边的碎茶叶末子沉下去。马殿臣借这机会问老道："道长，我把丑话说在前头，没有金刚钻不揽瓷器活儿，你到时候把命搭上可不能怪我。你能不能跟我说说，如何对付这个女鬼？"

老道知道马殿臣信不过自己，笑道："没有三把神沙，不敢倒反西岐，贫道手上有一张宝画，才敢说这个大话。"

马殿臣瞧了瞧四周，心想：这老道住在土地庙，泥台上铺半领席子，枕一块砖头，过得还不如要饭的，他能有什么宝画？

老道不慌不忙从怀中抻出一个卷轴，捧到马殿臣的眼前，告诉他此画可以除鬼。

马殿臣接过卷轴一看，约有一尺来长，外观残破不堪，这东西能捉鬼？以往听人说过"纸损一千，墨损八百"，纸张至多可以传世一千年，墨迹则是八百年。字画过了八百年，墨迹就飞了，搁上一千年，纸张也将破碎成灰。看老道这张画可有年头了，能不能捉鬼放一边，上边的画还在不在都不好说。马殿臣把画轴放在桌上，怕用劲儿大了损及古画，小心翼翼地打开来一看，乃是一幅《神鹰图》，不知道是何年何月什么人所画，画上一只金钩玉爪的白鹰，立于一棵古松上，空中风云变幻，气势森然。马殿臣心头一凛——画得太好了！

老道见马殿臣看得入神，在一旁说道："财主爷，你可认得画中这只鹰？"

马殿臣此时显得见识短了，莫非这白鹰还有名有姓不成？一时语塞，只等老道接着往下说。

老道说："白羽金钩世间罕有，乃是万鹰之神，非得有仁君圣主在位，才会降下白鹰护驾。这只鹰有多厉害呢？这么说吧，皇上老爷子头顶上的大东珠，长于寒潭千年老蚌之中，关外有给朝廷采珠的珠户，可有天大的能耐也下不了寒潭，仅有大雁下得去，还得是雁群中最厉害的头雁，一个猛子直冲潭底，连肉带珠一齐吞入腹中。想得上等东珠，只能从头雁的腹中剖取，无奈雁阵飞得太高，弓箭鸟铳够不到，非得是一飞冲天的神鹰，可以降雁取珠。"

马殿臣听得头头是道，也觉得这张《神鹰图》画得惟妙惟肖、呼之欲出，不过再厉害也只是一张古画，如何对付厉鬼？

老道告诉马殿臣："阁下不必担心，有贫道这张宝画在，咱们什么鬼也不用怕。"

马殿臣半信半疑，却不好再说什么了，喝了几口茶，但觉困乏得紧，在土地爷泥像下边一躺，毕竟是跑了一夜，哪有不累的，这一觉睡了一个昏天黑地。再一睁眼日头已经往西坠了，就见那老道正往墙上揳钉子，将《神鹰图》正对庙门挂好，又不知从哪儿找来一块破布挡在画上。马殿臣看老道在那儿忙活，心下暗暗称奇，此画有没有老道说得那么厉害，是骡子是马还得拉出来遛遛。眼见天色黑了，老道又取出干粮，分给马殿臣吃了，点上一个油灯。二人坐在土地庙中，沉住气等那个女鬼上门。

14

转眼到了定更天，土地庙中鸦雀无声，忽听得庙外阴风四起。马殿臣身上寒毛直竖，心道一声：来了！当即纵身而起，准备穿窗而出。他从关外跑到山东，几乎天天如此，已然习惯了。旁边的老道手疾眼快一把将马殿臣的手腕子攥住了，让他不可轻举妄动。马殿臣心中起急："万一这张画对付不了女鬼，到时候再逃只怕来不及了！"说时迟那时快，一阵阴风撞开庙门，披发吐舌的女鬼一瞬间进了土地庙，伸手来掐马殿臣的脖子。马殿臣又要跑，无奈手腕子被老道死死攥住，抽不出甩不开，不知道这老道怎么这么大手劲儿！马殿臣暗暗叫苦，急得满头是汗，心说：完了完了，想自己刀头舔血、枪林弹雨都挺过来了，好不容易挣下一躺银子，奈何无福受用，钱还没花光，人这就要没了，跟这么个破衣邋遢的老道死在一处，跟他并了骨，这叫什么命啊！

女鬼看都不看老道一眼，一伸手掐住了马殿臣的脖子。马殿臣挣脱不开，让这两只鬼手掐得二目翻白，心说：我命休矣！正当此时，老道一抬手扯掉了画上的破布，只见《神鹰图》中的云纹中雷鸣电闪！书中代言，宝画古松上的云纹，乃是一道五雷符，千年厉鬼让这五雷符压住了也是不能再动。忽见画中闪出一道白光，转眼收入画中，霎时间阴风散去，油灯灭而复明，土地庙中一切如初。

马殿臣打了一个寒战，全身上下都是冷汗，前心后背的衣服全打湿了。老道"嘿嘿"一笑，真比夜猫子叫都难听，不过此时在马殿臣听来，却胜似仙乐一般。那老道捧起油灯让马殿臣去看壁上的《神鹰图》。马殿臣抬头望向《神鹰图》，不还是那张画吗？他呆立半晌不明所以，又扭头去看老道。老道又是"嘿嘿"一笑，说道："财主爷，您凑近了仔细观瞧！"马殿臣使劲儿揉了揉眼，凑到那张画近前，借油灯的光亮定睛细看，不由得惊呼了一声，虽然还是那张画，却和之前不一样了，画中的白鹰未动，可是爪下多了一个女人头，披头散发、面目狰狞，正是从关外追来的女鬼！

马殿臣目瞪口呆，这才相信老道说的没错，《神鹰图》真乃一幅宝画。从前也听说过，画中的东西活了，可以从画上下来，那叫画鼓了[1]！当下推金山倒玉柱，纳头便拜，叩谢老道相救之恩。

老道连忙扶住马殿臣："快快请起，贫道命浅福薄，当不起你这一拜！"

马殿臣打见了这老道就没给什么好脸儿，如今自觉心中有愧，站起身来与老道互通名姓。老道对马殿臣说："贫道我姓崔，闲游三山、

---

[1]　画鼓了：此处指将一张画画活了。

闷踏五岳。"

书中代言，这崔老道可不是一般人，清末民初直至五十年代，天津卫出了四大奇人，两个走江湖的，两个穿官衣的：一是屡破奇案的水上公安"河神"郭得友；二是火神庙派出所的所长"飞毛腿"刘横顺，此人性如烈火、疾恶如仇，凭一双快腿追凶拿贼，据说是火神爷下界；三是骑一头黑驴走南闯北无宝不识的窦占龙；第四位便是降妖捉怪批殃榜的崔老道，民间相传他是殃神。这四位中的任何一位，单拎出来都够说一部大书，三五个月讲不完，不过并不在咱这部书内。

二人客气了一番，坐下来叙话。马殿臣说："崔道爷，见面以来您一口一个财主爷，我也不知道您怎么看得出我有钱，我在关外是有一座宅子，宅中存下了一躺银子，如今恶鬼已除，我这条命都是您救的，救命之恩，恩同再造，我当与道长平分这一躺银子。"

一躺银子那是好几千两，在关外买块地起一座宅子也用不了多少，尚余十之八九，马殿臣愿意和崔老道平分，绝对够意思了。怎知崔老道摆了摆手："贫道生来命穷，受不起荣华富贵，如若财主爷当真有酬谢之意，老道我也有个不情之请，斗胆讨要一件东西，不知财主爷舍不舍得。"

马殿臣是山东爷们儿红脸汉子，面子最矮，话已经说到这个份儿上了，别说是一件东西，自己这条命也是人家给的，当下一拍胸脯应允了："大丈夫一言既出，驷马难追，道长想要什么尽管开口，只要是我马殿臣有的，必当拱手奉上，绝无二话。"

崔老道站起身来对着马殿臣深施一礼，不慌不忙地说："贫道不要别的，只要你腿上的两个蟒宝！"

马殿臣大惊失色，这个老道为什么知道我腿中埋了两个蟒宝？说出去的话，等于泼出去的水，绝无反悔之理，反正厉鬼已除，还上关外当我的员外爷去，舍了蟒宝也罢。于是点了点头，找崔老道借了一柄短刀，当场割开腿肚子，从中掏出两个血淋淋的蟒宝，捧在手上递给崔老道。

崔老道如获至宝，双手接过来用布包好揣在怀中，又拿出药粉给马殿臣敷在刀口上，也不知这是什么灵药，伤口很快愈合不再流血了。

崔老道见马殿臣腿上的伤口已好，又说道："壮士莫要误会，我本就是穷命，定然不会贪图你的宝贝，贪了也得不了好，我要你这对蟒宝乃是有一件头等的大事要做，但天机不可泄露，就不便相告了。"马殿臣心说：你明明就是贪图我的宝贝，却又要找借口，说得这般好听。不过崔老道救了他的命，而且给也给了，便不再计较。

马殿臣不放心宅中那么多银子，想尽快回到关外。临别之际，崔老道将《神鹰图》交于马殿臣，告诉他："物有其主，各有所归，这张古宝画是以神鹰血画成，除非天子可安排，诸侯以下动不得。老道我没有那个命，画在我手上留不住，所谓一物找一主，贫道观你面相极贵，当有王侯之份，你家里这点儿钱，跟你命中富贵相比，九牛一毛也还不如。这《神鹰图》你带在身边必会如虎添翼。不过有句话你要记住，纵然财过北斗，也不过吃一碗饭、睡一张床，生不带来、死不带去的东西，不可贪得无厌，否则反祸自身，切记切记。"说罢与马殿臣拱手而别。马殿臣听着这话耳熟，回想起自己小时候那卖馄饨的老头儿也曾如此言讲，看来自己是该着要发横财。

马殿臣拜别了崔老道，心中寻思：我已经是坐拥几千两银子的大财主了，还能再发多大财？想来想去不得要领，只好一步一步往回走，掰手指头一数，这条路已经走了三次了。头一次闯关东，在长白山得了一棵宝棒槌名为"凤凰单滴泪"，下山换了一袋银子，没等焐热乎便让胡子抢了；为了活命当兵吃粮上朝鲜打仗，军队遣散回来仍吃不上饭，不得不去当了吃仓讹库的地痞，好不容易混上一饭碗，禄米仓又没了；无可奈何二闯关东，挖棒槌得蟒宝，挣下一躺银子，谁发财了不买房置地？他却买了一块凶地，让这个女鬼从关外追到山东，多亏土地庙得遇崔老道，宝画《神鹰图》灭了女鬼。这几年真可以说是三起三落，都说大难不死必有后福，如今回到关外，有宅子有银子，以后也该享福了吧？

那位说："马殿臣想对了吗？"必定是不对，想对了他也当不上金王了。前边说过，咱这段书叫"马殿臣三闯关东"，欲知马殿臣这第三次闯关东如何成了土匪、如何当的金王，且听下回分解。

第七章
金王马殿臣（下）

1

上回书说到，马殿臣遇上了降妖捉怪的崔老道，展开宝画《神鹰图》灭了女鬼，又将这宝画送与了马殿臣。马殿臣拜别了崔老道，从山东老家一路奔关外，腿上的蟒宝给了崔老道，再也跑不了以前那么快了，无奈一步一步往回走吧！马殿臣不在乎走路，可这一路之上吃饭要饭钱、住店要店钱，没有钱寸步难行。前两次身上也没钱，沿途要饭打八岔到的关外，而今仍去讨饭不成？一摸自己手上还有一挂十八子儿的玛瑙串，还是发财之后买来玩儿的，这下行了，把去当铺换了几两银子，好歹有了盘缠。

一路上行行走走，心气儿可跟之前两次不同，前两次真可以说是前途未卜，如今这叫一个踏实，家宅中有一躺银子，回去当财主，何等的快活。马殿臣想得挺好，不承想俄军侵略东北，马殿臣那座宅子，已在战乱中被洗劫一空，又放一把火烧成了一片瓦砾。马殿臣恨得咬牙切齿：出生入死挣下的家业，说没就没了，我这命也太背了，一次又一次的倒霉到家了。有心杀几个俄国大鼻子出一出这口恶气，可人家有枪有炮，自己两手空空，如何是人家的对手，去了也是送死。

马殿臣心头憋了一口恶气无从发作，抓心挠肝那么难受。不过他也彻底死了心，人争不过命，没有发财的命不可强求，再大的财也留不住，饿不死得了。那也得有口饭吃才行，可他不会干别的，虽然有些武艺两膀子力气，不过咱们之前说了，这兵荒马乱的打把式卖艺根本挣不来钱；再一个枪杆子直溜，打枪打得准，怎奈大清国要完了，对待列强只会忍辱求和。马殿臣有心上阵杀敌，苦于报国无门。何况清廷什么时候把穷苦老百姓当人看了？如果不是清廷暗弱无能，他这家产何至于遭俄军劫掠，可见这国报不报的也不吃紧。他心想：既然没别的路可走，莫不如凭这一身本领，上大户人家当个看家护院的炮手，也能有口饭吃。

恰逢天下大乱，又有外敌入侵，东三省的土匪多如牛毛，官司王法形同虚设，出了事儿没人管你，自己都还顾不上呢！因此大地主都养炮手，用于看家护院，防备胡子来砸窑，毕竟指望不上官府，还是自己有人、有枪才保险。关外的胡子大致上分为三类：头一类是占山为王的土匪，也叫"红胡子"或者"马胡子"，多为穷苦之人，被逼无奈落草为寇啸聚山林，人马多则上百少则几十，干的买卖主要是砸窑、绑票；第二类土匪有钱，枪弹充足，还都是好枪，这群人上山当土匪之前，要么是地主富户，要么是军队的团勇，让黑白两道挤对得没法子了，俗话说"狗急了咬人，人急了为匪"，这才上山当胡子，专门杀官绅，与官府军队为敌；第三类土匪也叫棒子手，没刀没枪，手中仅有一根木棒子，躲在老林子里，见到一个人走路的，赶上谁是谁，从身后抡上一棒子，先把人干趴下，再搜刮身上的财物。有这么句话，"遍地英雄起四方，有枪就是草头王"。当时的关外，无论是地主老财，还是平民百姓，可以说是人人自危，不知道什么时候就倒了霉。有钱的地主为了防御胡子，不惜重金雇来炮手和棒子手，东北话"枪""炮"二字经常混用，炮手其实就是枪手，平日里也没别的活儿干，管你吃管你喝，溜溜达达巡逻放哨。但是来了土匪你得去拼命，正所谓"养兵千日，用兵一时"，这时候可就指着你了。当炮手必须会打枪，枪法还得准，说黑话这叫"枪杆子直溜"。养炮手可不是一笔小开销，也不是所有的大户都雇得起十来个炮手，只雇一两个没什么用，也可以由若干大户凑钱买几条枪，雇几个人组成保险队。山上很多猎户，都改行当了炮手，打猎的枪法也准，可跟当过兵打过仗的不一样，虽说都是拿枪的，打猎的打不准顶多回家挨饿，两军交战打不准命可就没了，所以说真刀真枪那才是真本领，有他这两下子，还真不愁吃不上饭。

关外地广人稀，大地主家都有千顷良田。通常在当中起一个大院子，周围全是庄稼地，这是为了干活儿近便，过去说"近地"乃是一宝，就是这个意思；同时也为了视野开阔，一旦赶上土匪打家劫舍，可以从远处望见，及时做好防备。在这样的地主大院子中，除了本家的人口之外，连同下人、长工、佃户、炮手都住在里边，一个大院子住上几百口人也不出奇。收了工连牲口、农具全带回来，大门放闩二门落锁，四周有壕沟，院墙上有炮楼，炮手往来巡视，好似碉堡一般，土匪没有大炮，人马再多也打不进去。

马殿臣找了这么一家，打远处一看家业绝对够大，大院子围墙高耸，周围的大田一望无际，还都是好地。关外常年封山，土壤肥沃，地里的黑土抓一把能攥出油来，那还称不上好地。必须在水边上，利于灌溉，土地也齐整，那才叫好地。很大一部分种了烟草，关东烟虽然没在东北三宝之列，却也举国闻名，叶片厚、油脂多、烟味浓醇。山东也产烟叶，马殿臣又是庄稼人出身，知道烟叶子最吃地，种过烟草的地，种一年得缓三年，否则什么也长不出来，然而种这一年的烟草，却顶得上十年种庄稼的进项。马殿臣一瞧这是家大业大的大地主，上门找碗饭吃应该不难，当即迈步走了过去。此时虽是大白天，却也是大门紧闭，上前把门叫开，出来一个下人，马殿臣说明了来意，下人进去通禀，过了一会儿这个人再次出来，招手让他进去。赶等马殿臣进去一看，这家可太阔了，进门先是一个大场院，两边堆放各式农具，还有牲口棚子，院门的两侧各有一排房子，屋前搭着梯子直通院墙的顶部，看意思是炮手们住的地方。再往院子深处看，一排排的房屋横平竖直，里里外外说不清有多少进。下人带领马殿臣一路穿房过屋，到了当中的一进院子，屋舍比前边讲究多了，青砖铺地，迎面三间正房，东西厢房、东西配房、东西耳房，两侧还有跨院儿，估计这是东家的住处。

正房堂屋太师椅上端坐一人，不用问都知道，这位是东家。四十多岁的年纪，脸上有红似白长得挺富态，身上穿得也讲究，深灰色的长袍外套青布马褂，这时候还没入冬，头上没戴帽子，一条大辫子油光锃亮，可见平时没少吃好东西。东家已听下人讲了马殿臣的来意，说话倒也客气："我这儿的炮手、棒子手不多，可也不少，有这么十来个，你既是想来我们家干，多你一个不多，少你一个不少，无非多双筷子。不过你也知道，这个年头兵荒马乱，有多少人吃不上饭，我这儿也不能白养闲人，你是会使枪，还是会使棒？"

马殿臣自己身上的能耐自己知道，穿门过户走进来，瞧见有这么两三人背枪拎棒到处溜达，看身形步法，不像有什么真本事，只是跟这儿混饭吃，当即说道："东家，我在门口打两枪，行与不行还得听您的。您要觉得我枪法可以，就赏我一口饱饭吃。如果说您看着不行，我也没二话，抱上脑袋我一路滚出去。"

2

上回书说到马殿臣打山东回到关外，到了地方一看，当地已被老毛子劫掠一空，只好凭身上的本领给大户人家当炮手。东家听马殿臣说话口气不小，命下人传来一众炮手、棒子手，让马殿臣在前边的场院一试枪法。一众人等来到场院，有人给东家搬过一把椅子，东家坐好了，点手叫过一个炮手来。这个炮手和别人不一样，其余三五个人各背一杆土炮，那是改制而成的单发步枪。这位腰上别了两支十连发手枪，这在当时来说了不得，一支十连发能换三匹好马，可见这是个炮手头儿。东家吩咐炮手头儿考较马殿臣的枪法。这位也是有心卖弄本领，先在墙头上并排插了三根秫秸秆，又背对院墙大步流星迈出去十步，回过头一甩手"啪啪啪"打了三枪，三根秫秸秆应声而断。这一手儿露得漂亮，在场的人纷纷起哄叫好。炮手头儿打完之后重新插上三根秫秸秆，嘴角挂着笑意，将十连发手枪递给马殿臣，那意思是让他也来来，我们也开开眼，看看你有什么本事。

马殿臣接过枪在手中掂了掂，举到眼前瞄了瞄，他一不慌二不忙，按炮手头儿的样子，背对院墙走出十步开外，转过身看也不看"啪啪啪"也是三枪。围观众人一看，惊了个目瞪口呆，这枪法太高了，把这三根秫秸秆打得一般齐，如同剃头一样，可不是刚才那位炮手头儿的枪法能比，当下一阵哗然。

马殿臣打完秫秸秆，心说：你试完了我，我也得试试你。他找东家要了三枚铜子儿，让一个下人用弹弓把铜子儿射到半空，他站在当场抬手"啪啪啪"又是三枪，弹无虚发，只听半空发出三声脆响，三枚铜子儿全部打个正着。炮手们知道这手绝活儿叫"打飞钱"，比"甩手打雁"可难得多了，铜子儿才多大个东西，射在空中也停留不住，打得准与不准都在电光石火之间，这可不是一时半会儿可以练成的。马殿臣打落三枚铜钱，也不说话，面无表情把枪还给炮手头儿。炮手头儿自知没这个枪法，揣上枪臊眉耷眼往旁边一站，没敢接马殿臣这招儿。

东家可高兴坏了，这样的炮手一个顶十个，这是让我赶上了，该着了我家门平安啊！来多少胡子也不怕了。当即让马殿臣当了炮手头儿，大院里的一众炮手、棒子手都得听他的命令，那两支十连发手枪也给马殿臣用了，又告诉马殿臣不用跟这班兄弟一起挤在前院住，往后住单间，东家吃什么他吃什么，有什么要求尽管提。马殿臣从此在地主大院当上了炮手，别的炮手也都对他心服口服，没法子，人家要把式有把式、要准头有准头，吃香的喝辣的理所应当，没什么不服气的，谁让自己没这本事呢！

这个大院的东家姓纪，过去习惯以东家的姓氏当地名，所以他们这儿叫纪家大院，在土匪口中称为"纪家窑"。怎么叫法还不一样呢？

因为山上的胡子说黑话，将抢劫富户叫"砸窑"。土匪当中专有下山寻找目标的人，到处打听哪家有钱、哪家没钱，哪家的棒子手多、哪家的炮头硬，都知道纪家窑趁涝儿[1]，里面的粮食、银钱堆得顶盖儿肥，各路土匪觊觎已久，早就垂涎三尺、哈喇子流一地了。但是纪家大院前前后后好几进，是座"连环窑"，院墙一丈多高，墙顶上带垛头子，都是用草辫子裹大泥垒起来的，坚实无比。院子里除了五六名炮手，还有十几个棒子手，加上长工、短工、牲口把式，不下三四十人，是一座极不好砸的"硬窑"。

马殿臣当炮手以来，前前后后来过几股土匪要砸窑。大多只在周围转一转，觉得无从下手知难而退，怎么来的怎么回去了。唯独有一次，来了一伙儿"砸黑窑"的胡子，所谓"砸黑窑"，是指趁夜偷袭，大半夜里来打你。当天晚上月黑风高，马殿臣得知土匪来袭，急忙带领炮手们登上墙头，大院外边黑灯瞎火什么也看不见，土匪皆穿黑衣，根本不知道该打哪儿。好在马殿臣早有防备，平时备了不少砖头，一直泡在煤油里，此时点上火往墙外边扔，摸黑来袭的土匪在火光之下无所遁形，没处躲没处藏，让墙头上的马殿臣一枪一个，放倒了七八个，其余的土匪吓破了胆，纷纷抱头逃窜，马殿臣一战成名！从此之后，周围的土匪再也不敢打"纪家窑"的主意了。

有话则长无话则短，马殿臣在纪家大院当炮手头儿，一转眼过去好几年，大清朝亡了国，时局动荡，关外的土匪越来越多，几乎遍地是匪。土匪这个行当极为复杂，各种规矩、讲究，包括穿着打扮、挑的字号、说的黑话，这都有说道。比如说落草为寇，一般是聚齐了一

---

[1] 趁涝儿：东北地区方言，指家中有钱。

众"志向相投"的兄弟，挑旗造反、占山为王，按土匪的说法，这叫"起局"。土匪的团伙叫"绺子"，一报字号都是说"我是哪个哪个绺子的"，都得这么说，这是规矩。起局要有"局底"，也就是家当，什么意思呢？虽是凑齐了人手，可要钱没钱、要枪没枪也起不了局，走投无路上山为匪的有多少有钱人？有钱就不当土匪了，所以说只能靠哥儿几个东拼西凑，有小偷小摸的，也有出去劫道的，还有的人用木头削成枪，裹上红布去抢别人手中的真枪，出什么招儿的都有，因此说大部分土匪乃是乌合之众。

书要简言，甭管山上的土匪多么凶恶，"纪家窑"有马殿臣在，一般的绺子真不敢近前，这就叫"人的名，树的影"，知道来了也讨不到便宜，搞不好还得折损人马。但是树大招风，真有大绺子不信这个邪，你本领再高不也是一个人吗？浑身是铁你能打几颗钉？有这么一天早晨，马殿臣正在院子里洗漱，一个手下慌手慌脚跑进来，让马殿臣快去门口瞧瞧，胡子借粮来了！什么叫借粮啊？借了你还吗？那是说得好听，就是要来了，你不给就抢。

马殿臣一听，心想：还真有这不要命的！也没顾上拿毛巾，两只手在衣襟上抹了抹，跟随手下匆匆赶到大门口。只见地上齐齐整整并排插着三根高粱秆子，这是什么意思？关外的人都知道，这是土匪来抖威风，一根秆子表示一百担粮食，门前插三根高粱秆子，是告诉主家准备好三百担粮食。三百担这是有数的，老老实实把粮食交出来，拿了粮食我就走，两下里相安无事，如果胆敢不给，那可就别怪我心黑手狠了，打进来烧杀抢掠，到时候有什么是什么全部抢走，不分良贱一刀一个，都不得活命，你后悔都来不及。东家听见门口这么一闹，也跑出来看，一见这阵势，明白这是让大绺子盯上了。虽说纪家大院墙高壕深，又有马殿臣和一众炮手护卫，但是敢在门前插高粱秆子借粮的胡子，只怕不是好惹的，万一打进来，定然鸡犬不留，不如息事宁人，给他们预备下三百担粮食，打发走得了。东家将这个念头跟马殿臣一说，马殿臣不以为然："这个章程可开不得，否则永无宁日，今天拿了三百担粮食，吃着甜头了，过不了几天又得来，又是三百担，咱粮食再多也养不起土匪啊！再者说，这个口子一开，周周围围的大绺子都来要，给还是不给？那就是无底洞，到时候不用胡子来抢，咱也是盆干碗净。您且放宽心，用不上三百担粮食，我倒要会会这些土匪，是不是真有三头六臂！"东家一听是这个道理，马殿臣说得挺对，不过万一让绺子打进来，这一家老小性命不保，是福不是祸，是祸躲不过，眼下只能指望马殿臣了。

转天一早，马殿臣将两支十连发手枪揣在腰上，让人搬来一把太师椅，手托茶壶往太师椅上一坐，跷起二郎腿等借粮的胡子上门。不到晌午，远远过来五六个人，赶了几辆大车，前边打头的还挺有样儿，胯下一匹高头骏马，端坐马上有如半截子黑塔，头包青巾身穿黑袍，腰里一巴掌宽的铜疙瘩皮带，一左一右插了两支二十响盒子炮，枪柄底部各有一个铁环，上系二尺多长的红绸子。马殿臣一瞧，这伙土匪太狂了，不带人马，只来三辆大车，瞧这意思手拿把攥料定了我们得交粮食，想到此处不怒反笑，心说：今天让你借走一粒粮，往后我随了你的姓！

黑大个儿骑马来到近前，见大门紧闭，门口不仅没有粮食，反倒坐了一个挎双枪的，不用问这是不想借粮，不由得暗暗动怒。不过土匪有土匪的规矩，也讲究先礼后兵，于是双手抱拳往左肩一举，问了一声："兄弟，粮食给咱备好了吗？"

马殿臣见人来了，站起身形，单脚踏在太师椅上，摆了一个踏虎登山式，也是双手抱拳举过左肩，向后一伸。书中暗表，这叫"匪礼"，跟一般的见面客气行礼可不一样，因为土匪忌讳在身前抱拳拱手，土匪最怕官兵，那样如同犯人戴枷不吉利。二人行罢了匪礼，按规矩接下来要说黑话盘道。马殿臣右手叉腰，左手伸出大拇指，横打鼻梁说道："脚踩虎牢关！"

骑在马上的黑大个儿闻言一愣，右手抬起马鞭点指马殿臣说道："马踏三江口！"言罢左手一兜缰绳，坐下马抬起前蹄打了一个响哨儿，心说：行啊！开口便是"朋友话"。咱们说什么叫"朋友话"呢？马殿臣从过军打过仗，军队之中龙蛇混杂，一多半是落过草的贼寇、滚过马的强盗。这些人在军中拉帮结派，满口的黑话。因此马殿臣耳濡目染，也是非常熟悉。黑话也叫"朋友话"，土匪们最早发明黑话是为了作案方便，比如上哪家大户砸窑，其中一个土匪高喊一声："倒阳料水的有喷子，码前去了他的靶子！"这意思是告诉同伙"东南边放哨的手里有枪，赶快把他弄死"，如果不说黑话，不仅同伙听得见，放哨的也能听见，不等你上来，对方已经有了防备，那还怎么打？马殿臣是行伍出身，在旧军队中混过，黑话也是张嘴就来，见什么人说什么话，这土匪来了，必然得说"朋友话"。

按照土匪的规矩，只要对方会说"朋友话"，便不可轻易动手，大家都是吃这碗饭的，多个朋友多条道，先互相摸摸底，尽量避免火并，因此黑大个儿就应了这么一句。

马殿臣见此人气势勇猛，不怒自威，不像是一般的土匪，尤其是斜挎两支二十响镜面匣子枪，那可是好东西，比自己这两把十连发可强得太多了，普通人不是你说花多少钱就能弄得着的，冲这架势在山上必定是四梁八柱之一，于是说了句："左右挂拐子，大小是道梁？"

黑大个儿冷笑一声，答道："单开天王殿，跨海紫金梁！"相当于告诉马殿臣"我在山上坐头一把交椅"，说白了这是"大当家的"，是匪首！

话说马殿臣瞧黑大个儿，黑大个儿也打量马殿臣，见此人身高体阔，不怒自威，一个人挡在门前凛然不惧，也是有些佩服，反问道："熟脉子，报报迎头什么蔓儿？"这意思是问马殿臣既然是一条道儿上的，不妨报个名姓上来。

马殿臣对答如流："压脚蔓，指喷子啃富。"意思是我姓马，指着枪杆子吃饭。他摆明了想开打，一点儿不含糊，因此这话里话外，多少有点儿吓唬对方的意思。

黑大个儿听见"压脚蔓"三个字，当场愣了一愣，上上下下打量马殿臣。马殿臣心说：这位不动手，怎么改相面了？莫如我先下手为强，一枪把这为首的去了，土匪来得再多，群龙无首便不足为惧。怎知还没等马殿臣拔枪，黑大个儿突然翻身下了马，上前叫道："你是马殿臣！"

马殿臣心说：我这名号可以啊！深山老林的胡子也知道？他见黑大个儿到了近前，颇觉有几分面熟，仔细一打量，不由得大吃一惊："你是迟黑子？！"

书中代言，来的这个匪首名叫迟黑子，手底下有一百多人，长枪短枪加起来够个百十来条，凭借人多势众装备好，多次下山洗劫地主大户，无往而不利，从没吃过亏。他怎么会认识马殿臣？当年马殿臣从军打仗，迟黑子也在军中，他是受了招安的山东响马，比马殿臣大不了几岁，二人都有一身的把式，又是同乡，也挺对脾气，这就叫

"好汉敬好汉，英雄惜英雄"。马殿臣的黑话和土匪规矩，有一多半是跟迟黑子学的。迟黑子佩服马殿臣枪法如神、骁勇善战，为人耿直仗义，马殿臣敬重迟黑子英雄侠义、直来直去，哥儿俩拜过把子，枪林弹雨死人堆里滚出来的交情，好得恨不能穿一条裤子。后来队伍打散了，马殿臣随军入关，回到山东老家，迟黑子留在关外当了胡子。

兄弟二人在此相遇，不由得感慨万千。迟黑子说："兄弟，以你的身手，何必给地主看家护院当炮手，东家再抬举你，也不过把你当一条看门狗，真到了事儿上，为了几顿饱饭就得替他拼命、给他挡枪子儿，哪来的情义？不如跟哥哥我上山当胡子，大碗喝酒、大块吃肉、论秤分金银，岂不快活？"

马殿臣听罢半晌无语："如今天下大乱，上山为匪的人不在少数，只不过不到万不得已，谁愿意落草为寇？祸害老百姓的事儿，更是决不可为。"

迟黑子对马殿臣的脾气一清二楚，告诉马殿臣：当今天下，四海分崩、八方播乱，人为刀俎、我为鱼肉，与其任人宰割，不如上山当响马，祸害老百姓的勾当咱们决计不做，只是替天行道、劫富济贫，劝他不可迟疑，回纪家窑准备准备，等到山上的人马下来，里应外合先砸了这个窑，得来的钱粮布匹，都给马殿臣当见面礼。

马殿臣一听这可不行，当不当土匪搁一边儿，这个窑可不能砸，东家虽说是个大地主，却并非为富不仁，对待家中的长工、佃户都还不错，这些年吃人家喝人家，没少受人家恩惠，大丈夫知恩图报，不能干吃里扒外的勾当。

迟黑子一挑大拇指："这是兄弟你仁义，咱不砸这个窑了，你快去收拾收拾，立即随我上山！"

3

再说大院里的炮手，在炮孔中瞧见马殿臣和匪首在门口聊上了，说的全是黑话，还越聊越近乎，忙跑去告知东家："东家呀，可了不得了，你快看看去，马殿臣和胡子是一伙儿的，咱们赶紧逃命吧！"

东家大惊失色，心想：这马殿臣在我们家干了这么多年，也没怎么出过门，几时跟胡子勾搭上了？当时冷汗可就下来了，私藏土匪按律当死，这可如何是好？稳了稳心神，告诉手底下人先别急，看看情况再说。等马殿臣回到院子里，找到东家将情况一说，怎么来怎么去，那匪首是我结拜的兄弟，我不在您这儿干了，跟他上山也当胡子去。这一番话把东家几乎吓尿了裤。马殿臣说："东家待我不薄，我马殿臣并非无情无义之辈，这一去虽是落草为寇，可到死也不会来砸纪家窑，不仅如此，倘若有别的土匪敢来造次，东家托人给我捎个信，我必定下山相助。"

东家纵然万般不舍，上哪儿找这么好的炮手啊！这些年纪家大院安安稳稳，那可都是马殿臣的功劳，无奈马殿臣去意已决，拦也拦不住。马殿臣辞别了大院中的东家、伙计、一众弟兄，出门跟迟黑子上了山。到了地方一瞧，是高峰上的一片屋子，仅有一条险路上去，可说是一夫当关，万夫莫开，官兵进剿势比登天。山上这几排大屋，盖得比马架子强不了多少，屋子里盘着火炕，土匪们盘坐在炕上耍钱、喝酒、抽大烟，屋外有人擦枪磨刀，一派的杀气。迟黑子带马殿臣进了聚义分赃厅，这是个连三间的房子，打通了一明两暗，正当中盘了一个大炉子，四周围有些桌椅板凳，迎面墙上挂十八罗汉画像，画像底下是一个大铁槽子，里面满是香灰，画像下边摆了一张交椅，上铺虎皮，这是迟黑子的座位。相传十八罗汉是土匪的祖师爷，所以关外的土匪都拜十八罗汉。老时年间的上九流、中九流、下九流当中，没有"匪行"却有佛主，上九流是：一流佛主，二流仙；三流皇帝，四流官；五流员外，六流客；七烧，八当，九庄田。这十八罗汉说起来乃是佛道的化身，因此在上、中、下九流之中列为一流，由此可见，拜十八罗汉为祖师爷的土匪还是上九流。

书要简言，且说马殿臣和迟黑子一前一后进了聚义厅，迟黑子吩咐手下把小的们都叫来，有一个算一个，谁都别落下，全都得来。不一会儿，屋子里挤挤插插站满了人，老土匪、大土匪、小土匪加起来将近二百来号，这全是亡命之徒，一个个拧眉瞪眼，有的脸上还带着伤疤，都好似凶神恶煞一般。迟黑子看人都到齐了，一指马殿臣，对群匪说道："这位熟脉子，是大当家我的挨肩儿，传正管直，称得起英雄好汉，今天前来挂柱，往后在咱这个绺子上啃，不必找支门子，大当家的我来担保，弟兄们，摆香堂吧！"他这黑话是什么意思呢？大致上是说马殿臣是他的兄弟，胆子大枪法好，此番上山投靠，以后他跟咱们在一个锅里吃饭了，由我亲自担保。

咱得说说什么叫"挂柱"，孤家寡人想当土匪，上山找绺子入伙投靠，必须有绺子中的人引荐担保，不知根不知底的绝不会要，即便有介绍人，也得用黑话盘问一番。土匪们疑心重，本来就是刀头舐血、脑袋挂在裤腰带上的勾当，不得不谨慎小心，对来人刨根问底，有一句话说错了，掏枪就给毙了。马殿臣乃是迟黑子磕过头的结拜兄弟，大当家的自己担保，自然是谁也不敢说二话。可上山的路上迟黑子也跟马殿臣说了，别看咱们弟兄当初一个头磕在地上，一个坑里尿尿，穿一条裤子，但是山上的规矩不能破，否则难以服众。马殿臣是个明事理的人，知道迟黑子这么多年出生入死才打下了这番家业，既然要在绺子里吃饭，就得守人家的规矩、遵人家的礼数。他又不是外行，明白挂柱的规矩，告诉迟黑子："咱俩兄弟归兄弟，但是到了绺子，别人怎么来我就怎么来，别因为我伤了众兄弟的和气。"

厅堂之上，迟黑子跟众人说马殿臣前来挂柱，择日不如撞日，命人开设香堂。别看是土匪，也讲究"行高人不低"的绺子规矩，取过纸笔写了字据，无非是些"走马飞尘、不计生死"的江湖话。马殿臣按上了手印，交给字匠收好了。有人站出来高喊了一声："过堂！"旁边另有一个人递给马殿臣一只瓷碗。马殿臣知道自己要背对众人走到门口，停下来把碗顶在头上，单有绺子里枪法最好的"炮头"一枪打碎头上的碗，自始至终不许回头。打碎了碗之后有人过来摸裤裆，没吓尿裤的就叫"顶硬"，相当于闯过了这一关。如果说吓尿了，免不了挨上一顿打，然后抱上脑袋滚下山去，再也别想吃这碗饭。这可难不倒马殿臣，当初从军打仗，头皮子上子弹乱飞，他也没在乎过。

过完了堂，接下来是"拜香"，一共十九根大香，其中十八根指十八罗汉。土匪杀人越货，却偏偏拜佛主为祖师爷，很多人胸前都挂一个布袋和尚，有的土匪头子还在山上设佛堂，晨昏三叩首早晚一炷香，拜完了佛出去该杀人杀人、该放火放火，什么事儿都不耽误。有拜十八罗汉的，还有供奉二十八星宿的，无非往自己脸上贴金。第十九根香指土匪头子大当家的。往香炉中插的时候，十九根大香分五堆，前三后四、左五右六、当中再插一根，这叫"十八罗汉在四方，大掌柜的在中央"，然后跪下起誓，这都是一整套的规矩。

马殿臣按照山规插完了香，当即单膝跪地，双手抱拳高出左肩，口中说道："兄弟我蹬局晚、出局早，山规局势没学好，大当家的绺子人强马壮、局红管亮，如今兄弟马高镫短，特来挂柱，今后跟大当家的绺子上哨，前打后别、冲锋陷阵，不反水不倒灶，倘若行出横推立压的事儿来，任凭兄弟们插了我！"起完了誓，还要拜过绺子中的四梁八柱和一众"崽子"。

"四梁八柱"相当于土匪的组织机构，四梁分为"里四梁"和"外四梁"，里外合起来并称为"八柱"，除了四梁八柱以外，其余的弟兄都称为"崽子"，崽子必须绝对听从大当家和四梁八柱的号令，让打东不打西，让赶狗不撵鸡。不过大当家和四梁八柱也把崽子当兄弟对待，轻易不敢得罪，怕他们躲在背后放黑枪。马殿臣见过一众兄弟，行罢了匪礼，迟黑子也得给他报个字号，上山落草的没有人用真名，大多胡乱报号，大当家想起什么是什么。比如看这位长得瘦，就叫"山猴子"，个头儿矮，就叫"滚地雷"。这匪号也非常重要，小蟊贼可以胡乱叫，大土匪却讲究个报出去的字号响亮，比如说，有的土匪把老祖宗留下的姓都扔了，就因为他本姓杨，可是羊在山里是最受欺负的，就改了姓狼。迟黑子抓着头发想了一想，告诉众人："我这个挨肩儿在纪家窑当炮头儿，全凭他枪杆子直溜、弹无虚发，因此挑号'打得好'！"如此一来，马殿臣也有了匪号。

刚上山入伙的土匪，都从最底层的"崽子"做起，出去砸窑也好绑票也好，不给发喷子，只能使"青子"，也就是刀。砸窑的时候还得冲在前头，窑里的炮手火力再猛，也得往上冲，遇上官军还要断后，给大当家挡枪子儿，这叫"前打后别"，再危险也不能退缩，否则不被官军打死，也得让绺子里的兄弟们"插了"。

迟黑子又对众人说："如今咱这个绺子人强马壮，四梁八柱都是英雄豪杰，无奈头些日子秧子房掌柜出去砸窑掉了脑袋，山上缺了一根狠心梁，'打得好'传儿正管儿亮，以后让他来当秧子房的狠心梁。"这话一出口，群匪交头接耳、议论纷纷，谁都想当这根狠心梁，不为别的，年底分大饷的时候，狠心梁的钱可比崽子多得多。马殿臣刚入伙就当四梁八柱，肯定有人不服。迟黑子却不忍心让自己的结拜兄弟当崽子，反正山上只有他一个当家的，他说什么是什么。马殿臣在一众土匪的面前不好推托，怕给迟黑子丢脸。他知道这秧子房掌柜的在四梁八柱中称为"狠心梁"，因为必须心黑手狠，否则压不住茬儿，当即说道："兄弟我刚上山，以前还真没拷问过秧子，往后遇上嘴紧的，咱给他们来这手儿怎么样？"他一边说话，一边找来一根铁丝，扔到炉中烧得通红，褪去上衣，赤了双膀，将红铁丝从火中拎出，捅进自己的肋下，出来进去穿了好几趟，红铁丝一挨上肉，"嘶嘶啦啦"直冒白烟，皮肉焦煳的气味弥漫。马殿臣若无其事，穿完咬住牙一较劲儿，又把铁丝抻了出来，土匪们全看傻了眼。拷问肉票并非顶个脑袋的都能干，往别人身上下狠手的时候，真有手软吃不住劲儿的，而这位"打得好"自己用红铁丝穿肋条骨，不仅"哼哈"二字没有，大气都不喘一口，这是什么人物？看了马殿臣这一手，那些个心里不服嘴上却没敢说的，都在心里翻了个个儿，心说：这个我可来不了，可见大当家的这位挨肩儿非是常人。当下里一众土匪连同迟黑子在内，一齐赞道："真金不怕火炼！"

迟黑子格外高兴，自己的兄弟挣了大脸了，有了马殿臣辅佐，何惧官军剿灭？过几天下山砸个硬窑，把字号报出去，周周围围的小绺子都得来靠窑。迟黑子退去众人把马殿臣带到里屋，先敷好了药，又取出一身新衣服给他换上。土匪有土匪的打扮，尤其是成了名的匪首，讲究春秋季戴巴拿马的礼帽，夏天是瓜皮帽或者草帽，到了冬天换水獭绒的皮帽子，也有戴狐狸皮或者大叶子皮的，不论什么皮，脖子后边都得长出一截子，以免骑马的时候灌进风雪；上衣是对襟黑布的棉袄或夹袄，一排疙瘩扣儿，但是从来不系，用一条青布腰带扎好了，土匪的腰带用处很大，除了别枪挂刀以外，内侧还可以藏金卷银，这条腰带出奇地长，在腰里来来回回缠好几圈，关键时刻能当绳子用，遇到紧急情况，一头儿拴在屋里，另一头儿甩出去，蹿房越脊、上树下树都使得上；裤子多是紧腿马裤，下边裹绑腿，绑腿中暗藏"腿刺子"，那是一种短刀，到了冬天的时候，外边再穿上套裤，用来藏刀藏枪；最外边是一件宽袍大氅，脚下一双牛皮靰鞡鞋。迟黑子让马殿臣穿上这一身土匪的行头，又给了他一个木头盒子，里边是一支锃亮的德国造镜面匣子枪，带快慢机的二十响，这可不是一般的好东西，能单发能连发，连发的时候二十发子弹一股脑儿打出去，可以当冲锋枪使，这是迟黑子自己压箱底儿的家伙，整个绺子只有他和炮头才使这样的德国造。马殿臣是爱枪之人，接过来装好子弹挎在腰带上，红绸子穗甩下二尺多长，再配上这身行头，那真叫威风凛凛、杀气腾腾。迟黑子越看心里越痛快，吩咐手底下的弟兄大摆酒宴，今天要一醉方休！

土匪们平时吃饭没有多讲究，跟普通老百姓差不多，顶多炒菜、做饭、蒸窝头，非得赶上年节或者重要的日子，大酒大肉才敞开了造。不论什么东西，讲究吃一次就得吃过了瘾，比如想吃鸡，不预备别的菜，全是鸡，这叫"百鸡宴"；想吃羊，不论是烤是炖，全都是羊，这叫"全羊宴"。今天迟黑子兴致高，命令手下的崽子们，大摆"牛头宴"，在过去来说，这可了不得，以前的老百姓耕地种庄稼全靠牛，往重了说那牛就是家里的一口人，舍不得吃牛肉。迟黑子这个绺子中有几头牛，还是之前砸窑抢来的，土匪们不种地，抢了牛留下吃肉，至于什么时候吃，可不是你想吃就宰了吃，那得听大当家的。崽子们一听今天能开荤，七手八脚忙着去准备。想吃牛肉先得剥牛皮，土匪剥牛皮的方法与众不同，讲究剥活的，因为活剥下来的牛皮做靰鞡鞋最跟脚。剥皮之时将活牛拴在树上，用刀在四个牛蹄子上划一圈，再把牛头上的皮剥开卷到脖子，用铁丝一道一道钩住了系在树上，几个崽子抡棒子打牛屁股，把牛打急了往前一蹿，"刺啦"一声整张皮就剥下来了。

当天夜里，聚义分赃厅中摆好了桌椅板凳，点上一个火堆，牛肉炖熟了不切，一个人面前一大块。因为是给马殿臣接风，迟黑子和马殿臣的面前一人一个牛头，迟黑子端起酒碗说道："今天'打得好'上山入伙，咱这个绺子如虎添翼，比过年还喜庆，崽子们海搬海啃。"群匪轰然称是，在厅上大碗喝酒大块吃肉，酣畅无比。酒席宴间迟黑子跟马殿臣推杯换盏，觥筹交错之间告诉马殿臣："你别看这是一群乌合之众，可咱们干的买卖不丢人，咱绺子是耍清钱的。"土匪的绺子分耍清钱和耍混钱两种，耍混钱的土匪，杀人放火、奸淫掳掠，放暗枪、砸花窑[1]，无恶不作，百无禁忌，天底下的坏事儿没有干不出来的。迟黑子这等耍清钱的绺子不同，有"七不抢、八不夺"的规矩，喜车、丧车不抢，背包行医的不抢，出家之人不抢，鳏寡孤独不抢，还有一些土匪们用得上的行当不许抢，例如摆渡的船老大、供他们藏身的大车店，等等。除此之外最忌讳"横推立压"，"横推"指的是超出人俗

---

[1] 砸花窑：此处指强奸。

的恶事，比如人家已经告饶了，就不许打杀，纵然身为土匪，也尽量避免杀人；"立压"专指糟蹋女眷，土匪们管睡女人叫"压裂子"，这是绝对不能干的。耍清钱的绺子里有规矩：冻死迎风站，饿死腆肚皮，老百姓家的闺女不许糟蹋。谁坏了规矩枪毙谁，把人拖到低洼之处，脸朝枪口跪下，当面开枪射杀，不能从背后打，这叫不打"黑枪"。枪毙之外还有活埋、背毛、挂甲、穿花、看天等处置方法。"背毛"是用绳子活活勒死；"挂甲"是冬天把人扒光了绑在树上，身上泼凉水冻成冰条；"穿花"是夏秋之季给人扒光了绑树上，让林子里的毒虫小咬活活吸干了血；"看天"更为残酷，把一棵碗口粗细的小树拉弯了，树顶削成尖儿，插进肛门里，再一松手人便被弹入高空。马殿臣听迟黑子讲完暗暗叹服，觉得自己没跟错人，虽是占山为王、落草为寇，可不祸害老百姓，只做劫富济贫的行当，称得上绿林好汉。

4

这一顿酒喝得昏天黑地，转天早上，有崽子进来给马殿臣打水洗脸，伺候马殿臣拾掇好了，问了一句："掌柜的，您到秧子房把合把合？"马殿臣点点头，抬腿迈步跟崽子前往秧子房。土匪都说黑话，将绑来的人票称为"秧子"，绑秧子是土匪的一项重要收入，可也不是见谁绑谁，提前让插干的打听好了，只绑有钱人家的重要人物。绑票的时候，土匪们手持猪套子躲在暗处，见到目标出现，立即出手套住对方的脖子，蒙上眼睛堵上嘴，装进一个大麻袋，叫一声"请财神上山"，背起来就走。很多地主大户成天猫在屋里，连大门都不出，生怕让土匪绑了票。前几天迟黑子设计绑来一个为富不仁的黑心老地主，事先让手下崽子们扮成出殡的队伍，抬上棺材就往这家的坟地中埋，那本家还有不急的？老地主闻讯暴跳如雷，骂道："哪儿来的穷骨头？敢往太爷家的祖坟中埋死人？"忙带手下赶到坟地，见一众人等披麻戴孝、哭天喊地，已经挖好了坟穴，旁边有人撒纸钱，还有人吹唢呐，正要下棺掩埋。老地主气得破口大骂，扑过去一把抓住"孝子"的衣领，没等他动手，抬棺送葬的人齐刷刷摘掉了孝帽子，孝袍子底下探出一支支漆黑的枪筒子，其中一个人把棺材盖一揭，说道："来吧，就等你了！"说完一脚将老地主蹬进了棺材，钉上棺盖，一路吹吹打打抬上山，将人关进秧子房。

马殿臣进屋，但觉一股子恶臭扑鼻，包括老地主在内，十几个秧子并排坐在地上，身上捆了小绳，一个个脸如菜色、奄奄一息，保住这口气别咽了就算完。崽子们不把秧子当人看，一天两顿饭，一个梆硬的窝头掰成两块，上半晌一块，下半晌一块，一天仅给喝一次水，大小便固定时间，名为"放秧子"，没到时间憋急了只能往裤兜子里装。天寒地冻之时，秧子房没炉子，屎尿在裤子里冻成冰疙瘩，坐都坐不下。伏天更是难受，崽子们再不给水喝，渴的没辙了只好去舔裤裆上的尿。

为了防止秧子们"滑"了，晚上还得"熬鹰"，让秧子们两人一对儿，脸对脸坐好了互相抽嘴巴，一宿不能停，否则非打即骂，再不然就给上私刑，灌辣椒水、坐老虎凳，二龙吐须的马鞭说抽就抽，这叫"拷秧子"。为了让秧子们"交底"，家里趁多少钱、多少粮，金镏子、大烟都藏在哪儿，全得说出来，好定赎秧子的价码。而且把秧子折腾得没有人样了，本家来看秧子的时候觉得心疼，十有八九会赶快给钱。如若这家迟迟不来赎人，就从秧子身上卸点儿东西，或是鼻子，或是耳朵，或是剁根手指，让"字匠"写一封信给本家送去。家里人打开信封见到半只耳朵、一个鼻子，几乎没有不服软的。

赎秧子得给土匪进项，"大项""小项"一样不能少，"大项"是钱，"小项"是东西，赶上有钱的人家想赎人，得出多少钱呢？大项5000银元，小项烟土200斤、茶叶200斤、粮食100担、烧酒50坛子。小门小户会少要一点儿，那也够倾家荡产的。土匪虽然心狠手辣，但是轻易不撕票，活秧子可以换钱来，死了一文不值。有的绺子之间还互相倒秧子，你要不出钱来，便宜点儿卖给我，我有办法让他们家掏钱。可也真有家里实在拿不出钱来的，有的秧子在绺子里待上一两年，直到死在秧子房也没人来赎，这就砸手里了。还有的人家吝啬，有钱也不赎人的，要钱不要命，这样的人家能是善男信女吗？至亲骨肉都不舍得花钱赎，更别提怎么对待下人了。以前迟黑子绑过一个大户人家的孩子，绑上山的时候孩子才三岁，托花舌子[1]把话递过去，没想到本家老太太真狠心，也让花舌子给土匪带个话，这孩子太小，长大了也不知道是个葫芦是个瓢，让他跟山上待着吧，不赎了。这么小的孩子谁也下不去狠手，迟黑子只好认成干儿子抚养成人，后来也在山上当了土匪。迟黑子也疼他，因为此人肩上有片红胎记，起了个诨号叫作"血蘑菇"。

马殿臣点过秧子房的秧子，吩咐手底下几个崽子，把秧子分成两下子，良善人家出来的，洗澡换衣服，放到另一个屋子的火炕上，到时候给口饱饭吃。恶霸地主家出来的，仍关在秧子房，这些人没一个好东西，死一百回也不为过。有钱的地主也不都是坏人，有的并无恶

---

[1] 花舌子：指土匪中负责联络的人。

行，土匪只是图财，没必要让他们受罪。为富不仁的秧子仍交给崽子们，只要不死怎么都行，马殿臣也不去过问。有普通人家的迟迟不肯赎秧子，大当家让马殿臣从他们身上卸零碎儿，一般是"抹尖儿"，生生把耳朵、鼻子割下来。马殿臣于心不忍，割秧子耳朵之前，先把两根小木棍用铁丝连上，夹住秧子的耳根子，再把铁丝拧紧，过一会儿紧几扣，直到耳朵根子上没了血色，这才手起刀落，又赶紧给糊上草木灰，这样流不了多少血，割完还给上几口大烟抽，手底下的崽子们无不说马殿臣仁义。

这一天马殿臣交了那个黑心老地主的秧子，到分赃聚义厅禀报大当家。正好迟黑子召集四梁八柱前来议事，告诉他们另外两个绺子来人了，准备和他们联手去姜家屯砸窑。姜家屯的住户多为同宗同族，族长外号叫"姜老抠"，是个老奸巨猾的大地主，去年将屯子中的坏小子凑在一起，都给配上枪，让他们当保险队，专门防御山上的胡子，屯子里各家出钱养着他们。明面上说是保险队，实乃姜老抠的走狗，帮着他欺压良善、为非作歹。姜老抠有了这支保险队，简直成了姜家屯的土皇上，在地方上说一不二，到处欺男霸女，没有干不出来的坏事儿。由于姜家屯人多势众又有枪，按黑话说是个"响窑"，小股绺子不敢去砸。因此他们三个绺子兵合一处、将打一家，想一举砸了这个响窑，杀一杀姜老抠的威风。眼瞅天气越来越冷了，干成这一票，正好分了赃下山猫冬。

迟黑子和四梁八柱商议定了，命插千 [1] 的乔装打扮到姜家窑打探地形。一切安排妥当，三个绺子加起来出动了四五百土匪，黑压压一片下

---

[1] 插千：指土匪中警戒、侦察的工作。

了山。姜家屯的"保险队"才二十几个人，又是一群无所事事的二溜子，手上有枪也打不准，平日里欺负老百姓都吆五喝六的，真碰上硬茬子那就真是乌合之众了，而这三个绺子中的炮头儿个个都是神枪手，交上火放倒了几个，其余的吓破了胆，屁滚尿流地扔下枪支跪地投降。

群匪压进姜家窑之前，迟黑子又交代了一句，告诉另外两个匪首和四梁八柱："把手底下的崽子们看住了，谁胆敢横推立压，别怪我的瓢子不长眼！""瓢子"说的是子弹，这也是黑话。土匪们一拥而入，水香设好卡子，盯住了有没有人出去通风报信，以防保安队前来偷袭。一众土匪分头到各家搜敛财物，装满了三十几辆大车，又在空地上摆好桌椅板凳，崽子们想吃什么就让屯子里的人做，饺子、面条、烙饼，什么好吃整什么，甩开腮帮子可劲儿地造，从晌午一直吃到天黑。这时候踉踉跄跄走过来一个老头儿，往迟黑子桌前一站，满脸的怒火，声称有土匪把他家闺女糟蹋了，说你们抢也抢了，吃也吃了，全屯子人伺候你们，久闻大当家的是个好汉，咋也祸害女眷呢？迟黑子一听急眼了，谁不要命了，胆敢坏了规矩？当时叫人把这一拨儿卡子[1]换下来，在空地上一字排开，让老头儿挨个儿辨认："谁祸害了你家闺女你就在这儿给我找出来，我替你做主。"老头儿举着灯笼一个一个看，一眼就认出了其中一个崽子，大伙儿一看这可不好办了，怎么呢？原来这祸害人家闺女的不是旁人，正是迟黑子的义子血蘑菇。血蘑菇哆哆嗦嗦往迟黑子面前一跪，磕头如同捣蒜，口称："大当家的饶命！"他可知道迟黑子的脾气，坏了别的规矩倒也罢了，对横推立压的崽子绝不会手下留情，那得吃瓢子。血蘑菇磕破了脑袋，见迟黑子无动于衷，

---

[1] 卡子：此处指哨兵。

心知磕头求饶对付不过去这一关，一咬牙抠下自己一只眼珠子，连血带筋交给迟黑子。

耍清钱的绺子规矩大，最忌糟蹋女眷，谁衣服开了、袜子破了，想找个女的缝补缝补，都得把衣服交给那家的男人，补好了再由他交还回来，不能跟女眷打照面，犯了这条规矩有杀无赦，一点儿商量余地都没有。迟黑子面沉似水，他也舍不得这个干儿子，这血蘑菇是从怀抱里就被绑上山，在土匪窝子长大的，虽说往常就不怎么守规矩，但迟黑子并没有在意，不知今天搭错了哪根儿筋犯了天条。土匪最讲究规矩义气，另外几个绺子的土匪也都在旁看着，万恶淫为首，绿林道尤其讲究这个，仅仅抠瞎一只眼可不够。迟黑子只能大义灭亲了，冲马殿臣一摆手。马殿臣点头会意，当即将虎眼一瞪，吩咐手底下人："拖到村口，崩了！"马上过来两个手下，把血蘑菇拖去了村口。不一会儿传来两声枪响，众人均以为血蘑菇死了，马殿臣却听出枪声不对，这两枪是冲天放的，立即上马赶到村口，果不出所料，血蘑菇贿赂了两个土匪，让他们冲天放枪，回来就说死尸扔到山沟里了，死无对证。这可瞒不过马殿臣，不由分说把两个手下一枪一个打死在当场，又骑马去追逃走的血蘑菇，无奈天色昏暗，竟让这小子逃了，回到姜家窑跟大当家的禀报，并且起誓发愿，过三不过五，一定亲手插了那个畜生。

且说群匪砸了姜家窑，拉上财物回到山上，这一趟可说是满载而归。迟黑子召集众弟兄说："眼瞅要入冬了，今天分了大饷，让大伙儿各自下山猫冬去。"土匪并不是常年待在山上，大多数绺子一年只干三季。到了大雪封山的时候，大当家的就把人马集合在一处，长枪藏起来，身上只带短枪，再把这一年打家劫舍的进项搬出来，按照等级一人一份，这叫"分红柜"，也叫"分大饷"。分完了钱，留下几个崽子看秧子，其余的有家的回家，没家的投亲靠友，要不然找个人少的地方躲起来，这叫"猫冬"。

很多土匪有家有口，家里人并不知道他在外边干什么勾当，以为只是在外地干活儿做买卖，忙到年底下才回家。土匪猫冬讲究享受，尤其是这清绺子的，绺规森严，横推立压得吃瓢子，憋了小一年了，因为分过大饷，腰里头有钱，各自去找相好的女人。有的去"海台子"找暗娼，也有去"拉帮套"的，比如一家两口子，丈夫不能养活妻子，征得丈夫同意，妻子在外边靠人儿，其中靠土匪的不在少数，真有不避讳的，三个人挤在一个炕上睡觉。稍微避讳点的，晚上要来睡觉之前，白天先来敲窗户，说一句："上灯花。"家里男人知道了，夜里就躲出去睡。

整个猫冬的过程对土匪来说也相当危险，哪一年都有出事儿的，大多是因为有人告密，以前谁家有人在外当了胡子，胆敢知情不举，全家都得枪毙，也有的是自己酒后失言，让官府抓住处以极刑，按土匪的黑话叫"掉了脚"。等到第二年开春，没出事儿的土匪再回绺子集合，这叫"落局"，落局之后先点人数，发现谁没回来，就派插千的去打探内情，如果真是被人所害，一定查出凶手，破腹挖心、把脑袋砍下来，给自己兄弟去祭坟。迟黑子当时定下来年三月初一落局，到日子上山取齐。马殿臣无家无业，在一个林场躲了一冬。转眼到了三月初一这一天，马殿臣回到了山上，本想这一年再干几票大买卖，没想到惊闻噩耗：大当家迟黑子让人点了炮[1]，在县城猫冬的时候，被保安队抓住枭首示众了！

---

[1] 点炮：此处指揭发、告密。

5

前文书说到迟黑子被人点了炮，落了个身首异处的下场。马殿臣听闻噩耗，有如晴天遭个霹雳，绺子里的大小土匪无不捶胸顿足、放声大哭。别看迟黑子是土匪头，骨子里却是侠肝义胆的山东好汉，对手底下的弟兄们视如手足，从未亏待过半分，要是赶上哪个兄弟砸窑的时候丢了性命，家里尚有父母双亲的，绺子里出钱养老送终、生养死埋。所以迟黑子这一死，绺子里上上下下无不悲痛欲绝，赌咒发誓要给大当家的报仇。

群匪明察暗访探清了始末，原来山下的暗娼里有一个和迟黑子相好的窑姐儿，花名叫"四月红"，迟黑子以往猫冬，向来住到窑子里，跟四月红像两口子一样过日子。怎知迟黑子这次下山之前，四月红和另一个土匪头子占东岗好上了。占东岗是个小白脸，没留胡子，看着挺干净，长得也带劲儿，有一次他上暗娼嫖宿，一来二去就勾搭上了四月红。占东岗的绺子远没有迟黑子势力大，皆因为他不得人心，稍有一点儿良心的也不跟他干。此人心黑手狠，道上的规矩全然不顾。占东岗做事有这么几个特点：头一个是砸窑不分大小，甭管是地主大户还是普通老百姓，只要惹得起的，谁的窑都砸，而且是专砸"花窑"，不仅财物洗劫一空，还要奸淫女眷；二一个是绑票不留活口，即使本家交够了赎金，他也照样撕票；三一个是干买卖不分大小，为了一个烧饼可以杀一个人，打黑枪、砸孤丁，可以说无恶不作。占东岗暗地里勾结县城保安队的队长，出去砸窑之前先打好招呼，纵然有人报官，保安队也不会立即出动，必定等土匪砸完了窑才来，在后边追几步摆个样子，土匪们装成落荒而逃，故意撒下几件财物，相当于给保安队弟兄们的辛苦钱，正所谓兵匪一家。

迟黑子看不上占东岗的为人，双方却也没仇，犯不上平山灭寨，平日里大路朝天各走半边，井水不犯河水。占东岗可不这么想，觉得迟黑子这个绺子人多势众、兵强马壮，砸上一个大窑，银钱哗哗往里进，他别提多眼馋了。明面上干不过人家，就在暗地里使坏。可巧得到了迟黑子下山猫冬的消息，去海台子嫖宿的时候，又从四月红口中得到了印证，心想：这个机会可来了。他就跟四月红说："你以后跟了我，迟黑子定然不会饶了咱们，留下这个心腹大患，咱们睡觉都不得安稳，干脆除了他。"旧时的窑姐不怕土匪，真要是被哪个大当家的看上了，带回绺子做个压寨夫人，天天吃香喝辣总比在窑子里强，可迟黑子的绺子里规矩森严，无论是谁都不许往山上带女人，四月红早已心怀不满，再加上占东岗甜言蜜语、海誓山盟这么一许愿，四月红自然是百依百从。常言道"毒蛇口中牙，黄蜂尾后针，两般尤未可，最毒妇人心"，这女人要是发起狠来，可比老爷们儿歹毒多了，何况四月红本来也不是什么好货。两个人狼狈为奸、暗定毒计，由占东岗去找保安队队长，想借保安队之手除掉迟黑子，保安队队长也想活捉匪首升官发财，尤其是远近闻名的迟黑子，那更是大功一件。二人一拍即合，暗中布置好了，只等迟黑子自投罗网。

果不其然，在大雪封山之前，迟黑子下山来找他相好的四月红。当窑姐儿的都会来事儿，接进屋来一口一个"当家的"，伺候着更衣、脱鞋、洗脚，安排酒菜，比亲爷们儿还亲。可是"婊子无情，戏子无义"，一边稳住迟黑子，一边把消息告诉了占东岗。占东岗和保安队队长一商量，捉拿迟黑子，一不能在窑子里动手，二他占东岗不能出面。因为迟黑子在绿林道的人缘儿好，一旦把他勾结保安队的事传出去，跟迟黑子有交情的土匪，一人一脚都能把占东岗的匪窝踏成平地，所以还得是保安队出面拿人。但这小县城的保安队没多少人，平时只会凭这身官衣欺压百姓，本就是一群乌合之众，什么真本事没有。四月红这个暗娼住在南城外的小河沟子旁边，那个地方十分荒凉，如果让迟黑子发觉不对，以他的身手和枪法，保安队那帮废物可拿不下他。

正当保安队无从下手之时，占东岗又得到一个消息——迟黑子要去城中张财主家喝喜酒！按土匪的规矩，不该上老百姓家喝喜酒，因为土匪身上杀气重，怕冲了喜，非得是过去有交情，或者受过恩惠的人家才会请他们上门喝喜酒。那也不敢直接登门去吃酒席，有钱的人家摆酒讲究搭棚落桌，一开几十桌流水席，出来进去吃饭、喝酒的什么人都有，免不了有穿官衣的，土匪担心被人认出来。非去道喜也行，提前托人把礼金送过去，当天夜里散了席再上门。

迟黑子救过张财主的命，两人交情挺深。张财主这次娶儿媳妇儿，提前半年就跟迟黑子说了。当天晚上宾客们陆续告辞离去，新人入了洞房，张财主却没回屋，蹲在后院门里边等，三更前后，听得一声门响，张财主忙打开院门，一看正是迟黑子到了。迟黑子不敢立即进来，先问了一声："皮子拴上了吗？"张大财主说："拴上了。"迟黑子又说："看好别让它喘了。"张大财主说："放心，看严实了。"土匪说黑话，将狗称为"皮子"，"喘"是叫的意思。迟黑子这番话是告诉张财主"看好了狗别让它乱叫"，以免引来官军。迟黑子又往四下里看了看，见确实没人，这才迈步进来。张财主在前引路，找了间位置偏僻的屋子，两人叙叙旧、拉拉家常。当土匪的只能这么道喜，说是喝喜酒，却不能真喝人家的酒、吃人家的饭，这是规矩。而且这一天还不能带枪，人家这是喜事，你带枪进来不像话。张大财主明白土匪的规矩，酒菜都没预备，把大烟枪递过来让迟黑子"啃草"，也就是抽大烟。土匪中很少有人不抽大烟，地主大户为了不让土匪来砸窑，甚至单开出几亩地，常年给土匪种大烟。迟黑子边抽大烟，边跟张财主唠嗑儿，忽听外边有脚步声，他是惯匪，一耳朵就听出来的人不少，立即踹开后窗户，飞身一跃而出，没想到后边也有保安队，十来个人一拥而上把迟黑子摁地上了。张大财主吓坏了，急忙跑出来说情，想扯个谎替迟黑子遮掩过去。结果一出来还没等开口，脸上已经挨了一枪托。保安队知道迟黑子本领不小，担心摁不住他，当下有人拔出刀子，不由分说挑断了他的脚筋，连夜将人押进牢房。转天一早捆成五花大绑，插上招子打在一辆木车上，推出去游街示众，到十字路口执行枪决，人头砍下来交给保安队长邀功，尸身扔在乱葬岗喂了野狗。可怜迟黑子响当当的一条汉子，就这么身首异处、死于非命了。

6

马殿臣让人把四月红抓上山来拷打，很快问出了前因后果，原来血蘑菇几次三番被马殿臣追杀，心知大当家的和马殿臣肯定不会放过他，这样下去迟早死在他们手里，不如主动出手，总好过坐以待毙，眉头一皱计上心来，就把迟黑子猫冬的底细透露给了占东岗，这才导致迟黑子被点了炮。马殿臣恨得牙根儿痒痒，立下毒誓要给迟黑子报仇，这些个仇人谁都跑不了！

无奈占东岗早已躲了起来，保安队在县城里，不敢轻举妄动，怕惊了官面儿上的人。绺子里有人提议先把四月红的人头砍下来，出一口恶气，众人纷纷拍手称好。没想到马殿臣喝住了众人："弟兄们，咱的仇人可不止这个小娘们儿，血蘑菇、占东岗、保安队队长都是咱的冤家对头，容我三天，我必定把这几个狗崽子抓上山，到时候连同那小娘们儿，一同绑到大当家的灵位前开膛摘心。"说罢分开众人转身就走。一众土匪赶紧劝阻马殿臣，让他别逞一时之勇，此事还得从长计议。马殿臣不是听劝的，大踏步出了聚义分赃厅，翻身上马扬长而去。血蘑菇行踪不定，一时半会儿不好逮，占东岗和保安队队长却跑不了。马殿臣并非有勇无谋之辈，出其不意将这二人生擒活捉。三天之后，马殿臣带领一众土匪，把四月红、占东岗、保安队队长三人押至迟黑子灵位前，扒光衣服绑在三个大木架子上，一刀一刀把这三人剐了，割下一块肉来吃一块，最后割下人头、挖出心肝，摆在灵位前当供品，给迟黑子报了仇。

四梁八柱和一众崽子见马殿臣智勇双全，都推举他挑大旗，认作了大当家的，从今往后就听他的了，带着兄弟们接着干。马殿臣从此做了绺子里的顶天梁，把《神鹰图》挂在聚义厅当中，从此鹰助人势、人借鹰威，挑号"鹰王马殿臣"，成了啸聚山林的土匪头子。他命手下兄弟继续追查血蘑菇的去向，又定下"杀富济贫，替天行道"八个字的匪规，专砸"红窑"，不论得了多少钱粮，必定分出一半给穷苦人。什么叫"红窑"呢？有一些为富不仁的地主老财，仗着有钱有势，养的炮手多，又勾结官府，在大院门楼上高挂一面红旗子，这意思是告诉山上的胡子"我这儿要枪有枪、要人有人，还和官府有来往，谁也别来惹我"！有胆子在门楼上高挑红旗子的大地主，无不是地方上的豪族，一家子几十上百口人，家里边金银财宝攒得顶盖肥，当然会想方设法抵御土匪。首先来说，院墙比一般地主大院高得多，一水儿的砖墙，磨砖对缝、平整光滑，轻易抠不开。院墙上还有带炮孔的碉楼，最少的是四个，东、南、西、北四角各占一个，甚至还有土炮。窑里头养的炮手和棒子手没有一百也够五十，院子周围平坦开阔，壕沟都有三道，真可以说易守难攻，土匪来得再多也打不进去。

不过马殿臣也不是一般人，有胆有识脑子也好使，经常扮成戏班子混进去。以前地主老财家有个什么红白喜寿，必定请班子搭台唱戏，马殿臣怀揣利刃，带上几个手下打扮成戏子，趁机混进去里应外合，半夜打开大门，让外头的土匪冲进来，连抢东西带杀人，放起一把大火扬长而去。他用这个法子，接连血洗了好几个红窑，声名远播。马殿臣砸窑的这一招儿好使，别的土匪却干不了，因为不会唱戏。而马殿臣打年轻的时候开始，吃喝嫖赌抽都不好，单爱听戏。后来上山落草当了土匪，一旦听说什么地方来了哪个名角，宁可乔装改扮也得冒死下山，戏瘾真不是一般的大，自己也愿意唱两嗓子，置办了全套的戏箱龙套，从行头到刀枪把子应有尽有。马殿臣当过兵练过武，擅长武生戏，《长坂坡》的赵云、《狮子楼》的武松、《连环套》的黄天霸、《挑滑车》的高宠，他都来得了，手眼身法步、踢枪翻跟头，一招一式有板有眼，再加上扮相好，双肩宽、背膀厚，扇子面的身材，穿上蟒、扎上靠、绑好了背旗，头顶上两根插天的雉鸡翎，一开口嗓门儿又豁亮，如果没有落草为寇，保不齐真能成了角儿。

常言说"人有失手，马有失蹄"。有一次二道沟许大地主纳妾，放出信儿来要请戏班子热闹热闹。这次跟以往不同，准备多找几个戏班子，歇人不歇台，唱上三天三夜大戏。马殿臣早惦记砸这个"许家窑"，想用老法子混进去抢许大地主家的粮仓。手下兄弟劝他别去：

"许大地主良田千顷、家财万贯，那是当地最有钱的人，粮仓堆得冒尖儿，家里养的炮手全有甩手打雁的枪法，许家姑爷又在省城警察厅当官，有钱、有枪、有势力。况且那厮诡计多端，出了名的阴险狡诈，咱可别上了人家的当！"马殿臣耳根子硬，不信那一套，怎么劝也拦不住，非去不可，背上宝画《神鹰图》，扮成唱戏的混进了许家大院。自从马殿臣当了匪首，下山砸窑必定带上《神鹰图》，总觉得有这幅宝画在身，便有使不完的威风。

"许家窑"占了半座山，院墙跟城墙似的，上头宽得能跑马，墙壁外围密密匝匝一圈炮孔，四个角上起了碉楼，门口高插红旗，三步一岗、五步一哨，炮手、棒子手不下一百多人，戒备十分森严。马殿臣想等天黑再动手，怎知刚进许家窑，头上便挨了一闷棍，众炮手冲上来，黑压压的枪口已经顶住了脑袋，有人掏出牛筋绳子，抹肩头、拢二背，将马殿臣捆了一个寒鸦赴水、四马倒攒蹄儿。

原来又是血蘑菇报的信，他跟许大地主勾结官府设计擒拿匪首马殿臣，事先早有布置，四处都是伏兵。马殿臣一时大意，让人家来了个关门打狗，身上带的枪和宝画全让人家缴了。血蘑菇一看可逮住马殿臣了，这几年真让马殿臣把他追怕了，怂恿许大地主立刻把马殿臣的脑袋砍下来，再拿人头去领悬赏，以免留下后患。可是好不容易活捉到一个有字号的大土匪头子，上上下下都等着邀功请赏，又有官府派过来的人，许家也不能自作主张，便将马殿臣打个半死，装到大车里连夜押送省城。

到得公堂之上，按规矩免不了三推六问，过一遍热堂取了口供，按律断了马殿臣一个枪决。下在深牢大狱之中，准备等到秋后推到市集之上行刑，让老百姓都看看这大土匪头子的下场，到时要给马殿臣五花大绑——都说"五花大绑"，究竟是哪"五花"？一条绳子由打脖子开始绑，脖子上一个花，两个肩头上两个花，两个胳膊肘儿上两个花，这为"五花"——插上招子游街示众，然后再枪毙，起到杀一儆百的作用。

官府将马殿臣关在死牢之中，天天给他好吃好喝，那是为了等到枪毙游街之时，匪首脸上的气色不至于太难看。要不然饿得半死不活、斜腰拉胯，你挨个儿告诉老百姓这是有字号的土匪头子"打得好"，怕也没人相信。因此一天两顿，有酒有肉，肥鸡、烧鹅换着样儿的来，管牢的牢头儿也不难为他。

死牢中关的不只马殿臣一个人，还有别的死囚，杀人抵命、含冤受屈的都有，他们可没这么好的待遇，动不动便要挨一顿狠揍，三五天才给半块窝头，一个个衣不遮体、皮包骨头，饿得都跟鬼似的。想吃肉也并非没有，但是见了肉就离死不远了。按以往的旧制，上法场处决之前才给肉吃，这是官的，不用犯人掏钱。一碗米饭上边一片白肉，筷子竖插在饭上，如同一个香炉，肉也不给煮熟了，仅在开水中过一下；有饭有肉还有酒，酒不是什么好酒，一口下去呛得直咳嗽。打从宋太祖赵匡胤开始，官家处决一个死囚，都会拨一两二钱银子，一直有这个规矩。一两二钱银子也不少了，最早是六大碗、八大碗，鸡鸭鱼肉、烧黄二酒，够死囚足吃足喝。不过到后来越给越少，再加上层层扒皮克扣，端到死囚面前的只有一碗米饭、一片肉，外加一碗水酒，一般情况下到了这个时候，再好吃的东西也没人吃得下去，当差的可不理会那么多，拿起肉来往犯人嘴边一抹，这就是吃了，酒往脸上一泼，再把碗摔在地上，必须摔得粉碎，否则当天杀人不会顺利。吃过饭喝过酒，两个当差的左右一架，直接拖出去枪毙。因此这些犯人都跟饿死鬼一样，瞪眼看马殿臣吃肉喝酒，一个个眼馋得要命，纷纷跪地磕头口称爷爷，哀求他分一口。

马殿臣虽然有不少手下，奈何省城有军队驻防，当时的土匪连地主大院都不容易打进去，又怎敢进攻省城？马殿臣自知难逃一死，没心思理会旁人，吃饱了倒头便睡，听到别人求他，连眼皮子也懒得抬一抬。他倒不在乎掉脑袋，从当土匪那天开始，脑袋就别在裤腰带上了，早知道有这么一天。可他没想到大牢之中，竟会有一个人不是人鬼不是鬼的怪物！

7

且说鹰王马殿臣待在牢房中等待枪毙，见大牢中关了个人，与其说是人，不如说是个妖怪，两只手长反了，左胳膊长右手，右胳膊长左手，手心朝外，手背朝内。从狱卒到死囚，谁也不把这个怪物当人看，谁见了谁打，路过也得踹上两脚。

这个人长得也招人厌，獐头鼠目、眼神猥琐，蜷缩在墙角，身上破衣烂衫，脏得和地皮一样，瘦得只剩一把骨头。别人打他也不还手，骂他也不还口，不给他东西吃，便去捉墙缝里的虫子和老鼠，活生生往嘴里塞，嚼吧嚼吧就往肚子里咽。

马殿臣也是个苦出身，别看杀人如麻，却最见不得苦命之人，看此人实在可怜，跟别的囚犯一打听，得知这个人没名没姓，别人管他叫"土头陀"。东北民间传说中黄鼠狼子变成人是"土头陀"。听说他刚一落地的时候，爹娘看生下来一个怪物，不敢留在家里招灾，摁水缸里淹死又下不去手，趁半夜扔到了坟地。也是命大没让野狗吃了，却被一个偷坟盗墓的老贼捡到，抱回家当了徒弟。

　　土头陀自从会走路，到处跟他师傅钻坟洞子，打小穿的衣服，都是在古墓里殉葬的童男童女身上扒下来的。十来岁的时候师傅去世留下他一个人，他便从不跟任何人打交道，常年住在古墓山坟之中。人们也怕他，见了他都以为见了妖怪，有多远躲多远，避之唯恐不及。后来有个跑江湖卖艺的路过坟地，刚好看到土头陀从坟洞中钻出来，也被吓得不轻，以为不是野人便是僵尸，躲到坟后看了半天。看了一阵子瞧出这是个畸形的怪人，于是设法将土头陀捉住，逼他吃下哑药又戳聋了耳朵，套上锁链到处招人来看，借机敛财。平时关在牲口棚里，衣服也不给穿，有一天绑缚不紧，土头陀从牲口棚里脱身出来，三更半夜跳到炕上生生咬断了卖艺的脖子，又掐死了他全家良贱，满脸是血出逃在外。土头陀从小在坟里长大，没人教过他杀人偿命的道理，转天在街市上到处乱走想找口吃的，结果很快让官府拿住。虽然江湖艺人乃咎由自取，但是其家人皆属无辜，查明之后往上边一报，也断了个枪决，打在大牢中好几个月了，只等秋后枪毙。

　　马殿臣听了更觉得土头陀也是个命苦之人，告诉其余犯人别再难为这个怪人。他是待决的死囚，又是心狠手辣的匪首，在牢里说一不二，说出来的话没人敢不听，也就没人再像先前一样欺负土头陀了。从此马殿臣不管吃什么，都给土头陀分一半，可是土头陀怪里怪气，给他吃他就吃，吃完也没个好脸，还是那半死不拉活的样子。

　　其余囚犯看在眼里，无不暗骂马殿臣是个傻瓜：你将肥鸡、烧鹅扔给狗子吃，狗子还会朝你摇摇尾巴，给这个人不人鬼不鬼的土头陀有什么好处？马殿臣一时怜悯土头陀，觉得同是押在牢中的待死之人，何曾指望有什么回报，因此也并不在意，照样给这个怪物吃喝。

怎知这又聋又哑的土头陀擅会掏洞，偷偷在牢房地下掏出个窟窿，平时用草席子盖上，神也不知鬼也不觉。枪决的前一天夜里，土头陀带着马殿臣从地洞里逃了出去。过去的贼讲究上天入地，老话儿说"做贼剜窟窿"，在墙上打洞叫"开桃园"，纵然是门户森严的深宅大院，土贼从墙上扣下几块砖就能钻进去，最可气的是偷完东西出来还给你填好了，一点儿痕迹都不留。掘坟盗墓的俗称"土耗子"，可见掏洞的手段非常之高，土头陀正是此等人。

马殿臣两世为人又惊又喜，本以为这次是在劫难逃要吃瓢子了，万没想到土头陀有这等本事。他和土头陀逃出来，搓土为炉、插草为香，指天指地拜了把子。二人躲过追兵，原想遁入深山老林，马殿臣却忍不下这口气。那姓许的险些害了自己的性命，还抢走宝画《神鹰图》，这是一天二地仇，三江四海恨，便连夜上山拉绺子，说什么也要砸了许家窑。怎知上山一看，一个人也没有了。原来马殿臣落在官府手上这几个月，绺子群龙无首起了内讧。众匪本是落草为寇的乌合之众，有迟黑子、马殿臣这样的大当家在，那是"一鸟入林，百鸟压音"，然而没了大当家的，众匪谁也不服谁，四梁八柱作鸟兽之散，或带人马另立山头，或到别的绺子靠窑，也有仨一帮俩一伙去挂柱的，其余的死走逃亡各安天命。

前文书交代过，许家大院是个"红窑"，门口上插红旗，摆明了告诉你，不怕胡子砸窑；况且还是座"响窑"，家里的长枪短枪多了去了；也是一座"连环窑"，三环套月的院子，一进进屋宇连绵。马殿臣一个人赤手空拳，身边仅有一个土头陀，如何报得了仇？君子报仇十年不晚，马殿臣可不是君子，而是杀人不眨眼的土匪，要报仇也得趁早，等不得那么许久。他和土头陀一商量，二人一拍即合，决定单枪匹马独闯许家窑！

当然不能硬闯，许家窑墙高壕深，一众炮手、棒子手在墙头往来巡逻，守得铁桶一般，周围尽是一眼望不到头的庄稼地，如何近得了前？马殿臣并非有勇无谋之辈，他带上土头陀摸到许家窑附近，先躲在庄稼地里观看形势，只见那许家窑白天也是大门紧闭、戒备森严。入夜之后，周围院墙上挂起一串串蜈蚣灯笼，照得如同白昼一般，鸟也飞不进去一只。这却难不住土头陀，二人白天躲在远处，夜里钻进庄稼地，凭土头陀一双反生的肉掌，愣是挖开一条地道，天亮再遮好了洞口躲到山上。用了一个月左右，土头陀将一条地道弯弯绕绕打进了许家窑，这可不是他手艺不行，因为以前的地主大院都有暗道，万一有土匪攻进来，主家可以从暗道逃命，土头陀必须绕开暗道，以免被许家窑中的炮手发觉。

地道打通的那天，土头陀又去远处偷来两只烧鸡、几个肉包子，外带一坛烧刀子，二人吃到十分醉饱，马殿臣拿过那几个包子，塞进去几缕死人头发，又用一张油纸裹好揣在怀中，准备周全了打手势告诉土头陀："你在这里等我，天亮还不见我回来，你扭头便走。"

说话间天已经黑透了，马殿臣把周身上下收拾得紧趁利落，端起酒坛子掂了掂，晃晃荡荡还有这么四两半斤的，仰起脖子一饮而尽。此时乌云遮月、朔风凛凛，正是月黑杀人夜、风高放火天！当即拎上一柄柴刀跳入地道，一路摸进许家大院。马殿臣进过一次许家窑，但是没往深处走就被砸倒了，并不知道里边的地形。许家窑周边有蜈蚣灯笼照如白昼，里边却没这么亮。马殿臣出了地道，来到一个小院当中，正在四下观瞧，角门突然开了，探进来一个脑袋，鬼鬼祟祟往院中张望。马殿臣今天是杀人来的，只要是许家窑里的人，有一个是一个，见一个杀一个，于是一个虎步抢上前去，不由分说手起刀落，一刀劈在对方头顶，打开角门的那位还没明白过来，已然横尸在地。马殿臣推开角门走出去，将死尸拖至一旁，凑近了一看，见此人是个炮手打扮，摸了摸身上没带枪，只挎了一口腰刀。马殿臣按雁翅、推绷簧，拔刀出鞘握在手中，虽不是削铁如泥的利刃，可比他的砍柴刀称手多了。正当此时，角门里又有人说话，听上去是个女子，岁数不大，轻声招呼道："老四，老四，傻站那儿干啥呢？还不麻利儿进来？"

马殿臣也在地主大院当过炮头，通达人情知晓世故，什么事没见过？一听这淫声浪语，多半是许大地主的小妾半夜里偷汉子，甫问，横尸在此的这个炮手正是奸夫，今天这对奸夫淫妇一个也跑不了。马殿臣心道一声：却让你认得我！当即掩刀而入，见一个妖妖娆娆的女子倚在屋门前张望，马殿臣一个箭步蹿上去，一手捂住这个女子的嘴，另一只手把钢刀往她脖子上一架，低声喝道："敢叫一声，让你人头落地。"那个女子吓得抖成一团。马殿臣料她不敢声张，这才放开手，一把推进屋内。那个女子跪下连连求饶："好汉爷饶命！好汉爷饶命！"马殿臣低声问道："饶你性命不难，你与我如实说，你是何人？"女子颤声答道："我是老爷的一个妾……"马殿臣又问："许大地主在哪屋？家中一共几口人？分别住在什么地方？周围有多少炮手、几条狗？"小妾为了活命不敢稍有隐瞒，一口气把知道的全说了。她这个院子是跨院，许大地主不是天天来，平日和地主婆子老两口住在正院的上房，那是个连三间的屋子，一明两暗，明的是厅堂，左边那间是吃饭的屋子，右边间是卧房，许大地主两口子有个使唤丫鬟，通宵在正厅伺候。正院东西两边有厢房，东厢房住的大少爷两口子和一个小丫鬟，西厢房里住的二少爷两口子和一个小丫鬟，门口还有这么一间屋子，住了两个下人，是火工两口子，专给这个院子烧火炕。正院后头还有一进院子，那是钱库，银洋、钱钞、地契之类许家窖值钱的东西都锁在里头。屋子是双层虎墙，三道将军不下马的大锁，用三把钥匙才打得开，许大地主脖子上挂两把，他老婆脖子上挂一把，别人谁也进不去。正院两边的左右跨院，这边住了许大地主纳的这个妾，另一边是粮仓。许大地主疑心太重，炮手都在围墙上守夜，平时不让他们进内宅，库房门口只有两条恶狗。许大地主有个雷打不动的习惯，夜里三更前后必须去一趟后边的银库，打开屋门，看见库门三道大锁好端端的，这才睡得安稳。小妾说完又求马殿臣饶命，磕头如同捣蒜。

马殿臣点了点头："原来如此，却饶你不得！"一刀将这个小妾穿了膛捅死在地，踹开死尸拔出刀来，在鞋底子上抹去血迹，又从屋中出来，蹑手蹑脚上了钱库屋顶。下边这个院子不大，仅有一间屋子，门口这两条大黑狗发觉屋顶上有人，伸脖龇牙正要狂吠，马殿臣忙从怀中掏出肉包子扔下去。狗子闻得香便吃，吞下去才发觉上了当，包子馅儿中有一缕缕的死人头发，卡在喉咙中上不去下不来，干张嘴叫不出声。马殿臣从屋顶上下来，一刀一个劈死了两条恶狗，又拖到一旁藏好。等到三更前后，"吱呀呀"一声后院的门开了，打门外走进一位，只生得肥头大耳、满脸的横丝肉，大光脑袋没有脖子，好似一个横放的冬瓜，身上穿一件土黄色的棉袍，手提一盏灯笼。马殿臣借灯光观瞧，来者并非旁人，正是他的仇人许大地主！

书中代言，许大地主的钱库屋子套屋子，里外两层墙壁，非常坚固，关外称为"虎墙"，大门上一把大锁，打开才是库门，上扣三把将军不下马的大铜锁。许大地主多年以来有个习惯，半夜三更必定起夜出来一趟，打开后边的屋门，看见钱库上三把大锁没动过，钱库看看，否则睡不踏实，这是雷打不动的，天上下刀子也得头顶锅出来。当天照例来到后院，见库门前的两条狗没了，没等他明白过来，躲在一旁的马殿臣已经到了，一刀将许大地主砍翻在地，又踏住了割下人头。许大地主的老婆听见后边有响动，担心黑灯瞎火的许大地主摔倒了，让丫鬟提上灯来后边看看。主仆二人推开门，但见许大地主全身是血，尸首两分，旁边还站了一个，手提一口刀，身上、脸上、刀上全是血，如同天降的杀神一般，惊得地主婆子和那个丫鬟呆住了，张开口叫不出声，定在当场。马殿臣一声不吭，一刀一个把这两人也砍死了，伸手在尸身上一摸，果不其然，银库钥匙在许大地主两口子身上。他杀红了眼，觉得这个仇还没出痛快，心中暗道：一不做二不休，杀一个是杀，杀一百个也是杀！

8

马殿臣一个念头转上来，揣好钱库钥匙，拎刀进了正院，先奔住在前边的火工和老妈子下手，因为这两口子是烧火炕的，半夜不能睡觉，比如东家半夜起来喝水，老妈子得随时把热茶端上去，等火工把炉子捅开再烧水可来不及。马殿臣怕这二人有所发觉，引来外边的炮手，于是悄悄推门，见火工和老妈子猫腰撅腚，忙于往灶膛中添柴烧水，口中还在不住地抱怨。马殿臣从身后捅了这二人一个透心凉，转身出来摸进东厢房。东边是大少爷两口子住的地方，同样一明两暗，只不过小上几分。马殿臣一脚踏进厅堂，但见一个丫鬟坐在小凳子上打盹儿，没二话上前一刀劈了，抬腿进了卧房。大少爷和大少奶奶睡在炕上，听见进来人了，迷迷糊糊骂了几句，睁开眼看见一个手持利刃的血人站在面前，吓得只会在被窝中哆嗦了。马殿臣冲上来揭开被子，对这两口子左一刀右一刀，捅了这么十来刀，一刀下去就是一个血窟窿，仍觉得不解恨，一刀接一刀使出了全身的力气，红了眼撒了狠，却忘了这两个人身下是砖垒的火炕，捅到后来捅不动了，借灯笼光亮一照，刀尖折断，刃口也卷了。马殿臣见火炕上的两个人均已死透，放下钢刀走出来，想起对面还有许家窑二少爷两口子，当下推门而入。二少爷两口子常年抽大烟，成天云里来雾里去，手底下这个丫鬟也是倒了霉，整日里上上下下伺候这两口子，比谁的活儿都多，此时早已趴在桌上睡得昏天黑地，外边打雷也听不见。直到马殿臣推开屋门，丫鬟才迷迷糊糊揉了揉眼，问了声："是谁？"马殿臣不等丫鬟起来，飞起一脚踹过去，正踹在她小肚子上，他这个脚劲儿，连山墙都能踹塌了，可怜这个丫鬟，口吐鲜血死于非命。屋里二少爷听见响动，可也懒得起来，躺在炕上哑着嗓子问了一句："整啥呢？"马殿臣闪身进屋，垫步拧腰蹿上火炕，跨在二少爷和二少奶奶身上，一手一个掐住了脖子，两个大烟鬼如何挣扎得开，眼珠子瞪出血来了也发不得声，让马殿臣活活掐死在了炕上。

马殿臣一连在许家窑杀了十三条人命。擦了擦满脸的血污，刚才全凭一口气顶着，此时人也杀了，仇也报了，才觉得身上散了架，两条腿也软了，扶墙坐下喘了几口粗气，又挣扎起来到了后院钱库，摸出钥匙打开库门，见宝画《神鹰图》正挂在金库当中，当即摘下来卷好了画揣在怀中，又选上等金珠收成一包背在身后。再去到粮库，但见仓中五谷堆积成山，一不做二不休，撇下灯笼放了一把火，眨眼之间火光冲天，风借火势、火助风威，火头越烧越大，整个许家窑乱成一团，炮手、佃户、牲口把式纷纷出来救火。马殿臣趁乱钻入地道，会合了土头陀，逃得不知去向。

马殿臣不仅从死牢中逃脱，还打地道摸进许家窑，不分良贱杀死一十三条人命，卷走价值十万银元的金珠，惊动了整个东三省，从来没出过这么大的案子。官府开出花红[1]悬赏，派人四处捉拿马殿臣。然而马殿臣报完了仇，同土头陀二人逃进深山老林，从此下落不明。过了几年再从山里出来，可不再是当年的土匪马殿臣了，改了名换了姓，变成了地方上首屈一指的巨富。在山下买房置地、娶妻生子，又把当年一同落草为寇的弟兄们暗中找回来，大小买卖开了不少，真可以说是平地一声雷陡然而富，转眼富家翁。有人说马殿臣是挖坟掘墓发了横财，关外是龙脉所在，各朝各代的大墓有的是，别说是哪个皇上的陵寝，王公将相的坟挖开几个也了不得；可也有人说马殿臣虽然心黑手狠、杀人如麻，骨子里却还有几分侠义，不会做挖坟掘墓的缺德事儿，他是在深山中得了异人传授，可以点石成金。反正众说纷纭，怎么说的都有。其实是土头陀会看风水，能观草木枯荣，辨别山中金脉走势，他知恩图报，指点马殿臣到山里挖金，一挖一个准儿，那可真是发了大财。

不过改名换姓，瞒得了三年两载，却瞒不了一辈子，何况树大招风，眼红心热气迷了心窍的大有人在，终于有人报官告发，说"金王"是以前的土匪头子马殿臣。据说这告密的不是旁人，又是马殿臣的死对头血蘑菇。马殿臣自己也明白，钱财太多招人眼目，况且身上背的人命多如牛毛，黑白两道全盯着他，无论是官家还是土匪，落到谁手

---

[1] 花红：此处指通缉的悬赏告示。

里也得不了好。

　　一次他同土头陀进山堪舆，无意中找到一个天坑，马殿臣一看这确实是个隐秘的所在，要不是自己碰上了，根本不可能有人能找得着，真是天助我也，将此处留作后路，便可过安稳日子了。他神不知鬼不觉偷天换日，在地底造了一座大宅子，规模雄伟，百十人住也是敞敞亮亮，人只要有了钱，没有干不成的事儿。等宅子建好了，马殿臣将毕生所攒下的财宝，全部埋在大宅之中。门上画蜈蚣做门神，是因为蜈蚣能守财，挖金之人皆拜蜈蚣。见风声太紧，黑白两道都惦记他，日防夜防的也不是长久之计，保不齐哪天就被下了黑手，在外头混不下去了，马殿臣便带领心腹手下和几房妻小，躲到了天坑大宅之中，在这儿过上日子了。大宅里仓廪中屯有粮食，吃上个三五年也不成问题，加之在外围开荒耕种，又有了收成，完全可以做到自给自足。原始森林中的天坑十分隐蔽，知道位置的外人，一个不留也全被马匪杀了灭口。听说马殿臣当年留下一句话——谁也别想找到他的金子，除非宝画中的神鹰再出来！后来日军占领了东三省，血蘑菇投靠了伪满，以剿灭马匪的名义，多次带讨伐队进山搜寻天坑，实际上是为了找寻天坑大宅中的金子，无奈找不到路，均是无功而返。相传"金王"马殿臣，为了躲避剿捕，切断了下到天坑底部的道路，又用树木枯枝遮挡了洞口，上边盖满落叶，从那往后，神仙也找不到这个地方了。

第八章
跳庙破关

1

　　前文书说到马殿臣结拜了土头陀，逃出省城大牢，一不做二不休血洗许家窑，不分良贱杀了一十三条人命，取回《神鹰图》，这一件大案在东三省之内可以说绝无仅有，由于风声太紧，只好躲入深山老林，在土头陀的指点下挖金脉发了大财，出来之后隐姓埋名成了关外的金王。无奈纸里包不住火，金子太多也实在招人眼目，黑白两道都打他的主意，于是带上一辈子积累的财宝，以及全家妻小和一众手下，遁入天坑避世。天坑中的大宅相当于一个土匪窝，乃是马殿臣及其手下土匪的窟巢。据说马殿臣当年为了躲避关东军的讨伐部队，在深山老林的天坑里造了这么一座大宅，从此再没出去过。直到全国解放，各地剿灭残匪，这伙土匪仍是踪迹全无，好像全部消失了。按照常理来说，绝不可能躲这么多年不露一点儿踪迹，由于一直没人知道马殿臣这路土匪的去向，就此成了一桩悬案。一时间谣言四起，怎么说的都有，有人信有人不信，但是马匪及其财宝的下落至今不明。

二鼻子将他听来的传闻，从头到尾讲了一遍，前边绘声绘色说得很详细，然而马匪躲进天坑之后的情形，那就没人知道了，完全是外边的人胡猜乱想。其实"马殿臣三闯关东"这段事迹，经过说书的添油加醋、胡乱编纂流传至今，存在大量迷信糟粕以及荒诞离奇的内容。说书的为了挣钱，当然是怎么耸人听闻怎么说，说得越悬乎越好，因此不可尽信。但是马殿臣的生平所为，也可以从中略窥一二：此人祖籍山东泰安，要过饭、当过兵、吃过仓、讹过库，生逢乱世为了寻条活路豁出命去三跑关东，在深山老林中挖过棒槌、当过土匪，后来找到金脉发了大财，在天坑中造了一座大宅，并在其中避世隐居再没出去过。二鼻子兄妹和张保庆进山放鹰逮狐狸遇险，无意中掉入天坑，见到大宅前门画有蜈蚣做门神，夯土高墙上遍布炮孔，方才知道真有这么个地方，但是大门紧闭、人迹皆无，几十年前躲进天坑中的马匪，活不见人，死不见尸。

二鼻子口上说不迷信鬼神，却是土生土长，对深山老林之中的鬼狐仙怪多少有几分忌惮，尤其是这天坑中的土匪窝子，因为打小听马殿臣三闯关东的传说，那可不仅是杀人如麻的土匪，还是关外首屈一指的金王。当初家大人吓唬孩子，都习惯借马殿臣的名号，比如孩子调皮不听话，家里大人便说："再不听话让马殿臣把你抓上山去剁成馅儿，包人肉饺子！"孩子立马就老实了，再也不敢哭闹，真可谓闻其名小儿不敢夜啼，说是谈虎色变也不为过。二鼻子也是听马殿臣的名头长大的，说不怵头那绝对是假的，只是不肯在张保庆面前示弱，嘴上逞强而已。

菜瓜同样也是害怕，不住地转头望向四周，东瞧瞧西看看，担心大宅中的马匪突然出来。

张保庆听二鼻子添油加醋讲了马殿臣的故事，也不由得心惊肉跳。不过转念一想，又觉得没什么可怕，大屋中的灰尘积了近乎一指厚，显然是座荒宅，当年躲在此处的马匪，可能在很久之前已经离开了。这地方虽然有吃有喝，那也是不见天日、与世隔绝，待上三五个月或许还成，时间长了谁也受不了，肯定不会待在这儿一辈子，躲过风头之后隐姓埋名远走高飞，当然没人找得到他们，因此只留下这座空无一人的大宅。另有一种可能，马匪全死在大宅之中。张保庆他们仨还没顾得上往里边走，门房中没有尸骸，并不能说明整座宅子里都没有。如果马匪尽数毙命于此，那么马殿臣挖金脉所得的财宝，是不是也还放在大宅中没动？张保庆念及此处，不由得眼前一亮。

二鼻子明白张保庆起了贪念，金王马殿臣的传说虽然挺吓人，不过以眼前来看，显然已是人死宅空，除了他们仨再没别人了。据说土匪马殿臣埋在天坑大宅中的金子堆积如山，不仅有金砖、金条、金镏子，连金马驹子也不出奇，你想到想不到的那是应有尽有。种种传说有根有据，有鼻子有眼儿，就跟有谁亲眼看见似的，这些年不知有多少憋着发财的人来找过。如今他们三个人大难不死，误打误撞来到了马殿臣埋金的天坑大宅，富贵当前，又岂能不动一念？甭说多了，顺手摸上两根金条，那也足够使上半辈子，只不过心里边犯嘀咕，这天坑洞口覆盖的树木已经枯朽，荒宅中积满了灰土，到处受潮发霉，并没有马匪离开的痕迹，这种种迹象，总让人感觉这个地方不大对劲儿。

　　三个人说着话吃完了蘑菇，又把汤喝了一个精光，俗话说得好"汤泡饭，水花花"，这会儿实在饿得狠了，又都是半大小子，菜瓜、二鼻子和张保庆一样，也正是能吃的时候，几块猴头蘑还不够垫底的。张保庆和二鼻子一商量，决定到天坑大宅深处看看。因为高墙巨门，挡不住饥饿的猞猁，此时贸然出去，即使不让猞猁吃掉，也得让风雪冻死，只有先到大宅中搜寻两件防身的家伙再说。门房里的东洋造是彻底不能用了，都已经锈死了，跟烧火棍子没什么分别，大宅之中或许还有别的枪支，运气好的话，或许还可以找到御寒的皮袄。马匪常年在深山老林中趴冰卧雪，穿的皮袄都是上等皮子，尽可以抵挡严寒，再顺便找一找马殿臣留下的财宝。反正是福不是祸，是祸躲不过，既然进来了，那决计要一看究竟，撞上一注横财亦未可知。

　　三个人打定主意，准备去大宅深处一探究竟，屋里虽有油灯，却是油尽灯枯，早已无法使用，二鼻子拆下桌腿儿，缠上破布条子做成三支火把，分给两人，又捡起一柄生锈的柴刀，拎到手中以防万一。张保庆找了根门闩擎在手中，和菜瓜紧跟在二鼻子身后出了门，刚往院子里这么一走，就瞧见高处有忽明忽暗的鬼火。

　　张保庆吓了一跳，以为是大宅中的恶鬼出来作祟。二鼻子瞥了一眼，低声告诉他："可能是猞猁上了屋，它们畏惧火光，不敢下来。"张保庆也看出来了，确实是几只猞猁趴在屋顶。三人不敢在此久留，匆匆往大宅里头走。门房两边分别是东西厢房，当中是堂屋，三步并作两步来至堂屋近前，只见屋门虚掩，里边黑灯瞎火，瞧不见有什么东西。二鼻子壮了壮胆子，上前推开屋门。多少年没打开过的木板门，一推之下发出"吱呀呀"一阵怪响，在一片死寂之中格外刺耳，听得三个人心头一紧，头皮子直发麻，连忙四下张望，生怕引来什么东西，好在并无异状。三人以火把开路，提心吊胆地迈步进去，眼见蛛网密布，堂屋中也是落满了积灰，腐晦之气呛得人透不过气。屋中没有出奇的东西，摆设也很简单。张保庆借火光往后堂一看，当场吃了一惊，两条腿都吓软了，只见后堂无声无息地站了一屋子人，一个挨一个，有男有女，穿红戴绿，面目诡异无比，怎么看也不是活人。好在身后有二鼻子兄妹将他托住，这才没一屁股坐到地上，再仔细一看，后堂之中当真没有一个活的，那全是扎糊的纸人。

张保庆经常吹嘘自己胆大包天，什么都不怕，到这会儿两条腿却也不住发抖，心都提到了嗓子眼儿。您想去吧，阴森漆黑的地底大宅中，站了一屋子十来个纸人，纵然蒙了一层灰尘，可是用火把往前一照，仍能分辨出红裤绿袄，脸上涂脂抹粉，看上去要多吓人有多吓人。

巨宅空屋，深陷在天坑底部，洞口被朽木树叶遮盖，各处均是漆黑一片，屋里又摆放了很多纸人，如同古墓地宫一样阴森诡异。二鼻子兄妹也吓得不轻，呆立在当场说不出话。三个人面面相觑，你瞧瞧我、我看看你，均想问对方："当年躲在大宅中的马匪，全变成了纸人不成？"

2

张保庆听二鼻子讲了一遍"马殿臣三闯关东"，得知天坑中的大宅是马匪窟巢，过去几十年了，不知道这地方还有没有马匪，不过马殿臣乃关外的金王，那些财宝十有八九藏在此处，不免动了贪念，怎么知没找到金子，却撞见一屋子纸人。张保庆见大宅中情形诡异，心惊胆战之余要往后退，奈何两条腿不听使唤，死活掰不开镊子。民间有种说法，纸人不能扎得太像，否则会被孤魂野鬼附上去作祟，到时候烧都烧不掉，裱糊匠手艺再好也不敢把纸人扎得跟活人一样，有个大致轮廓即可，但越是这样越吓人，何况又是在这座死气沉沉的荒宅之中？

三个人大气也不敢出上一口，过了一会儿，发觉那些纸人并不会动，其实纸糊的人也不可能动，这才硬着头皮，瞪大了眼上下打量。就见纸人身上系有布条，分别写了字，男纸人上写的是"甄童子"，女纸人上写的是"陈花姐"，相传此乃黄泉路上提灯接引的童男童女。再往四周观瞧，堂上供了神牌，屋子角落摆了火盆，供桌上是几个大碗，碗里的东西早烂没了，碗壁上仅余一层绿毛。

张保庆恍然大悟："我还当是什么，看来是死了人设下的灵堂，屋里都是烧给阴魂的纸人。"伸手往前一指，自己给自己壮胆说："你们这些个男女，不去下边伺候列位先人，摆在这里吓唬谁？"

二鼻子定了定神，挠头道："这是烧给阴魂的纸人吗？我看倒像是跳庙破关时烧替身用的……"

张保庆是一处不到一处迷，十处不到九不知，不明白烧"替身"是什么意思，谁的替身？马殿臣的替身？

他是有所不知，旧时东北有种很特别的风俗，叫作"跳庙破关"，二鼻子和菜瓜兄妹也没赶上过，只不过有所耳闻，听家里的老人讲过。在以往那个年头，谁家生了孩子，必须先找阴阳先生看命。如果先生看出孩子有来头，比如是在天上给神仙牵马的童子投胎，或是天河里玩耍嬉戏的灵官，那可了不得，这样的孩子平常人家养活不住，却也并非没有破解之法，怎么办呢？等到孩子七岁那年的阴历四月十八，到了这一天，让家大人领去庙里跳墙，提前备下供品，无非是些纸马香烛、点心果品，再扎好穿红戴绿的纸人当作替身，扎得越多越好，给家里的小孩勒上红裤腰带，骑在庙里的长条板凳上。再请来的阴阳先生念念有词，说什么"舅舅不疼姥姥不爱，一巴掌打出庙门外"，说完抬手往孩子头顶上拍三下，扯掉红裤腰带。家大人给了跳墙的钱，立刻带孩子出门往外走，半路不许回头。找个剃头师傅剃个秃头，不是全剃秃了，头顶留下一撮。剃头师傅最愿意接这样的活儿，能比平时多给两三倍的钱。跳了庙、剃了头，等于破去此关，免掉了灾祸，便可以长命百岁。搬进庙里的纸人叫替身，让纸人替小孩上天。按迷信的说法，跳过墙、烧过替身的孩子好养活，有的小孩后脑勺上留个小辫儿，意指留住，也跟"跳墙破关"相似。

二鼻子告诉张保庆和菜瓜："屋中摆放了纸人神位，却没有灵牌和香炉蜡扦，显然不是灵堂，十有八九是烧替身的，金王马殿臣当年躲到此地，身边带了妻妾子女，很可能是马殿臣的儿子到了岁数，那一天要'跳庙破关'，看这情形显然是还没走完过场，替身纸人也没来得及烧……"

张保庆若有所悟，问道："'跳庙破关'许不许换日子？还是必须在那一天？"

二鼻子想了想说："不许换，可丁可卯非得四月十八当天不可。"

张保庆说："那就简单了，土匪头子马殿臣给他儿子'跳庙破关'，是阴历四月十八，想必是在这一天大宅里发生了变故。"

二鼻子不住地点头，不知当天这里出了什么祸事，大宅中的人全消失了。一转眼过去了六十几年，空屋变成了荒宅，大门从内侧紧锁，一切摆设原样不动，屋子里也没有打斗过的痕迹，唯独里面的人凭空不见了，凭他们两人的脑子，实在想象不出当时发生了什么，难道是有催命的阎王、要命的小鬼找上门来全给勾去了？那也不该没有尸首啊！

菜瓜怕这屋里有鬼，总觉得身后冷飕飕的，头发根子直往起竖，见张保庆和二鼻子站在那儿胡乱猜测，说了半天也没说完，心里着急，想尽快找到皮袄，赶紧离开这座大宅。当即往前走了几步，经过摆放神牌的供桌时，突然发觉帷幔下伸出一只手抓住了她的脚脖子。

菜瓜惊出一身冷汗，急忙往后退，嘴里忍不住了，"嗷"的一嗓子叫了出来。她这一咋呼，把那二人也吓得够呛，本就心惊胆战，听到这一声叫唤，险些把魂儿都吓掉了，在原地蹦起老高。张保庆、二鼻子低头一看，但见帷幔下有只干瘪乌黑的人手，几乎跟枯枝一般无二，好像并不会动。

二鼻子说道："老妹儿别怕，不是活人的手！"

摆有纸人的后堂之中黑得伸手不见五指，火把举在手中，照不到脚下，供桌上的帷幔一直垂到地下，里边可能是具死尸，干枯的胳膊伸到外边，刚才菜瓜走过去，好巧不巧一脚蹭到上边，死人手僵硬如钩，正好钩住了菜瓜的裤脚，屋子里又是黑灯瞎火，菜瓜一听二鼻子说不是活人的手，还以为扯住她脚脖子的是鬼，那还了得？脸都吓白了，好悬没晕过去。

张保庆壮起胆子对菜瓜说："妹子没事儿，你哥哥我在这儿呢，谁敢动你，我给他脑袋拧下来！"但只是嘴上发狠，却不敢往前凑。

二鼻子是深山老林中的猎户出身，毕竟比张保庆胆大，一手握住柴刀挑起幔布，另一只手按低火把想往里边看，没想到供桌幔布上积了厚厚一层灰，一挑之下尘土弥漫，呛得人睁不开眼，只好往后闪躲，等到尘埃落定，幔布之下露出一具尸骸，应该是死了很久，头发尚在，皮肉干瘪，完全看不出长什么样了，脑袋上扣了一顶三块瓦的狗皮帽子，身穿鹿皮袄，不知这个人为何躲在供桌下边，又是如何死在此处。

张保庆听二鼻子口中所说的金王马殿臣，是个杀人不眨眼的土匪头子，就算在大牢中等待处决也全不在乎，照样该吃吃该喝喝，吃得饱睡得着，躲在供桌下边的这位会是马殿臣不成？想来他不至于这么尿吧？

二鼻子说："这肯定不是马殿臣，此人两只手长反了，这应该是马殿臣的结拜兄弟土头陀。"左手长右边，右手长左边，按以往迷信之说，这样的人上辈子非奸即恶，被大卸八块拆散了手脚，二辈子投胎做人，阎王爷一疏忽，把他的两只手给安反了，方才变成这样。这当然是胡说八道，不过世上并非没有反手之人，只是这样的畸形人少之又少，马殿臣身边也不可能再有第二个反手之人，所以死在供桌下的这位，必定是土头陀不会错。

张保庆和二鼻子离得老远看了两眼，此人从头到脚都没有刀砍枪打的痕迹，实在看不出到底是怎么死的，难不成是活活吓死的？可据说土头陀一生下来，就被扔在坟地，后来让一个挖坟掘墓的土贼收留，常年住在坟洞古墓里，成天跟死人一块儿睡棺材，身上衣裳都是从死人身上扒下来的，胆量也不是常人可比，得是什么东西才能把他吓死？二人惦记马匪大宅中的财宝，这个念头一起，可就走不动道了，六匹骡子八匹马也拽不回去，对于马殿臣一伙儿的生死下落，原本只是出于好奇，并不想追根究底，也怕找上什么麻烦，那就得不偿失了。

三个人不敢去动土头陀的尸身，将供桌帷幔原样放下来，高抬腿轻落足，蹑手蹑脚退出堂屋，又去东西厢房查看。但是除了堂屋供桌下的土头陀，并没见到别的死尸，也没找到金王马殿臣的财宝。他们翻箱倒柜，找出几件马匪穿的皮袄。衣箱乃樟木所制，撒过防蛀防虫的药粉，因此有股子呛人的怪味儿，张保庆和二鼻子兄妹为了抵御寒风，却也顾不得许多了，一人拎起一件，胡乱穿在身上，从摆放纸人的堂屋里出来，穿门过户往深处摸索，继续找寻天坑大宅中的财宝。

3

金王马殿臣在天坑中所建的大宅，门楼高耸气派，左右两扇门上各画有一个张牙舞爪的大蜈蚣，内里重门叠户，院子一进连着一进，尽头是一座与堂屋规模相当的大屋，造得斗拱飞檐，形似一座庙宇。此时门户洞开，里头黑乎乎的没有光亮，不知是何所在。

张保庆和二鼻子兄妹壮起胆子走进大屋，只见正当中是一张花梨木太师椅，两侧分列杌凳，地上铺有一张虎皮。单从这陈设上看，马殿臣躲进天坑之内仍不改匪气，将此处布置成了"分赃聚义厅"。三人举起火把环视一周，各处均无异状，仅在太师椅后面的墙上高挂一张古画，早已尘埃遍布、蛛网横结，看不出画的什么。张保庆想起二鼻子说的宝画，上前吹去画上的浮土，见画中显出金钩玉爪的白鹰，忙招呼二鼻子兄妹过来。三支火把凑到画前，六只眼睛凝神观瞧。由于年深岁久，又受地底潮气侵蚀，图画已经模糊，不过内中图案仍可辨认，但见画中白鹰立于高崖之巅的一棵古松上，和张保庆的白鹰好似一个模子里刻出来的，威风凛凛、锐不可当，头顶之上风云变幻，气势惊人。再一细看，鹰爪下摁住了一颗披头散发的女人头颅，七窍之中鲜血直淌，看得人后脊梁直冒凉气。

二鼻子没想到马殿臣三闯关东这段传说中的《神鹰图》不仅真有，而且正挂在天坑大宅之中，不由得又惊又喜。因为故老相传，这张《神鹰图》是可以"鼓"的宝画，只有宝画中的神鹰现世，马殿臣的财宝才能够重见天日。不过再仔细一看，估计画中的神鹰出不来了，因为《神鹰图》挂在潮湿幽暗的地底大宅之中几十年之久，画迹已然模糊，又见画中那个可怖的女人头，分明是当年追了马殿臣上千里的女鬼，免不了怕这女鬼也从画中出来。

张保庆伸手摸了摸画中的人头说："哪有什么鬼？我看这个人头明明是当初跟神鹰一同画上去的。"

二鼻子反驳道："你咋知道是当初画上去的？你亲眼瞅见了？"

张保庆心说：你这不抬杠吗？此画不下千百年了，当时有我这么一号人物吗？于是白了二鼻子一眼："我是没瞅见，难道马殿臣用《神鹰图》除鬼的时候让你瞅见了？"

菜瓜一瞧这可倒好，这二人又杠上了，急忙站出来打圆场："你俩别吵吵了行不行？《神鹰图》能不能除鬼不好说，但我看这张画确实有些古怪，还是不动为好。"

二鼻子对鹰爪之下的女鬼心存忌惮，即使这幅《神鹰图》真是一张宝画，他也不敢起贪心、动贪念，谁知道画中的厉鬼能否再出来呢？再者说来，深山老林里除了猎户就是伐木的，当时完全没有古画值钱的意识。张保庆见二鼻子兄妹俩都不动手，当即抬腿上了太师椅，小心翼翼把画摘下来，卷好了背在身后。他也并非财迷，只是觉得画中神鹰与自己那只白鹰极其相似，怎么看怎么喜欢，有心带回去显摆显摆。

二鼻子见张保庆摘下《神鹰图》，还以为他是贪小便宜，真是什么东西都敢拿，真不怕招灾惹祸啊！撇了撇嘴四处寻找马匪的金子。他瞧见聚义厅两边还有侧门，想必后边也有一间后堂，招呼二人穿门而过，绕到后堂发现空空如也，一把椅子都没有，更别提金子了，只是后山墙上开了一个很大的洞口，深处冷风飒然。三个人探出火把往洞口中张望，光照之处都是凿开的岩层，石壁上星星点点似有金光闪耀，其中用木柱做了支撑。

张保庆和二鼻子相顾失色——原来土匪不只躲在天坑里，还在此地找到了金脉，也许是这个洞挖得太深，引出地底的大蜈蚣，大宅里的人全让它吃了！

4

上回书说到张保庆和二鼻子、菜瓜兄妹这三个人，在天坑大宅之中寻找马殿臣的财宝，行至大宅尽头发现了马匪挖金脉的大洞，只是洞道深不见底，不知其中有何鬼怪。至于说他们三个人为什么首先想到蜈蚣而不是别的东西，那也不奇怪，因为之前看见大门上画了蜈蚣门神，免不了先入为主。想来当时的马殿臣已是称雄东北的金王，既然被逼得躲入天坑，为何仍继续挖金洞？躲在这么个不见天日的地方，金子再多又有何用？人的贪念真是无尽无止，金子越多越不嫌多，结果引出了地底的大蜈蚣。

张保庆和二鼻子仔细想了想，又觉得不对，只在堂屋死了一个土头陀，别处却没有任何争斗或逃命留下的痕迹，如果洞中真出来一条蜈蚣，大到能把所有人都吃下去，马匪们个个有枪，又皆为亡命之徒，到得生死关头，绝不可能束手待毙。再说，这世上也不会有如此之大的蜈蚣，长白山最大的蜈蚣不过一尺多长，那就已经了不得了，可以吃人的蜈蚣得有多大？何况还是把所有人都吃进肚子里。如若说危险在洞道深处也不通，住在大宅中的人，可不光是马殿臣和他的手下，还有妻儿老小一大家子人，即使洞道中发生了意外，待在外边的人也不至于全跟进去送死，身子底下有两条腿，发生了这么大的变故，不会跑吗？

二鼻子发财心切，满脑子都是金子，执意要进去找金王的财宝或金脉，哪怕没有狗头金，随便捡到点儿金渣子、金粒子，那也够他这辈子吃香喝辣的，再不用忍饥受冻到老林子里打猎了。打猎是四大穷之一，有钱谁干这个？又苦又累还有危险，一年分四季，季季不好过：春天猫冬的野兽刚出来溜达，身上皮包骨头，打到了也没几两肉；夏天林子里的各种毒虫小咬足以要了人命；秋天百兽膘肥体健，这山跑那山蹿，打猎的腿都追细了也不见得有多少进项；冬天的苦更别提了，天寒地冻，进山打猎如同刀尖舔血，也是把脑袋拴在裤腰带上，死在这林海雪原中的猎人可不在少数。他二鼻子做梦也想过几天游手好闲的日子，吃喝不愁，自由自在，想要什么就有什么，那该多好。这次因祸得福发了横财，好日子可就近在眼前了，因此想都没想，拽上菜瓜一马当先钻进了洞口。

张保庆站在洞口跟前，只觉得阴气逼人，全身寒毛都竖起来了，后脖颈子一阵阵地冒凉气，就好像面对张开大口吃人的妖魔，不由自主地发怵。可他又想起那么句话，"撑死胆大的，饿死胆小的"，别因为一时胆怯不前，错过了马匪的财宝，等他二鼻子捡到狗头金发了横财，自己还不把肠子悔青了？一想到此处，张保庆也来不及再犹豫了，当即横下心，低头钻进了洞道，是死是活听天由命罢了。

三个人手持火把钻进去，却见眼前并非是一条挖金的洞道，行出十几步，洞道走势豁然开阔，深处似乎是一个人为开凿的洞穴，火把的光亮照不到尽头。洞口两边分别摆了一个大缸，得有半人来高。对于二鼻子兄妹和张保庆来说，瓦缸不是出奇的东西，屯子里积酸菜也用这样的大缸，缸沿上用麻绳箍住，一个挨一个挂了一圈狍子皮水囊。

二鼻子围着大缸转了一圈，挠头道："想不到这地方还有两缸酸菜，这可不愁了，咱先填填肚子！"说话间上去掀缸盖。

菜瓜拦住二鼻子说："可别瞎整，马匪咋会在金洞里放两缸酸菜？即便是酸菜，放了好几十年了，那还不把人吃死啊？"

张保庆说："让我看这里边也不可能是酸菜，除非马匪比二鼻子还馋，吃酸菜都等不及回屋，非得在这金洞里吃。"

二鼻子被张保庆抢白了一通，意识到自己的话站不住脚，嘴上却不肯服输："啥都跟你亲眼看见了似的，你咋知道不是酸菜？不是酸菜这缸里头还能是啥？"

张保庆也是胡猜，多半是马匪把人大卸八块放在缸里腌上，胆敢从洞中盗金的都是这个下场。

两个人谁也说服不了谁，都觉得自己说得对，决定打开缸盖一探究竟，瞧瞧里边到底装了什么东西，合力将缸盖揭去，"咣当当"一声大盖子掉到地下，与此同时一阵呛人的酸味弥漫开来，浓重的味道直冲脑门子。

哥儿俩捂住鼻子，抻长了脖子借火光观瞧，缸里晃晃荡荡半下子黑水，既不是死人也不是酸菜，分明是半坛子老陈醋，再揭开另一个缸盖，里面也是多半缸老醋。菜瓜也好奇地凑上前来，三个人大眼瞪小眼看了半天，好似丈二的和尚——摸不着头脑，想破了脑袋也想不明白，马匪挖出的金洞中为何会摆放两缸老醋？

二鼻子一边吸溜着鼻涕一边说："相传马殿臣是山东人，原来山东的也这么能吃醋！"

张保庆也挺纳闷儿，没准马殿臣就喜欢拿大葱蘸醋吃，这马匪的口味都不好说，可也不至于把醋放在金洞之中，出去再喝不成吗？转念一想，如今他仨没粮没水，真要是有两口醋喝，说不定关键时刻可以救命。醋这东西和酒一样，没个坏，只要保存得当，年头越久越醇厚，随即抄起缸沿上的狍子皮水囊，一人一个灌满了带在身边，继而进入前方的洞穴。天坑大宅下的洞穴，约有半个足球场大，洞壁平整异常，挖金的坑道贯穿而过，压低火把往下一照，洞道里是一节节向下的石阶，黑咕隆咚不知还有多深，阵阵阴风扑面而来，吹得火把上的火头乱跳，忽明忽暗煞是诡异。三个人不敢大意，绕洞穴中转了一圈，发现周围凿有壁龛，内嵌七级浮屠。整个洞穴总共九个壁龛，九座宝塔。

张保庆暗暗称奇，马匪大宅下的洞穴中居然有九座宝塔，难不成把这儿当成了佛堂？他用袖子抹去其中一座塔上的积灰，顿觉金光耀眼，闪目观瞧，宝塔乃金砖所砌。当年的关外迷信之俗甚多，相传金子多了会跑，造成宝塔可以镇住。九座七层宝塔，皆为一丈多高，从塔底到塔尖全是金的，让火把的光亮一照，好不动人眼目。三人恍然大悟，马殿臣号称关外金王，他的天坑大宅中却没有半点儿金子，原来造了九座金塔埋在此处！

5

话说张保庆和二鼻子、菜瓜兄妹在后堂屋发现了马匪挖金脉的大洞，决定进入其中一探究竟，见到洞中有九座金塔，明晃晃夺人的二目，别说趁这么多金子，世上又有几个人见过这么多金子？三个人都看傻了，这是真正黄澄澄的金子，九座金塔得用多少金砖？怪不得马殿臣有金王之称，当真是富可敌国，想见是在天坑下找到了大金脉，这么多金子全是从金洞中挖出来的！火光映衬之下，三张脸上都笼罩了一层金色，仿佛痴了一般。过了半晌，二鼻子才想起动手去抠金砖。张保庆见二鼻子先动上手了，他也不肯落后于人，忙将火把交给菜瓜，伸出两只手拼命抠金转。两个人忙乎了半天，金塔纹丝未动，他们头上可都见了汗，好悬没把手指抠断了。

二鼻子贼起飞智，一瞧用手抠不下来，当即拔出柴刀，去撬金砖的缝隙，奈何一时半会儿撬不动，急得他上蹿下跳，眼都红了，恨不得扑上去啃一块金子下来。

正当他们焦躁之际，忽听背后一声嘶吼。三人心中一凛，刚才只顾寻找马匪的金子，没想到要命的冤家尾随而至，急忙转过来头来一看，三五只猞猁已经进了洞穴。

张保庆和菜瓜魂飞天外，大惊之下抡起火把，阻挡扑咬而来的猞猁。二鼻子仍不死心，一边挥动火把驱退猞猁，一边还在跟金砖较劲儿。说起这山中的野兽，二鼻子和菜瓜可比张保庆熟悉多了，深知这群恶兽一路追至此处，绝不会善罢甘休，这洞穴虽大，内部却十分空旷，没有周旋的余地，想和之前一样脱身绝非易事，仅凭手中火把也抵挡不了多久。经历了多少艰险才找到天坑大宅下的九座金塔，哪怕只带出去一块金砖，下半辈子也不愁吃喝了，猞猁偏在此时追到。金子再值钱，那也得有命受用才行，二鼻子眼看到手的横财打了水漂儿，只好咬了咬牙将心一横，猛抢火把击退冲至近前的猞猁，招呼菜瓜和张保庆，跌跌撞撞逃入了深处的金洞。

马匪挖金脉开凿出的洞道内宽外窄，洞口勉强可以容下一个人，猞猁无法一拥而上，最先探进头来的，让二鼻子一柴刀招呼到了面门，在惨叫声中退了出去。狭窄的洞道使火把光亮陡增，其余的猞猁惧怕火光，一时不敢再往洞里钻了。三人方才松了口气，但也知道猞猁必定守在洞口，出去躲不过一死，只好打起精神往金洞深处走，找寻别的出路。漆黑狭窄的洞道两边用木柱做了简单支撑，隔几步放置一盏油灯，均已油尽灯枯，没有一盏点得起来。洞壁凿痕累累、凹凸不平，地底岩层的一道道裂隙从顶部延伸而下，有的宽有的窄，在火光照耀之下，裸露的岩层中金光熠熠，尚有些许残余的岩金，可都是成不了形的金砾子，还不够塞指甲缝的。挖金的马匪当年在洞道中进进出出无数次，不可能还有落下的狗头金，洞道尽头却保不齐仍有些没挖完的金脉，当下加快脚步往前走，越走越觉得这个金洞太深了，似乎永远走不到尽头。

张保庆见火把只能照明身前几步，周围黑得伸手不见五指，隐隐觉得这条路凶多吉少，他不想吓到菜瓜，低声对二鼻子说："生来反手的土头陀没准会妖法，他和马匪分赃不均，借跳庙破关的由头，把马殿臣连同手下诓到这个金洞中，趁机下了杀手，没想到冤魂缠腿，自己也被吓死在了摆放纸人的堂屋，这报应来得也太快了！"

二鼻子说："马殿臣和土头陀的为人，我也只是听说，反正按老辈儿人所言，他们二人是一个头磕到地上的八拜之交，就跟刘关张一样，不求同生，但求同死。况且土匪之间最讲规矩义气，谁敢窝儿里反，大家先得联起手来弄死他。再说土头陀也不会妖法，他是从小跟了个盗墓偷坟的师傅，会看地脉，马殿臣在山里挖出的金子，全凭土头陀指点。你想想，他如果是个贪财的人，又何必将金脉指给旁人？"

张保庆仍有不解之处，又对二鼻子说："有句话之前我就想问，既然土头陀会看风水找金脉，为何还跟他师傅住在坟洞里，衣服都是穿从死人身上扒下来的，那不是吃饱了撑的吗？随便挖一块狗头金出来也够师徒二人过上好日子了啊？"

二鼻子说："那你是有所不知，天下人都知道关外金子多，可是你瞅瞅，咱附近这几个屯子里有谁是淘金的？那是因为淘金比上山打猎险难百倍，尤其是在过去，到老金沟里下苦的人，或是干活儿累死，或是半夜让狼掏了，好不容易挖到金子，下山途中让土匪打了闷棍的也大有人在，枉死的不知有多少，发财的可就那么几个。再者说，会看金不等于找得到金脉，还得有运气。当年土头陀带马殿臣逃出大牢，二人为了躲避官府追捕，一同躲到老林子里，马殿臣是大富大贵的命，这二位凑在一起，合该时运到了，无意当中看到了金草，顺地势挖下去，这才挖出了一条金脉。金子还有河金、山金之分，河金是河沟子里的碎金渣子，山里的金脉则不同，那是山金，挖顺了挖出来的叫狗头金，一个一个的大金疙瘩。马殿臣就是打那时候开始发了横财，从山上下来之后，改名换姓当了几年大财主，不承想被人认了出来，不得已再次躲入深山。此人跟土头陀是结拜弟兄，同过患难，共过富贵，又怎么可能自相残杀？"

两人胡乱猜测了半天，始终不得要领，无法确定大宅中的马匪失踪与挖掘金脉的洞道是否有关，既然想不出个子丑寅卯，只好不再计较了。张保庆一边走一边犯嘀咕，担心往前走有去无回，不觉放慢了脚步，等他再一抬头，已经与二鼻子兄妹拉开了五六步的距离，正想赶上前去，却见洞顶射下一道金光，罩在了二人头上！

6

马匪在天坑下挖出的金洞漆黑阴森，除了三个人手中的火把再没有任何光亮，洞顶却突然射下一道金光，惊得张保庆大叫一声，原地蹦了三尺多高。二鼻子和菜瓜听到张保庆的叫声，也让他吓得不轻，急忙转过身来，随即发觉到头顶上有响动，立即抬头观瞧，见洞顶岩裂中倒爬下一条大蝎子，鞭尾足有成人的手臂粗细，通体皆黑，形同倒悬的琵琶，末端蝎钩呈金色，让火把映得金光乱晃，巴掌大小的一枚蝎子钩，像箭打的一样冲二鼻子刺了下来。

二鼻子身子的反应远比脑子快，下意识举起柴刀挡了一下，只听"噹"的一声脆响，如同金玉相击，撞得二鼻子往后直飞出去，在地上打了两个滚，心中骇异难以言喻：地底下怎么会有如此之大的蝎子？

山里的蝎子有两种较为常见：一种是棕褐色的草蝎子，尾巴是半透明的黄色，个头儿小，最大的超不过二寸，通常待在草棵子里，这样的草蝎子毒性小可以吃。另一种全身乌黑的山蝎子，可以长到一巴掌大小，毒性猛烈，习惯躲在枯树洞或石头下边。二鼻子经常捉草蝎子泡酒，山蝎子却不敢招惹，一不留神被蜇上一下，至少难受上十天半个月。骤然遇上这条一丈来长的金钩蝎子，不由得大惊失色，好在手中有柄柴刀，勉强挡住了倒刺下来的尾钩。从洞顶上倒爬下来大蝎子一下没刺中，又摆尾冲菜瓜而来。菜瓜和二鼻子一样，怕鬼不怕野兽，也会对付蛇蝎。她是手脚利落的猎户，身上穿的马匪皮袄虽显笨拙，应变却是极快，低头一闪避过了蝎子尾钩。眨眼这么一会儿，大蝎子已从洞顶上下来了，刚好落在三个人当中，头朝二鼻子兄妹，尾冲张保庆。三根火把前后一照，蝎子尾钩上金光闪闪。故老相传，金脉穿过的深山古洞中有金蝎，但是非常罕见，这东西周身黑壳如同玄铁，趴在岩裂中与四周融为一体，只有蝎尾上的钩子是金色，光亮亮夺人二目，明闪闪令人胆寒。

张保庆见蝎尾如同一条钢鞭，在眼前晃来晃去，抽到岩壁上啪啪作响，碎石直往下掉，真得说挨上死碰上亡，吓得一屁股坐到了地上。俗话说"蜘蛛有头无有尾，蝎子有尾无有头"，蝎子也不是真的没有头，只是没有脖子不能扭头。金蝎盯住了前边的二鼻子和菜瓜，一时还顾不上张保庆。不过蝎尾上的大钩子可不长眼，甩到哪儿是哪儿。张保庆刚刚挣扎起身，突然一阵劲风扑面，只觉胸前一紧，身上的皮袄让蝎尾钩住了，好在穿得厚实并未伤及皮肉。金蝎发觉尾钩挂住了人，又转不过头去，急得在洞中乱爬。张保庆被蝎尾带得双脚离地，头部撞在石壁上，眼前金星直冒。而在这电光石火的一瞬之间，二鼻子看出金蝎头上有了破绽，怒喝声中一跃而起，倒转手中柴刀，狠狠扎在蝎子头顶。他这一刀使尽了全力，柴刀插入蝎子头部直没至柄。金蝎全身猛地一缩，把尾钩上的张保庆甩了出去。张保庆心说一声"不好"，火把也撒了手，双手抱着脑袋直飞出去，重重落在了二鼻子兄妹面前。菜瓜赶忙扶起张保庆，见他没摔吐了血才把心放下。再看洞中的金蝎，抖了几下便再也不动了。

二鼻子走上前去一只脚踩住蝎子，双手攒劲抽出柴刀，甩掉刀上黏黏糊糊的汁液，又把张保庆刚刚扔掉的火把捡回来递给他，对二人说："这蝎子大得也忒邪乎了，跟个小牛犊子似的，大宅子中的马匪多半是让它给吃了，得亏了它还在猫冬，虽然让咱们惊动了，但一时还没能缓过劲儿来，否则咱仨也得让它嚼吧了！"

张保庆不以为然："天坑大宅中少说也住了百八十口，蝎子能吃得下这么多人？纵然都吃得下，百十来人还能排队等它来吃？"这话一出口，他自己都觉得害怕，脑海中浮现出马匪在金洞中一字排开，一个个被巨蝎吞噬的场面，不由得打了一个冷战。

正当此时，洞中的死蝎子突然动了一动。三个人吓了一跳，同时退开几步，刚才那一柴刀下去，蝎子头都被扎穿了，居然还没死透？只听蝎子背上发出一阵撕裂之声，随即鼓起一个大包。二鼻子举着火把想上前看个究竟，刚迈出半步，忽听得"咔嚓"一声，死蝎子背上开裂，从里面钻出无数小蝎子，团团簇簇、密密麻麻，潮水一般向三个人涌了过来。

三人见此情形，皆有不寒而栗之感，说是小蝎子，却比寻常的草蝎子大出好几倍，有的上墙攀壁，有的伏地而行，转眼布满了洞道。张保庆和二鼻子兄妹伸手用火把燎，抬脚用鞋底子踩，但是越打越多，只得逃向洞道深处，蝎子爬行发出的窸窸窣窣之声，在三人身后如影随形。

先前从洞顶下来的金蝎虽大，却仅有一只，三个人凭借火把柴刀，还可以勉强抵挡，但是什么东西也架不住多，密密麻麻的小蝎子从洞道四壁蜂拥而至，瞅一眼都觉得毛骨悚然，只有撒开腿狂奔逃命。不承想蝎子来得好快，不住有蝎子掉落在他们身上，顺脖领子往里钻，三人边跑边跳，还要不停打落掉在头上的蝎子。

张保庆到底有几分机智，冷不丁冒出一个念头，摘下装满老醋的狍子皮水囊，扯去木塞，将水囊中的醋泼向身后，周围的蝎子立即纷纷逃散。二鼻子和菜瓜一看这招儿好使，赶紧照葫芦画瓢在洞道中泼醋。四周的蝎子转瞬间都逃进了岩层裂缝，没来得及逃走的，则被三个人一一踩死。他们赶走了蝎子，坐在洞道中"呼哧呼哧"直喘粗气，想起刚才的情形，兀自惊魂难定。

二鼻子对张保庆说："行啊！保庆，你那锛儿了八块的脑袋瓜子真不白长，咋寻思出这个绝招儿的？"

张保庆说："可真是狗嘴吐不出象牙，刚救了你一命，你还敢跟我这儿嘟瑟？刚才我一边蹽一边寻思，马匪为何在洞口放那么多醋？他们常年在洞道中挖金，难保不会遇上蝎子、蜈蚣，必定有对付的法子。记得老人们说过，蛇怕雄黄，蝎子怕醋，想不到还真顶用……"说到得意之处，忍不住伸手比画，突然发现身边有一个黑色的瓦罐，再往四下里一看，洞道两边还有不少同样的瓦罐，肚大口小，用手一晃还挺沉，不只这一个，洞道深处还有许多，不觉奇道："怎么有这么多骨灰坛子？"转念一想，说不定马匪当年是用骨灰坛埋金，以此吓唬进来偷金子的人，说话便往前凑，准备打开瞧瞧，里边到底有没有金子。

菜瓜对张保庆说："咱还是别动这个坛子了，万一这里头装了鬼可咋整。"

张保庆说："二妹子，咱白天不说人，晚上不说鬼，你别吓唬我成不成？"

菜瓜说："我听老辈儿人说过，土匪们为了惩治扒灰倒灶的崽子，把人倒吊在房梁上，头顶上敲一个窟窿，让这个人的脑浆子流到一个骨灰坛子中，据说这样能把三魂七魄困住，死后不得超生。"

张保庆让菜瓜说得脑瓜顶上一紧，当时也有些嘀咕，不过坛子挺沉，还是装金子的可能性更大，当即举起火把，上前去揭坛子盖。

二鼻子突然惊呼道："你快给我回来，里边的东西不能看！"

第九章
地底发出的怪声

1

张保庆看见马匪挖金的洞道里有不少骨灰坛子，以为是埋金的坛子，忙蹲下身看，心想里边即便是骨灰人脑，那也没什么可怕的，总不会比供桌下土头陀的尸骸更吓人，反倒让二鼻子一声惊呼吓了个手足无措。他一只手握住火把，另一只手刚揭开其中一个坛子，便立即停了下来，没敢再往前凑，从头到脚出了一层冷汗。

原来坛子中没有金子，而是漆黑的火药，用过猎枪的人都能辨别出这呛人的硝黄气息，哪里是什么骨灰坛子，分明是马匪用来炸岩石的土炸药，多亏二鼻子叫住了他，否则他手持火把凑到跟前，一个火星子飞进去，勾搭连环炸响了，他们仨都得被炸成碎片，连个囫囵尸首也留不下。

　　旧时进山挖金子的人不用火药，多以锹挖镐刨，马殿臣虽然有钱，手下干活儿的却不多，当然不会像在老金沟下苦的一样，他用火药炸开岩层，才将洞道挖得如此之深。土制炸药的配方大概是硫黄、硝石以及木炭，深山里产一种硝石，做出来的鞭炮都比别处要响，这要是做成了炸药，威力也是不得了。

　　三个人额头上不约而同地渗出冷汗，差一点儿小命儿就扔在这儿了，赶紧退开几步，忽听身后一声兽吼，是那几只饿急了眼的猞猁跟踪而来。为首的一只猞猁见这三人没有防备，立即扑上前来，将张保庆按在爪下，张开血口便咬。

　　二鼻子手中拎了一柄生锈的柴刀，无奈刀不够长，来不及上前救人，情急之下想也没想，抄起地上的一坛子火药，便使劲儿往猞猁头上扔去。猞猁善于夜间行动，双目如电，虽是猛兽，却生来多疑，骤然见到黑乎乎一个东西飞过来，又嗅到浓烈的火药气息，当即腾身后纵。那个装满火药的坛子直接撞在石壁上，砸了个粉碎，溅起一片火星，耳轮中只听"轰"的一声，霎时间洞道内硝烟弥漫。

　　坛子里的这种土制炸药，是马匪在山里挖出的硝黄所制，很不稳定，说炸便炸，别看放的年头久了，可是不潮不湿，炸药的威力仍在，洞道的地势又十分狭窄，猞猁避得虽快，但它往后一躲，正好跃到火药坛子撞击石壁之处，当场炸得它血肉模糊。此时张保庆刚站起身，只觉洞道中裂帛般一声闷响，好像有堵无形的厚墙迎面撞来，将他往后揭了个跟头，如同一个破面口袋似的落在地上，五脏六腑气血翻转，眼前发黑，口鼻流血，两耳嗡鸣不止，辨不清东南西北。

　　挖金脉的洞道之中有木架子简易支撑，相对而言并不坚固，那坛子火药一炸，上方接连塌落了几大块土石，二鼻子兄妹担心被活埋在其中，可塌方之处在来路上，后边又有猞猁的堵截，只得拖起张保庆退进洞道深处。跌跌撞撞跑出几十步，见尽头的石壁上有一个大窟窿，比刚才屋子里的洞道口不知大出多少倍，想来可能是马匪在洞中挖金，挖到尽头碰到了坚硬的岩壁仍止不住贪心，又用土制炸药崩开了岩层，还想往深处挖，不承想炸穿了一个更大更深的巨型洞窟。

张保庆意识恍惚，脑袋里嗡嗡作响，只觉得天旋地转，脸上又是血又是土，他使劲儿睁开眼，脑袋炸裂一般疼痛，抹了抹脸上的血污，眼前模模糊糊看不分明，瞧得见二鼻子兄妹比比画画张口说话，可什么响动也听不到。

二鼻子过来按了按张保庆的身子，看他有没有震伤脏腑。连胸膛带肚子这么一按，张保庆吐出了两口瘀血，应当不至于送命，但是跟他说什么也听不到，估计是在洞道中让爆炸震到了耳膜，一时半会儿缓不过来。

三个人坐在洞窟边上气喘吁吁，下意识往里边看了一眼，只见被炸开的岩洞位于洞窟斜上方，深处却灯火通明，亮如白昼。马匪当年在金洞尽头炸开的地底洞窟，似乎是处亿万年前形成的古洞，不知其深几何，洞壁有粗可合抱的化石，形状奇异，盘旋向下延伸，人可以从上边绕行下去。最奇怪的是下边亮如白昼，比天上的银河还要璀璨通透，光雾流转、熠熠生辉，将张保庆和二鼻子兄妹的脸都映成了青灰色。古洞中的奇景虽然瑰丽，却分外诡异，让人触目惊心。

三人只看得目瞪口呆，屏住了呼吸，大气也不敢喘上一口，过了好一会儿，双眼渐渐适应了洞窟中的环境，才看出发光的并非鬼火，而是一个寂静无比的地下荧光湖。湖上存在大量原始发光蜉蝣，这种长尾蜉蝣形似蜻蜓，却只有一对鳞翅，身子像鱼，足有一般人手掌那么长，它们拖拽着发出阴森白光的长尾，成群地贴在湖面振翅徘徊，形成一团团离奇的光雾。这种长尾蜉蝣生命短暂，忽生忽死，生死只在一瞬之间，死掉的长尾蜉蝣落在水面上，身上的磷光一时不消，只是再也不动了。死去的蜉蝣一层覆着一层，也不知道究竟有几万几千，几乎遮住了广阔的湖面。从高处往下看，好像是地下湖在发出荧光。

张保庆心想：马殿臣土头陀一伙儿匪类躲在山里挖金，不承想挖出这么个古洞，里边的地下荧光湖，更是做梦也梦不到的奇观。马殿臣大宅发生变故的那一天，似乎是阴历四月十八跳庙破关烧替身的日子，是不是在当天炸开了这个古洞？那些下落不明的马匪们难道是去了地下湖，下去以后再也没回来？为什么又只有土头陀一个人死在外边？

张保庆此刻耳朵里听不到半点儿声音，心里却比之前冷静得多了，眼前这一个接一个的谜团，让他越想越是不安，心里总是感觉到莫名地恐惧，但又不知这恐惧从何而来。他比画着手势示意二鼻子兄妹："咱们走到这儿也该看明白了，洞窟深处没有金脉，更没有出路，地下湖中只有无穷的死蜉蝣，死的太多了，密密麻麻，看一眼都让人觉得硌硬。那玩意儿你即便捉到活的，过不了多一会儿也会死，活不过一时三刻，况且要几只死蜉蝣又有何用？咱们如今是泥菩萨过河——自身难保，顾不上追究那些马匪是死是活了，如果进来的洞道没有被塌方堵死，说不定还能出去，咱们还是赶紧往回走才是。"

二鼻子此时也点头同意，纵然舍不得马匪找到的金脉，可见到那阴森诡异的荧光湖，同样觉得可怕，有种难以形容的古怪，也说不出为什么怕，怕的是什么，总之不能接近！

二鼻子也对张保庆打手势，同时告诉菜瓜："刚才洞道中炸塌了一些泥土碎石，但是听动静，落下的土石似乎还不足以将洞道完全堵死，咱们可以回去再捡两坛子马匪留下的炸药，吓退其余的猞猁，等到走出大宅之后，绕天坑峭壁找一找出路，该当可以脱困。等咱们出去叫来屯子里的人帮忙，再想法子把马殿臣的九座金塔搬上去。"

三个人转身正要往洞外走，突然从地底发出一阵阵的怪响，声似潮涌，源源不绝。二鼻子兄妹一听到这个响动，当时好似被什么东西攫住了魂，竟两眼直勾勾地转过身，又往古洞深处走去。

2

从地底下传来的怪声，是任何人都没听过的声响，说大也不大，但是听在耳轮之中却分外真切，说动听也不动听，可让人越听越想听，似乎直接钻进了心里，明知不能往古洞深处走，却似让什么东西勾住了魂魄，无论如何也控制不住自己的两条腿，手中火把也不知不觉撒了手，落在地上熄灭了。二人扶住石壁一步一步往下走，意识渐渐恍惚，仿佛进入了一个从未见过的世界，想要的东西都在这里了，不仅身上的伤口好了，肚子也不饿了，从内而外说不出地受用，如同放下了千钧之担，长这么大也没这么舒坦过，使人欲罢不能，只想投身其中。

张保庆在洞道中震聋了双耳，听不到地底有什么响动，他和二鼻子兄妹打手势说得好好的，要找路出去，怎知往回走了两步扭头一看，那二人居然一声不吭走进了深处地底的巨型溶洞。张保庆伸手拽住二鼻子想问个究竟，二鼻子却理都不理他，怎么拽也拽不住，还把张保庆带了一个趔趄。张保庆还以为二鼻子太贪心，不见棺材不落泪，不到黄河不死心，非要到地下湖近前看个究竟不可。此时的张保庆听不到声音，可也有同样的感觉，古洞之中的荧光湖太恐怖了，马匪必定全部葬身于此，无论如何不能再往那边走！奈何拽不住二鼻子和菜瓜，又没有胆子一个人留下，万一猞猁追上来，孤身一人如何应对？他越想越怕，与其一个人等死，还不如和二鼻子兄妹一同死掉，好歹在黄泉路上有两个做伴的，当下将心一横，加快步追上前边的二鼻子兄妹。一边走一边四处打量，洞穴之中的地形怪异至极，亿万年形成的岩柱直上直下，呈现出一层层旋涡状的花纹，实在是前所未见。

　　走到一半，张保庆发觉不对，不知二鼻子兄妹见到什么了，双眼都是直的，目光呆滞无神，直勾勾盯住地底的荧光湖，手脚十分僵硬，简直如同两个行尸走肉。张保庆心说：你们俩瞧见肉包子也不至于这样吧？再往二人脸上一看，见二鼻子兄妹脸上似笑非笑，神色怪诞无比。张保庆又惊又骇：这二人究竟在看什么？洞底的死蜉蝣多得惊人，看一眼身上都直起鸡皮疙瘩，走到近处看岂不更是瘆人？瞧二鼻子和菜瓜的样子，分明是让勾死鬼迷了魂。三个人一同来到此处，为什么只有我没让鬼迷住？他疑神疑鬼，又听不到任何响动，心下更觉惶恐，忍不住转头看向四周，一看身后吓了一跳，那几只阴魂不散的猞猁，不知何时到了三人身后。张保庆先前几次三番被猞猁摁在爪下，如果不是二鼻子舍身相救，早已死了多时。他嘴上虽是不服，实则对二鼻子倚若长城，然而二鼻子这会儿中了邪一样五迷三道，哪还对付得了凶兽？

　　张保庆万念俱灰，知道这一次在劫难逃了，此刻全无退路，他豁出命去也斗不过猞猁，倘若三只猎鹰尚在，情况或许还有转机，而今撒丫子往前逃也不成，猞猁吃掉二鼻子兄妹俩，仍会追上来把他咬死。张保庆进也不是退也不是，正当他束手无措之际，发觉那几只猞猁并没有扑上来咬人意思，却也直着眼往发光的地下湖走，对他们三个大活人恍如不见。

张保庆莫名惊诧，想破了头也想不明白发生了什么变故，猞猁也让鬼迷了不成？三个人在前，几只猞猁在后，在洞中迂回下行，距离荧光湖越来越近，这时荧光湖的水面突然一分为二，从深处冒出一个形状接近木芝、外形酷似耳蜗的庞然大物，至少也有十几丈高。巨怪从水中浮起，带动水波向四周荡开，无数蜉蝣四散奔逃，形成了一团团涌动不定的光雾，立时将巨大无比的地洞照如白昼。张保庆这才看清楚，地洞深处是一座金山，壮观巍峨的金山绵延起伏，根本望不到尽头，洞顶之上丛丛水晶倒悬，湖底则是数不清的各色宝石。张保庆目瞪口呆，先前见到马殿臣埋在大宅下的九座金塔，已经称得上惊世骇俗了，他做梦也梦不到的那么多金子，哪想象得出地底下竟然还有如此巨大的宝藏，相较之下，马殿臣的九座金塔不如九牛一毛！眼前这个宝藏的规模之巨，完全超出了张保庆的认知，再给他八个脑袋他也想不出来。然而蜉蝣四散奔逃，霎时间光亮全无，洞穴深处的宝藏又陷入了万古不变的黑暗。

3

地下湖中的巨怪外皮如同树纹年轮，"耳轮"当中是个深不见底的黑洞，全身上下沾满了长尾蜉蝣的尸体，好似有奇光异雾围绕一般，诡异得无法描述。张保庆真是吓坏了，扭头就要跑，却见二鼻子兄妹没有任何反应，还在往湖中走。张保庆情急之下一手一个揪住这兄妹俩，拼了命往后拽，那二人全无反应，只顾往前走。他连二鼻子一个人也拽不动，何况还有个菜瓜，虽然拼尽了全力，可非但拦不住这两个人，反而被他们往前拖去，只是经过这一番连扯带拽，二鼻子兄妹往前走的脚步也放缓了。

此时那几只猞猁从三个人身边走过，看也没看他们一眼，直接走到地下湖边，顺从地任那巨怪一一吞下，有如食人草吞食蝼蚁一般。张保庆当然不知道，荧光湖中这个形如木芝巨耳的庞然大物，在古代佛经之中有所记载，称之为"地耳"，与"地听"等同，乃上古之物，说白了是史前的东西，早已灭绝了上亿年。不过张保庆也看出来了，地底的巨怪无头无口，却能发出一种声波，一旦听到它所发出的声响，不论是人是兽都会被带入光怪陆离的幻境，谁也无法抗拒。实则吃人不吐骨头，一半是植物一半是生物，无知也无识。地底这个怪物不仅巨大无比，发出的声响直透人心，凭你大罗金仙也无处躲藏。平时吃地下湖中大量的蜉蝣尸体为生，一到深夜，它就用声波吸引别的东西靠近它加以吞噬，凡是有血有肉能听见响动的东西均无法逃脱。

想见天坑大宅中的马匪，全让地底的怪物吃了。当年土头陀看出了天坑中藏有金脉，又逢马殿臣身份败露，才隐居在这与世隔绝的天坑之中，既可以躲避缉拿，还可以继续挖金子。整座大宅造在金脉上方，用从洞中挖出的金子以及马殿臣积攒的财宝，铸成九座金塔，这条金脉越挖越深，直到炸开了深处地底的古洞。那一天正值阴历四月十八，是马殿臣准备给他儿子烧替身祈福免灾的日子。马殿臣一生杀人如麻，越是这样的人，越怕遭报应，报应在自己身上还好说，如果报应在儿子身上，给他来个断子绝孙、后继无人，当了关外的金王又有何用？马匪之中卧虎藏龙，会什么的都有，马殿臣的儿子一生下来，便找了一个会看命的手下，安排他儿子跳庙破关，天坑大宅中除了没有庙，其余的应有尽有。阴历四月十八当天，马殿臣让手下扎好纸人摆设供品，结果还没等走完过场，大宅中的人不分男女老少，全让地底传来的怪声引上了死路。只有那个又聋又哑的土头陀幸免于难，但是土头陀目睹众人一个个目光呆滞，像釜底游鱼一般走到金洞之中有去无回，却不知是什么原因，出于迷信思想，还当是鬼神作祟、报应当头，绝望和惊恐之余，就在堂屋里自尽了。按说马殿臣当时已经是金王了，九座金塔还嫌不够，还要继续挖金子，正应了那句老话"人为财死、鸟为食亡"。一个人不过一天两顿饭、睡一张床、死了埋一个坑，有多少钱是多？有多少钱是少？马殿臣要饭的出身，曾为了几两银子的军饷当兵打仗，也曾为了有口饭吃，吃仓讹库让人打断过腿，后来闯关东进深山，九死一生挖到一棵棒槌，挣下一躺银子，直到成为关东的金王，财是越发越大，但是做梦也想不到，在他埋下九座金塔的天坑之下，还有一个不可估量的巨大宝藏。金山那么大，野心和欲望也没有尽头，人却终有一死。可叹马殿臣三闯关东一世英雄，只因看不破这一层才遭此横祸。

张保庆在洞道中让炸药震聋了双耳，才没被地底的怪声吸引，他想到大宅中只有土头陀的死尸，此人天聋地哑，与自己当下的处境相同，不觉恍然大悟，荧光湖中那个木芝巨耳似的古怪植物，可能是用声音当作诱饵。他急忙抓起一把湖边的淤泥，堵住二鼻子兄妹的耳朵。那二人本来恍恍惚惚的，好像走进了一片奇光异雾当中，突然被堵住双耳，看到眼前的恐怖真相，均是惊得魂不附体，浑身上下抖成了一团。

此时不用多说，只有一个"逃"字，三个人一路跌跌撞撞、连滚带爬逃到崩裂的洞口，前路仍是一片漆黑，但听得背后"哗哗"的水声，岩壁也在不住颤动，显然是那个庞然巨物从地下湖中追来了。此时他们哪还有胆子转头去看，恨只恨爹娘少给自己生了两条腿，疾步如飞拼了命往洞口奔逃。

二鼻子身上有备用的火把，摸出两根点上，从来路往外逃窜，又怕巨怪追上来，顺手扔出一根火把，投在堆积的火药坛子上，这些土火药本来就极不稳定，沾火哪能不着，立时间引爆了马匪崩山所用的炸药。

旧时的土炸药，虽然不能跟现在的烈性炸药相比，但也是拿来开山裂石所用，何况洞道两旁堆的都是，数量众多，登时将洞道炸塌了一大段。漫长的洞道打在地脉之上，不免引起了一连串的塌方，洞口的大屋都跟着往下沉陷，将马匪的九座金塔，以及那个巨大宝藏的洞口，完全埋在了地底。

4

张保庆和二鼻子兄妹跑到堂屋，均已是满脸的血污，狼狈不堪，还没来得及把这口气喘匀了，但觉脚下晃动剧烈，四壁摇颤，屋梁断裂之声不绝于耳。三个人一刻也不敢耽搁，提了一口气拼命狂奔，一路穿房过屋，抢在大宅塌陷之前逃出门外。持续的地陷震落了许多悬挂在绝壁上的枯藤，显出一条原本被遮住的栈道，以绳索相连的木板嵌在石壁上，呈"之"字形蜿蜒而上，可能是马匪当年进出天坑的道路，由于埋没太久，已然残缺不全。他们仨顾不上许多，手脚并用，舍命从天坑中爬了出去，发现置身于深山老林之中，已不是地下森林，想必这才是当年马匪进出天坑的通道。

四周围兀自狂风吹雪，刮得嗷嗷怪叫，仍是在黑夜里，天还没亮。三个人躲到一处背风的雪窝子中，缩进狍子皮睡袋，多亏身上有从马匪大宅中找出的皮袄，要不然准得活活冻成冰坨子。即便如此，也是全身冻疮，疼得生不如死。好不容易挨到天亮，凭着求生的本能顶风蹚雪挣扎前行，这会儿大雪已然下到齐腰深了，茫然四顾完全分不出方向，不知不觉走迷了路，也不知道自己置身何处。

一整天下来忍饥挨冻、连惊带吓，三人均已筋疲力尽，脑袋也似乎冻成了一个冰疙瘩，想不出任何法子，只好并排躺在雪窝子里等死。张保庆万念俱灰，脑中一片空白，恍惚间看到三只猎鹰在天上盘旋，随后便失去了意识，等他再明白过来的时候，已经躺在了火蔓子炕上。

原来鹰屯的人发现二鼻子兄妹进山未返，知道准是遇上了暴风雪，人一旦被活活冻死，再让狂风卷起的积雪捂上，尸身都没处找去，那就算交代到老林子里了，以往这么不明不白死了的人可是不少。屯子里的人急得坐立不安，等到风雪稍住，鹰屯的猎手们便骑上马进山寻找。有人看见三只苍鹰在高空中兜圈子，眼尖的认出其中一只正是张保庆的白鹰，匆匆忙忙赶过来，从雪窝子中掏出了三个冻僵的人。一摸心口没死透，比死人还多口气儿，赶紧将三人搭上雪爬犁带回屯子。这种情况下不能直接进屋，七手八脚先用雪给三人擦身子，直到把皮肤搓红了，才放到火炕上拿被子捂住。

经过这一番折腾，张保庆和二鼻子兄妹的小命才没丢，胳膊大腿好歹都保住了，耳朵鼻子也还在，饶是如此也足足躺了两个月才下得了地。

　　说起他们的奇遇，屯子里几乎没人相信，只当他们困在暴风雪中被冻坏了脑袋胡说八道。不过提到马殿臣和土头陀倒是有不少人知道，不敢说尽人皆知，十个人里至少也有六七个人听说过，那是有字号的马匪，又是"金王"。当地有这么一种说法："你要没听过马殿臣的名头，你都不算吃过正经白面！"这句话的逻辑听上去很奇怪，怎么叫不算吃过正经白面？白面谁没吃过？还分什么正不正经？这是因为以前东北大多数穷人吃不起白面，一般地主大户家吃白面也是往里边掺棒子面，两掺着那就不是正经白面，传到后来，经常用来形容一个人没见识，没吃过没见过。

　　话虽然是这么说，马殿臣埋宝却毕竟是老时年间的传说，口传耳录罢了，谁也没见过，岂能当真？而这三个人身上都穿了当年马匪留下的林貂皮袄，得好几块"大叶子"皮才拼得成一件，那可不是轻易见得到的东西。要不是有这三件上等林貂皮袄，只凭狍子皮睡袋抵御严寒，这三人就算冻不死也得冻掉了胳膊、大腿。大伙儿亲眼见到林貂皮袄和张保庆背出来的《神鹰图》，也不得不信了他们这番奇遇，都说他们仨命大有造化。

第十章
天坑奇案

1

张保庆在炕上躺了两个月，当中正赶上过年。关东过年可了不得，一进入腊月屯子里就开始杀年猪，平时打猎存下来的肉干也都拿出来备上。到了腊八这天，家家户户争相起早煮腊八粥，因为有个老说法——烟囱先冒烟，高粱必红尖，无非图个好兆头。腊月十五开始换饭、辞灶、烧香、赶集置办年货，一天比一天热闹。所谓的"烧香"，是请人"跳单鼓"。四舅爷这地方，烧香分为十二铺，也叫十二鼓：第一铺开坛，第二铺请九郎，第三铺开光，第四铺过天河，第五铺接天神，第六铺闯天门，第七铺跑亡魂圈子，第八铺接亡魂，第九铺安座，第十铺排张郎，第十一铺请灶王，第十二铺送神。整个仪式包括祭祀列祖列宗，并且把天上地下各路神仙请到家供奉一遍，赶等吃饱喝足了再送走。头四铺在堂屋里进行，对着供在北墙上的家谱，后八铺在门口进行。跳单鼓的多为好吃懒做的闲散人员，除了掌坛的，其他人统称帮兵，只是凑热闹帮忙，混一顿吃喝，所以当地人说"守着啥人学啥人，守着单鼓跳假神"，意思是这帮人"打单鼓混肉吃"。条件好的人家讲究烧太平香，从头到尾、完完整整跳十二鼓。条件一般的至少也跳"开坛、请九郎、开光"这三鼓。腊月二十三是辞灶的日子，给灶王爷摆上供品，关东糖是必不可少的。老辈儿人叨念几句"灶王老爷本姓张，骑着马挎着枪，上天言好事，下界降吉祥"。过了这一天，屯子里家家户户都要烧香，祭祖的祭祖，敬神的敬神，跳单鼓的进进出出、你来我往，山里一下变得热闹起来，多了很多生面孔。

腊月二十六这一天，轮到四舅爷这个屯子烧太平香，四邻八舍都在忙活，做供菜、蒸馒头、蒸面鱼，张罗供祖宗，戏台上摆一个高粱米斗，插上两支箭，请了不少跳法鼓的，还演了一出《唐王征东》，别的屯子也有许多人来看，敲锣打鼓挺热闹。张保庆刚被人抬回来没几天，一个人躺在火炕上养伤，有心出去看热闹，奈何下不了地，瞅着《神鹰图》发呆。相传此画用神鹰血画成，按崔老道的话说"除非天子可安排、诸侯以下动不得"，没有面南背北、裂土分疆的命，绝对留不住这张画，马殿臣得了宝画《神鹰图》，当上了关外的金王，如今《神鹰图》落在我张保庆手上，是不是也该我发财了？他想是这么想，心下却觉得没底，发大财哪有那么容易？在天坑中见到了马匪埋下的九座金塔，还有地脉尽头巨大无比的宝藏，不也是一个大子儿没带出来？另外宝画《神鹰图》在地底挂了几十年，画迹受损严重，颜色几乎都没了，这还能是宝画吗？

张保庆正在炕上胡思乱想，忽然发觉有人在门口探头探脑。当时四舅爷老两口都在外忙活烧香供神，屋里只有张保庆和白鹰。他见来人鬼鬼祟祟，不像是串门的，刚要开口去问，白鹰已然飞了过去，门外那个人连滚带爬地跑了。张保庆怕伤了人，连忙喝住白鹰，见鹰爪之下抓了一顶狗皮帽子，应该是门外那个人的，可也不知道究竟是谁，寻思可能是自己从马匪大宅中带出来的大叶子皮袄太招人眼，让贼惦记上了，有贼来偷他的皮袄，他也没太放在心上。因为说者无心，听者有意，不仅有人惦记他的大叶子皮袄，得知深山老林中有马匪埋下的财宝，还有许多胆大贪财不要命的人结伙进山找寻，却无不空手而回。这也并不奇怪，持续的狂风过后，林海雪原中根本留不下人的足迹，只有一片无边无际的茫茫白雪，你让二鼻子自己再回去，他也找不到那个与世隔绝的天坑了。上了岁数老成持重的就告诉他们："自古道'穷有本，富有根，外财不富命穷人'，命里不该是你的财，即便你掉进宝山金窟窿，都别想带出来一星半点儿，哪怕带得回家，那也是招灾惹祸，能活命出来已经该烧高香了，何况得了三件上好的貂皮袄，还有一张宝画《神鹰图》，怎么还惦记去找别的东西？"

转年开春，过了鹰猎的季节，鹰屯搭起法台，鹰屯的人们必须在这一天将猎鹰放归山林。这是祖先留下的规矩，再好的鹰也得放走，好让它们繁衍后代，保持大自然的平衡，这个规矩和天地一样亘古不变。否则年年捉鹰狩猎，山里的鹰迟早被捉绝了，到时候屯子里的人全得喝西北风去。张保庆纵然有千般的无奈万般的不舍，也不得不将他的白鹰放掉。白鹰在上空绕了三圈，似乎也在与张保庆作别，终于在鹰屯老萨满惊天动地的法鼓声中，振翅飞上了高空。

2

张保庆不能赖在四舅爷这儿一辈子不走，他和白鹰一样，该回自己的家了。简单地说吧，回去之后一切照旧，在家待了些日子，有足够的时间让他好好想想自己的前程。之前跟四舅爷在林子中逮大叶子，意外捡到一个蛋，孵出一只罕见的西伯利亚白鹰，又和二鼻子兄妹打赌上山捉狐狸，遇上暴风雪和吃人的猞猁，误入天坑大宅，找到了马匪的宝藏，这一连串的经历，如同做了一场梦，而今再次过上了平常的生活，十八九岁的大小伙子，横不能成天在家混吃等死，又什么都不会，虽说会打猎，可在城里上哪儿打去？也看得出老爹老娘虽然嘴上不说，心里可都为他起急。

其实按表舅的想法，还是去饭庄子当个服务员，那才是条正经出路。常言道"生行莫入，熟行莫出"，一家子都干这个，从他爷爷那辈就是跑堂的，现如今是新社会了，商店的营业员、饭馆的服务员可都是肥差铁饭碗，于是跟张保庆说："你这么大的人了，整天混日子可不成，这跟二流子有什么分别？甭说别的了，我还得托关系让你来饭庄子上班，这一次是行也得行，不行也得行，你必须给老子去。"

张保庆也不愿意在家里吃白食，但他认准了一点，死也不去干这个光荣的服务员。

表舅心里这个气啊！掰开揉碎了跟他说："你以为这跑堂的好干？咱家里头打你爷爷开始就干堂倌儿，也是这一行里响当当的人物。那时候跟现在可不一样，有道是'想要让人服，全靠堂柜厨'，堂倌儿是排在头一个的，那是饭庄子的脸面，都得有真本事，眼神儿活泛、手底下麻利。你比如说几位一进门跑堂的先拿白手巾给掸土，嘴上还得一通招呼，认不认识都得充熟：'来了您哪，有日子没见，您可又发福了，看这意思买卖不错，又发财了吧？今天想吃点儿什么？我让大厨卖把子力气，把看家的本事都给用上！'这几位一听这话，好意思吃几碗素炒饼吗？肯定要客气几句，可还没等开口，跑堂的一嗓子：'楼上的把茶壶、茶碗烫干净了，几位大爷二楼雅座，里边请了您哪！'这一嗓子得让楼上楼下连带后厨全听见，为什么？一是告诉后头的人，来了有钱的主儿了，二也给这几位长长面子、抖抖威风，正所谓'响堂，闹灶，老虎柜'，嗓子不够响亮当不了跑堂的。再点头哈腰一路小跑儿把客人请上二楼，不等几位互相推辞，跑堂的已经给安排好座次了，谁是主谁是宾没有瞧不出来的，这点儿眼力见儿是最基本的，把掏钱请客的这位让到上座，摆上瓜子、花生、干鲜果品，一边斟茶倒水，一边问：'您了吃点儿什么？'如果是不常来的，不知道有什么好吃的，跑堂的给唱菜牌，一路路菜名一口气背下来，连个嗝儿都不打，分出抑扬顿挫，唱出高矮音儿，口甜得比唱戏还好听。如果说是熟座，再赶上这几位也是外场人，干脆甫点菜了，摆摆手跟跑堂的说：'你瞧着给掂配几个菜吧。'这时候全凭本事了，有会说话的堂倌，这一桌酒席能赚出半个月的钱来，还得让这几位明知挨了宰，又说不出二话来：'得嘞，几位大爷，您可都是吃过见过的主儿，既然赏给小的这个脸，上不了席的东西可不敢往您面前摆，不能找您大嘴巴抽我不是吗？后厨刚进了海参，鲜的，挂汤带水儿连夜坐船过来的，哪一根都有胳膊这么粗，浑身上下刺儿是满的，当真是上等的东西。我们厨子是山东人，扒海参那叫一绝，我让他伺候您一道。海里的有了，再给您来个山上的，可不是在您几位跟前卖派，我们这儿存了几节鹿尾儿，这玩意儿可稀罕，蒸鹿尾儿在过去专给皇上老爷子吃，如今也就您几位配吃这东西，旁人看一眼我都不给。再给您来个天上飞的，我们老板托人从东北捎来两只飞龙鸟，常言道'天上龙肉，地下驴肉'，龙肉可不是真龙肉，说的就是飞龙鸟，我们老板原本想孝敬他爹的，我一会儿跟他说说，先给您几位安排了，您可比他爹还疼他呢！海陆空齐活了再给您添道素菜，由打藏边过来的白松茸，小火儿煨上，隔二里地都能闻见香，高汤勾好了再拿芡这么一浇，夹一筷子搁嘴里不用嚼，自己个儿往肚子里跑。凉菜儿、烧酒我给您安排，别点太多了，咱有钱也犯不上玩儿命花不是？'这几位心说：还没玩儿命花呢？合着你们饭馆全指我们开张呢？不过话说到这份儿上，抬屁股走人可太没面子了，咬牙瞪眼把这顿饭吃下来。跑堂的送完牙签、漱口水，还得过来跟您客气：'几位爷，我伺候的也不知周到不周到，反正其他桌儿我不搭理，专跟这儿等您吩咐，他们爱乐意不乐意，谁让我就爱伺候您呢！'这话什么意思？要赏钱呗！到了月头上这赏钱可比工资多了去了。所以说饭庄子生意好不好有一大半是看跑堂的本事，干好了掌柜的都得高看你一眼，但是那是旧社会了，现在宾馆、饭店、酒楼服务员个儿顶个儿都是大爷，不过照样也得油滑，干时间长了你就知道了，记个花账，跟后厨配合着往家里顺点儿东西什么的，这里边儿的门道那可是太多了！等你结了婚成了家，我再一样一样地传授你。你听你爹我的错不了，这好年头让咱爷们儿赶上了，还都是铁饭碗，这辈子还愁什么呢？"

3

张保庆是越听越不爱听，在饭庄子里无非端茶送水、上菜收拾桌子，天天窝在那儿当"碎催[1]"，二十岁不到就过这种一眼能看到死的日子，肯定是心不甘情不愿。如此一来，爷儿俩又谈崩了，张保庆也走习惯了，又上农村投奔了他大伯，夏天帮着守瓜田，晚上都住在野地间的瓜棚里。乡下人烟稀少、河网纵横，不过也没什么凶残的野兽和贼偷，夜里啃瓜的都是些小动物，比如獾、刺猬、鼬、狸、田鼠之类的。别看都是些小家伙，却极不好对付，用毒下套时间长了就不管用了，最可恨的是到处乱啃，遇上一个瓜啃一口，一圈儿转下来很多瓜秧被啃断，你告诉它们偷着啃瓜犯法它们也听不懂，更没法跟它们说紧着一个瓜吃别都祸害了，给吓唬跑了转头又溜回来，防得住东边防不住西边，让人十分头痛。所以看瓜的人往往备下若干鞭炮，等夜深人静的时候，听到瓜田里传来细微的"咔嚓"声响，就点个炮仗，远远地扔过去，"嘭"的一响，那偷着啃瓜的小动物便给吓跑了，倘若没有鞭炮，则需握着猎叉跑过去驱赶，这是最折腾人的。

说起张保庆的这段经历，不免让人想起鲁迅先生笔下的少年闰土，闰土提着猎叉，在月光下的瓜田里追逐某种小动物的身影，当真与张保庆十分相似，不过张保庆在瓜田里的遭遇却和少年闰土大为不同。张保庆天生胆大，那年夏天守看瓜田的时候，意外逮着只蛤蟆，两条腿的活人好找，三条腿的蛤蟆难寻，这蛤蟆就有三条腿，后面那条腿

---

[1] 碎催：指跑腿、跟班。

拖在当中，并不是掉了一条后腿，也不会蹦，只能爬。以往有个"刘海戏金蟾"的传说，那金蟾就有三条腿，俗传可招财聚宝，见了便有好事。其实三条腿的蛤蟆并不是没有，人也不都是两条腿的，或许只是蛤蟆中的畸形而已。张保庆又不是物种学家，是不是蛤蟆尚且两说着，不过据他所言，他开始觉得好玩儿，就把蛤蟆养在瓜棚里，每天喂些虫子，倒也养得住。几天之后，发现三条腿的蛤蟆还有个怪异之处，每逢子午两时，这蛤蟆就咕咕而叫，与电匣子里所报的时间一毫不差。平时怎么捅它也是一声不吭，如若整天都没动静，那就是要下雨了，问村里人也都无不称奇，都说住这么多年从没见过这玩意儿。

张保庆合计得挺好，打算等有车来村里拉瓜的时候，就搭车把蛤蟆带回家去，那时已经有经济意识了，知道这玩意儿没准能换钱，没想到当天夜里就出事了！

那天晚上张保庆还如往常一样守着瓜田，夜深月明之际，又听远处有小动物啃瓜的声音，他白天光顾着端详那只蛤蟆，忘了预备鞭炮，没办法只好拿着手电和猎叉，先随手将蛤蟆压在瓦罐底下，然后骂骂咧咧地跑到瓜田深处去赶。等他离近了用手电筒这么一照，就看到一个小动物，是田鼠是猫鼬他也说不清楚，反正毛茸茸的，瞪着绿幽幽的两只小眼，根本不知道怕人，就在那儿跟手电光对视。

张保庆一看，行啊！我让你知道知道厉害，就拿叉子去打。那东西躲得机灵，"嗖"的一下就蹿到田埂上去了。张保庆在后边紧追，趁着月色明亮，追出好一段距离，就看那小东西顺着田埂钻进了一个土窟窿。当时张保庆是受扰心烦，大半夜的还得出来赶这东西，就想把那洞挖开，来个斩草除根，弄死了落个清静，不料想土窟窿越挖越深，刨了半天还不见底，却隐隐约约瞅见深处似乎有道暗红色的光。

张保庆一看心里翻了个个儿，这地方别再是有宝啊！不顾浑身是汗、气喘吁吁，又使劲儿往下挖，可就在挖开那窟窿的一瞬间，看到里面密密麻麻，有上百双冒绿光的小眼睛，都是先前逃进去的那种小动物。什么东西多了也是吓人，当时就吓得他两条腿都软了，随即感到洞中有股黑烟冒出来，脸上如同被铁锤击打，叫都没来得及叫一声，顿时便躺到地上不省人事了。

天亮后张保庆被村民发现，找来土郎中用了草药，他全身水肿，高烧昏迷了好几天才恢复意识，跟别人说夜里的遭遇却没人信。听当地人说，他先前看见窟窿里有暗红的雾，很可能是那小动物放出的臭气，会使人神志不清，此后看到的情形也许是被迷了，而张保庆捉到的那只蛤蟆，由于被他随手压在瓦罐底下，几天里也没人管，醒来再去看早就死了多时，又赶上夏天酷热，都已经腐烂发臭了。

张保庆在乡下混了一个夏天，表舅急得没咒念，不得不找他这儿子谈条件："你不去饭庄子上班也行，但是总得有门手艺安身立命，不如跟南方师傅学煮狗肉去，也算是没离开餐饮行业。"张保庆被表舅和表舅妈唠叨得想死的心都有，按着脑袋不得不去，从此师徒俩每天晚上，在城郊一条很偏僻的马路边摆摊儿。那地方早先叫"马头娘娘庙"，这是民间的旧称，据说此地怪事极多。

4

马头娘娘庙这个带有神秘色彩的地名，当然也有讲儿，往后再细说，咱先说这位卖狗肉的老师傅。老师傅是江苏沛县人，祖上代代相传的手艺，天天傍晚蹬着辆三轮车，带着泥炉和锅灶，有几把小板凳，还卖烧酒和几样卤菜，挑个幌子"祖传沛县樊哙狗肉"，买卖做到后半夜才熄火收摊儿，专门伺候晚归的客人，天冷的时候生意特别好。

张保庆曾听老师傅讲过"樊哙狗肉"的来历，做法起源于两千多年以前，樊哙本是沛县的一个屠户，宰了狗煮肉卖钱为生，后来追随汉高祖刘邦打天下，成了汉朝的一员猛将。他卖的狗肉是土生大黄狗，用泥炉慢火煨得稀烂，直接拿手撕着卖。张保庆原先听书就最爱听汉高祖的故事，刘邦斩白蛇成就了帝王大业，自己杀狗卖肉也算是跟汉高祖有了关联，因此干得也特别起劲儿。

当时汉高祖刘邦也在沛县，虽然充着亭长的职务，却整天游手好闲，赌钱打架，下馆子吃饭从来不给钱。他最喜欢吃樊哙卖的狗肉，打老远闻见肉香，便知道樊屠户的狗肉熟了，一路跟着味道找到近前，每次都是白吃不给钱，还跟人家流氓假仗义。

樊哙是小本买卖，架不住刘邦这么吃，碍于哥儿们义气，也不好张嘴要钱，只得经常换地方。谁知刘邦这鼻子太灵了，不管在城里城外，只要狗肉的香气一出来，刘邦准能找着，想躲都没处躲。最后樊哙实在没办法了，干脆偷偷摸摸搬到江对岸去卖狗肉，他合计得挺好，这江上没有桥，船也少得可怜，等刘邦闻得肉香再绕路过江，那狗肉早卖没了。可刘邦是汉高祖，真龙天子自有百灵相助，竟有一头老鼋浮出江面，载着刘邦过江，又把樊哙刚煮好的狗肉吃了个精光。樊哙怀恨在心，引出江中老鼋，杀掉之后跟狗肉一同放在泥炉中煮。

至于"老鼋"到底是个什么生物，如今已经不可考证了，有人说是传说里江中的怪物，有人说其实就是鳖，也有人说看起来像鳖的一种元鱼，现在已经灭绝了。但别管这东西是什么了，反正樊哙把狗

· 258 ·

肉和老鼋放在一起煮，香气远胜于往常，闻着肉香找上门来的食客络绎不绝，樊哙的买卖越做越好，他也不好意思再怪刘邦了，任其白吃白喝。

从此樊哙狗肉成了沛县的一道名吃，往后全是用老鳖和狗肉同煮，配上丁香、八角、茴香、良姜、肉桂、陈皮、花椒等辅料，盛在泥炉瓦罐当中，吃起来又鲜又烂，香气扑鼻，瘦的不柴、肥的不腻。而且按传统古法，卖狗肉不用刀切，一律用手撕扯，据闻是当年秦始皇害怕民间有人造反，将刀子全部收缴了，樊哙卖狗肉的刀也未幸免，所以这种手撕狗肉的习俗流传至今。

老师傅迁居到北方，摆了个摊子在路边卖沛县樊哙狗肉，手艺非常地道，每天卖一只狗。张保庆不吃狗肉，也见不得人家宰狗，只是被家里逼得无奈，帮着老师傅看摊儿，做些收钱、端酒、收拾东西之类的杂活儿。

那年天冷得早，十二月底，快过阳历年了，过来场寒流，头天下了场鹅毛大雪。民谚有云，"风后暖雪后寒"，转天刮起了西北风，气温骤降，出门就觉得寒气呛得肺管子疼。师徒俩知道今天的吃主儿肯定多，傍晚六点来钟出摊儿，早早地把炭火泥炉烧上，将肉煮得滚开，带着浓重肉香的热气往上冒。

狗肉又叫香肉，俗话说"狗肉滚一滚，神仙也站不稳"，张保庆在四舅爷家养过猎狗，即使沛县狗肉用的是土狗、肉狗，他仍然不能接受吃狗肉，可这天寒地冻，冷得人受不了，闻得肉香自然是直咽口水，忍不住喝了几口肉汤，鲜得他差点儿没把自己的舌头咬下来，从骨头缝里往外发热，顿时不觉得冷了。

张保庆肚子里的馋虫被勾了上来，还想再喝碗肉汤，可这时天已经黑了，寒风中又飘起了雪花，有两个刚下班的狱警，这都是老主顾了，过来围在炉前一边烤火，一边跟老师傅聊天儿。主顾一落座不用开口，老师傅照例也要先给盛两碗肉汤，然后再撕肉，张保庆只好忍着馋，在一旁帮忙给主顾烫酒。

老师傅老家在沛县，从他爷爷那辈儿搬到这个地方，到了他这辈儿，家乡话也不会说了，祖传熏制樊哙狗肉这门手艺却没走样，这摊子小本薄利，为了省些挑费，所以在这种偏僻之处摆摊儿，能找过来吃的全是老主顾。赶上那天也是真冷，正合着时令，夜里九点多，泥炉前已围满了吃主儿，再来人连多余的板凳都没有了。

师徒二人没想到来这么多食客，老师傅让张保庆赶紧去找几块砖头，垫起来铺上垫子，也能凑合着坐两位。这时候天都黑透了，只有路上亮着灯，上哪儿找砖头去？

张保庆转着脑袋看了半天，没瞧见路上有砖头，他拎着气灯往野地里去找，摊子后面远看是一片荒坟，当中却有一块空地，二十平见方，地上铺的全是大方砖，砖缝里也长着草。往常不从这儿走，看不到草丛里有古砖，好像是好多年前有座大屋，后来屋子倒塌，墙壁都没了，只剩下地下的砖石。

张保庆用脚拨开积雪一看，这不是现成的砖头吗？可手里没家伙，没办法撬，只能用手去抠，刚要动手，瞧见附近有块圆滚滚的巨石，似乎是个石头碾子，半截埋在土里，可能是前两天风大，吹开了上面的泥土才露出来，看形状又长又圆。他使劲儿推着这浑圆的石碾子，并未觉得特别沉重，可能是尊泥胎，外边有层石皮子裹着，中间是空的，也没看出究竟是个什么东西。推到摊子前，上面垫了些东西加高，继续忙活给吃主儿们烫酒加肉。

等到把泥炉里的狗肉卖光，已是晚上十一点多了，路上早没人了，在这漆黑的雪夜中，除了昏黄的路灯，只有远处小西关监狱岗楼里的探照灯依然亮着。剩下师徒二人熄掉炉火，收拾好东西装到三轮车上，老师傅看那半截泥胎不错，放在路边也不用担心有人偷，什么时候吃主儿来得多，搬过来还能坐人。

这时，张保庆把垫在泥胎上的东西拿开，无意中发现这泥胎轮廓古怪，依稀是尊塑像，再仔细看看，像只圆滚滚的巨虫，心里不免打了个突，毕竟附近有些老坟，这泥胎塑像奇形怪状，莫非是哪座坟前的东西？

老师傅在旁瞧见，立即沉下脸来，问张保庆道："这东西是从哪儿找来的？"

张保庆说："在后头那片坟地附近找到的，师傅您认识这东西？这泥像怎么跟只大虫子一样？"

老师傅点了点头，说道："这是庙里供的神虫啊！你从哪儿推过来的，赶紧推回去，这是不能随便挪动的。"

张保庆看那尊泥像应该有许多年头了，风吹雨淋，磨损甚重，怎么看也看不出原先是什么模样，可他土生土长，从没听说附近哪座庙里供着神虫，难道那乱草间的古砖曾是座大庙？张保庆好奇心起，问老师傅："神虫到底是什么虫？这里头有没有什么说法？"

老师傅是从旧社会走过来的人，脑子里迷信思想根深蒂固，斥道："别多问，你先把神虫推回原位，要不然一会儿该出事了。"

张保庆吃了个烧鸡大窝脖，只好将那尊神虫推了回去，黑天半夜又下着雪，哪还记得住地方，他向来也是敷衍了事，胡乱推到那些石砖附近，然后帮师傅收摊儿，回去的路上仍放不下这件事，接着刨根问底，恳求老师傅讲讲"神虫"的来历。

老师傅拿张保庆没办法，只好告诉他。好多年前老师傅的爷爷在这儿摆摊儿卖狗肉，那时候还有座庙，庙里供的便是神虫，民间称其为"马头娘娘"，也叫"马头娘"。

张保庆一听更纳闷儿了，马头娘娘是谁？听这称呼像是个女人，怎么会是只大虫子？

老师傅说："其实马头娘娘就是只虫，南方乡下拜它的人极多，到北方则十分少见，偌大个天津卫，也只有这么一座马头娘娘庙。"

5

老师傅给张保庆讲起马头娘娘庙的事情，此地有座古庙，建造于两百多年以前，庙里供的是蚕神，所谓的马头娘娘，也叫马头娘，指的是蚕祖，旧时江南养蚕的桑农全拜它。

常见的马头娘娘庙里，正中神位上供的泥像，却大多是一位身穿宫装的女子，胯下骑乘骏马，身边立着两男两女四个童儿，分别捧着"桑叶、蚕、茧、丝"四样东西，蚕祖神虫的泥像摆在侧面当成化身，当中这个女子才叫马头娘娘，也叫马明王。蚕农们摆设酒肉，在马幛前焚烧香火，祭拜的主要神祇，是这位马头娘娘。

在明朝初年，大明太祖洪武皇帝朱元璋颁布过一道法令，一个人栽桑树十五株，可免除徭役，减轻了蚕农们很大的负担。蚕农们认为这是朱元璋的皇后马娘娘之意，大脚马皇后出身寒微，深知民间疾苦，素有贤名，桑农便将她供在庙里，当作蚕祖转世投胎，作为蚕庙里的正神，这才有了马头娘娘庙的名称。

不仅桑农拜马头娘娘，有许多贩运丝绸的商贾，也要到庙里烧香祭祀。清朝末年，某绸缎商在天津卫建了座马头娘娘庙，庙里供的马姑马明王，这是入乡随俗，当地人习惯称马头娘娘为马姑。天津这边的风俗是南北汇聚自成一体，执掌桑蚕的马头娘娘到了此地，有不少人到这儿烧香许愿，祈福求子，据说庙里有尊神虫的泥像，格外灵验。

老师傅的爷爷那辈儿，因躲避官司，从老家沛县迁到天津卫居住，摆了个狗肉摊子为生，那时候马头娘娘庙的香火很盛，别看是在城郊，来来往往的人却不少，隔三岔五还有庙会节庆，后来解放军打平津战役，城西是主攻方向，这座庙毁于战火，再也没有重建，墙体屋顶和神像也都损毁了。

马头娘娘有两个神位，一个是宫装跨马的女子，另一个是只大蚕的化身，老师傅从前就在这附近摆摊儿，年轻时亲眼看过"神虫"的泥塑，庙毁之后再没见过，还以为早已不复存在，想不到这马头娘娘庙被毁这么多年，这尊蚕神的泥像竟然还在。老师傅相信蚕神有灵有应，所以吩咐张保庆赶紧把蚕神泥像推回原位，免得惹来麻烦。

张保庆听了这蚕神庙的来历，只是觉得新鲜，但蚕神显灵的事怎么听怎么离奇，如果真有灵应，这座庙怎么会毁于战火？马头娘娘连自己的神位都保不住，她还能保着谁？可见是民间的迷信传闻罢了，像老师傅这种上岁数的人才愿意相信。

老师傅看出张保庆的意思，说道："你小子别不信，这泥塑的神虫真有灵性。"

张保庆说："师傅，我信还不成吗？泥人儿也有个土性，泥胎塑像常年受到香火祭祀，必然有灵有应，但盼它保佑咱这买卖越做越好。"

老师傅听这话就知道张保庆还是不信，又说："这马头娘娘庙跟江南的风俗不同，善男信女们到此烧香许愿，常有祈福求子保平安的，与咱这卖樊哙狗肉的摊子毫不相干，从前我在这附近摆摊儿，多次见过庙里的神虫显灵。"

张保庆道："师傅您给说说，这庙里的神虫怎么显灵？它给您托梦来着？"

俗传"狗肉化胎"，是说孕妇吃了狗肉，肚子里的胎儿就会化成血水，其实根本没这么档子事儿，这才是真正的迷信，南方人信的多，天津卫倒没有这种说法。早年间老师傅的祖父在沛县卖狗肉，有个孕妇买去吃了，那孕妇自己走路不慎摔了一跤，撞破了羊水，以致流产，却怪到狗肉摊子头上。祖辈不得不背井离乡，举家搬到这九河下梢做买卖。从记事开始，老师傅便跟着他爹在这儿摆摊儿，用泥炉瓦罐煮狗肉。

马头娘娘庙香火最盛的时候，老师傅当时二十岁不到，已经能一个人挑大梁，煮出来的狗肉五味调和，远近有名。那时候和现在一样，也是每天傍晚出来做买卖，到半夜才收摊儿。有一次忙活到后半夜，路上早没人了，剩下他自己收拾好炉灶，正要回去，隐隐约约听到庙里有声音传出，离得远了，那动静又小，听不真切，这座马头娘娘庙附近没有人家，庙里也没有庙祝，深更半夜哪儿来的动静？他以为是有贼人来偷庙内的供品，那时也是年轻气盛不知道怕，手边摸到一根棍子，拎着棍子走进去，寻思要是有小偷小摸之辈，挥着棒子喝骂一声，那做贼的心虚，肯定扔下赃物开溜。谁知到了庙里一看，前后不见半个人影，连只野猫和老鼠都没有。当晚一轮明月高悬，银光铺地，这马头娘娘庙的规模也不大，从庙门进去只有当中一座小殿，殿中一片沉寂。马头娘娘和几个童男童女的塑像，在月影中黑蒙蒙的，白天虽然看习惯了不觉得怎么样，夜里一看，真让人感觉毛骨悚然。老师傅也不免有几分发怵，心说：可能偷东西的贼听到我从外面走进来，已然脚底下抹油——溜了。想到这儿，他转身要往回走，忽然听身后传出小孩的啼哭声，那声音很小，但夜深人静，离得又近，听在耳中分外诡异真切，把他吓得原地蹦起，往后一看，哪有什么小孩，只有那尊神虫的泥胎。以前多曾听闻，马头娘庙里最灵异的是这神虫，常会发出小儿啼哭之声，求子嗣的善男信女全给它磕头烧香。往常别人说他还不信，泥土造像能发出小孩的哭泣声，这事怎么想怎么邪门儿。这次让他半夜里撞上了，吓得魂儿都掉了，跌跌撞撞地爬出庙门，一路跑回家中。后来虽没出过什么怪事，但打这儿起，他就相信庙里的神虫灵应非凡，也跟着善男信女们前去烧香磕头，继续在附近摆摊儿做生意。打仗时马头娘娘庙毁于炮火，转眼过去那么多年，想不到这尊神虫的泥像，埋没在荒草泥土间，还能保留至今，别看外面那层彩绘都掉光了，但一看那轮廓形状，老师傅立时认出是庙里供的神虫。

张保庆一边蹬着三轮车，一边听老师傅说了许多从前的经过，只当听个段子，还是不愿意相信，泥土捏成的神像，怎么可能会在夜里像小孩一样啼哭？

师徒二人说着话，不知不觉到家了，张保庆将老师傅送进屋，自己才冒着风雪回家睡觉。他累了一晚上，到家先洗个澡，躺在床上便睡，连个梦也没有，等睡醒觉再起来吃饭的时候，已经把这件事忘在脑后了，傍晚又跟老师傅去那条路上摆摊儿卖狗肉，结果当天夜里就出事了。

6

这两天连着下雪，大雪下得推不开门，一般做小买卖的全歇了，老师傅这祖传的沛县狗肉却是天冷好卖。师徒两人顶风冒雪，用三轮车拉上炉灶，来到往常摆摊儿的路边，烧起泥炉，把狗肉装到瓦罐里用火煨上，准备好了板凳等待客人。

天色渐黑，狗肉煨得软烂，热气腾腾肉香四溢，陆续有吃主儿过来，围着泥炉坐在摊前。老师傅撕肉加炭，张保庆则忙着烫酒收钱，这条路身后是坟茔荒野，对面是大片田地，隔着田地有村镇，今天来的几个吃主儿都在那儿住，彼此熟识，相互寒暄着有说有笑。

雪下到夜里，变成了纷纷扬扬的鹅毛大雪，路上行人车辆绝迹，可能电线被积雪压断了，整条路上的路灯都灭了。老师傅在摊子上挂起一盏煤油灯，加上炉火照亮。这老鳖狗肉是大补，热量很大，风雪中围着路边烧得火红的炭炉吃，更添美味，所以真有那嘴馋的主儿，冒着雪摸着黑赶来吃上一顿。

夜里十点来钟，风停了，雪还下个没完，张保庆的肚子突然疼了起来，老师傅正忙着，也顾不上他，让他自己找地方解决。

张保庆平时并不关心国家大事，但他有个习惯，上厕所必须看报纸，从摊子上抄起一张破报纸，夹上手电筒一溜儿小跑，蹿到了后面的草丛里放茅，嘴里还念叨着："脚踩黄河两岸，手拿秘密文件，前边机枪扫射，后面炮火连天……"

张保庆在雪地里解决完了，浑身上下如释重负，但也冻得够呛，想赶紧回到摊子前烤火取暖。这时，手电筒照到身前一个凸起的东西，覆盖着积雪，他恍然记起，之前把神虫的泥像推到此处，离着刚才出恭的地方仅有两步远，他虽然不信老师傅的话，可怎么说这也是庙里的东西，又想到泥像夜里啼哭的传闻，心里也有些嘀咕，起身将泥胎塑像推到远处。

谁承想，天黑没注意附近有个斜坡，张保庆用力一推，把神像推得从斜坡上滚了下去，撞到底下的石头上，那泥像外边有层石皮，毕竟风吹雨淋这么多年，滚到坡下顿时撞出一个大窟窿。张保庆连骂倒霉，拿手电筒往底下照了照，猛然发现神虫泥像破损的窟窿里，露出一个小孩的脑袋，白乎乎的一张脸。

张保庆吓得目瞪口呆，马头娘娘庙里这尊泥像，听说已有两百多年了，里面怎么会有个小孩？那孩子被塞到密不透风的泥像里，还能活吗？

稍微这么一愣神儿，一阵透骨的寒风吹来，刮得张保庆身上打个冷战，定睛再看那泥像的窟窿，却什么都没有了。他也不敢走近观瞧，暗道一声"见鬼"，急忙跑回狗肉摊子处。

老师傅忙着照顾那几位吃主儿，见张保庆回来，立刻招呼他："你小子又跑哪儿去偷懒了，还不快来帮忙。"

张保庆没敢跟老师傅说，当即上前帮手，手上忙个不停，心里却七上八下难以安稳，总想着刚才看到的那个小孩。好不容易盼到收摊儿，骑着三轮先送老师傅进屋，再回到自己家，已经是夜里十二点半了。

张保庆把三轮锁在胡同里，那时候住的还是大杂院，院门夜里十

• 267 •

点准关，门里面有木闩，不过木闩前的门板上留着条缝隙，能让人把手指头塞进去拨开门闩。他伸手拨开门，心里还惦记之前看到的情形，下意识往身后看了看，只见雪在胡同里积得很厚，可雪地里除了他走到门前的脚印，还有一串小孩的脚印。

张保庆大吃一惊，头发根子都竖起来了，可那脚印极浅，鹅毛般的大雪下个不停，转眼就把那串细小的足迹遮住了，只剩下他自己的脚印，由于踩得深，还没让雪盖上。他不禁怀疑是自己脑袋冻木了，加之天黑看错了，心头"扑通扑通"狂跳不止，但愿不是那屈死的小鬼跟着回家，慌里慌张进院回屋。

表舅两口子还没睡，等着给张保庆热点儿饭菜吃，一看张保庆进屋之后脸色不对，忙问："出什么事了？"

张保庆一怕爹妈担心，二怕老两口唠叨，推说今天吃主儿多，忙到深夜特别累，睡一觉就好了，胡乱吃点儿东西，打盆洗脚水烫了脚，躺到床上却是提心吊胆，灯也不敢关，拿被子蒙着脑袋，翻来覆去睡不安稳。

那时居住条件不好，住平房，屋子里很窄，床和衣柜都在一间屋里，张保庆烙大饼似的正折腾呢，觉得自己胳膊上凉飕飕的，用手一摸什么也没有。他心里纳闷儿是怎么回事，揭开被子看了看，没看到有什么东西，刚想蒙上头接着睡，可无意当中往衣柜的镜子上瞥了一眼，发现有只小手，正抓着他的腕子，更可怕的是，这只小孩的手只能在镜子里看到。

张保庆吓坏了，凌晨两三点，他"嗷"的一嗓子惊叫，把表舅和表舅妈也都吓醒了。张保庆瞪眼往镜子里看看，除了他自己之外什么都没有，屋里的灯还开着，身上出了一层白毛汗，说不清刚才是做梦还是真事。随后他就发起了高烧，不知道是冻着了伤风还是吓掉了魂儿，去医院打了吊瓶。那年头不像现在，如今牙疼去医院都要输液，以前是这人快不行了才打吊瓶，说明情况很严重了。

表舅得知此事之后，等张保庆恢复过来，能下地走动了，带着他去找一位孙大姑。据说这孙大姑年轻时跟个老尼姑学过本事，会看阴阳断祸福，很多人都信她，据说她能看到一些别人看不到的东西。信孙大姑的人是真信，不信的人则说她脑子有问题，或是指责她以迷信手段骗钱，属于街道居委会重点盯防对象。

表舅历来相信这些，带着张保庆上门拜访，特意拎了两包点心。孙大姑却不收，让张保庆把整件事原原本本地说了一遍，听完让爷儿俩回去等消息。转天告诉表舅，以前马头娘娘庙里的庙祝存心不善懂得邪法，从人贩子手里买来一个孩子，把这小孩堵在泥胎里，活活憋死了，这屈死的小鬼一直出不去，有时候夜里就在那儿哭，不知情的人听到，以为是神道显灵，使得香火大盛，庙祝以此来收敛钱财。这事过去好几十年了，那庙祝也早已不在人世，咱烧些纸钱请人做场法事，超度一下这小鬼的亡魂，应该就不会再有事了。

张保庆一家为此事花了些钱，从大悲院请和尚念了几捧大经，拿张保庆自己的话来形容，听完经之后，好像心里压着的一块大石头就此没了，是不是心理作用就不知道了。总之从这儿开始不再有怪事发生，他又跟着老师傅，在路边摆了两个多月的摊子。

冬去春来，天气转暖，生意冷清了不少，老师傅身体欠佳，可能是劳累了一辈子，连咳带喘一病不起，继而撒手西去，张保庆一直在旁伺候，直到送终火化，那门沛县狗肉的手艺终究没能学会。

7

经此一事，张保庆也不想再整天混日子了，自以为不傻不蔫儿的，干点什么还赚不来个吃饭钱？不过想时容易做时难，梦里有千条大道，醒来却处处碰壁，一点儿本钱没有，想当个体户也没那么容易。那时邻居还有个小年轻的，外号叫"白糖"，年岁与张保庆相仿，也是胡同里出了名的浑球。别看外号叫"白糖"，本人却特别不讲卫生，长得黑不溜秋，洗脸不洗脖的这么个主儿，同样不务正业，总想着天上掉馅儿饼，就是什么都懒得干。

白糖算是张保庆身边头一号"狐朋狗友"，哥儿俩打从穿开裆裤起就在一起玩儿。张保庆蹲在家里当了待业青年，就想起白糖来了。原来这白糖喜欢看小人儿书，那时候家里条件不错，攒了几大箱子小人儿书，好多成套的，像什么《呼家将》《杨家将》《岳家将》《封神榜》《水浒传》《三国演义》《西游记》《聊斋志异》等，这是传统题材，一套少则二十几本，多则四五十本，此外还有不少国外的名篇，更有反映抗日战争以及解放战争大兵团作战的《红日》《平原游击队》之类，单本的更是五花八门、不计其数。

白糖这爱好大致等同于现在学生们喜欢看漫画，那个年代没有漫画，全是小人儿书，学名称为"连环画"，比如《丁丁历险记》《洋葱头历险记》在国外是漫画，到国内就给做成了连环画，区别在于每页一幅图，都是一般大小。

白糖收集的小人儿书，那可够一般人大开眼界的了，他把这些小人儿书当成了宝贝一样，舍不得让别人看。

张保庆找到白糖，两人认真商量了一番，就在胡同口树荫底下摆了个摊儿，地上铺几张报纸，摆几个小板凳，将那些小人书拿去租赁，二分钱一本，五分钱可以随便看一下午，很多小孩甚至大人都来看，一天下来也不比上班赚得少。白糖虽然舍不得这些小人儿书，可也想赚点钱，于是跟张保庆对半分账，赚了钱哥儿俩一人一半，收入除了交给家里一部分，剩下的打台球、看录像也绰绰有余了。

　　转眼到了秋季，秋风一起，满地落叶，天时渐凉，不适合再摆地摊租小人儿书了。张保庆跟白糖一数剩下的钱，足有一百多块。在当时来讲已经很可观了，那时候普通工人一个月工资也不过几十块钱。不过小人儿书被翻看的次数太多，磨损缺失的情况非常严重，那些成套的书很容易就零散了，再想凑齐了却是难于登天。那时也根本料想不到，这几大箱子小人儿书留到如今，可真值了大钱了。

　　当初小人儿书鼎盛时期，不乏美术大师手绘之作，极具收藏价值，当时几毛钱一本的绝版连环画，如果保存到现在品相较好，价格能拍到几万元，成套完整的就更值钱了。在连环画收藏界备受追捧的一套小人儿书，是上海美术出版社的《三国演义》全套六十册，搁现在能顶一套商品房，当年白糖就有这套书，六十集一本不少，他连五十年代绘画大师"南顾北刘"的作品都有，可是为了赚点儿小钱，把这些小人儿书统统糟蹋了，丢的丢，残的残，加上白糖自己也不再上心了，导致最后一本也没保存下来。

　　话说秋风起树叶黄，天气转凉，路边看不了小人书了。哥儿俩又挣不到钱了，看着手里这一百多块钱，琢磨还能干个什么呢？想起陈佩斯、朱时茂演的那个小品《羊肉串》，一合计，咱也卖羊肉串吧！

　　当时社会上对小商小贩、个体户还是有偏见的，总觉得是不务正业的盲流子，正经人都得有单位，那时候人跟人见面第一句话基本上都是"你是哪个单位的？"，但是这两人没单位，不过也无所谓了，干什么都比在饭庄子里跑堂强。

想好了说干就干，这一百多块钱就是本钱，找人焊了个炉子，拿架子支上，盐、辣子面儿、孜然都采买齐了，找修自行车的趸摸了一捆车条，挨个儿打磨尖了，再把羊肉切成丁儿，满满当当串了一篮子。两人一人找了一顶破八角帽，白糖负责收钱，张保庆拿把破蒲扇，一会儿把羊肉串在炭火上翻来翻去地烤，一会儿捏起孜然、辣椒面往上撒，动作非常熟练。他一扇那炭就冒白烟，混合着烤肉的香气，让人离着半条街就能闻到。手里忙活嘴里也不闲着，学着陈佩斯的口音就叫卖上了："辣的不辣的，辣的不辣的，领导世界新潮流的羊肉串，吃一串想两串，吃两串想十串啊！"还弄了个破录音机招揽买卖，找不到新疆音乐，他们哥俩儿也会想辙，放上一盘印度歌曲的录音带，翻来覆去地放，虽然也是异域风情，但搭配着两位的形象和这一架子的羊肉串，听上去十分诡异。这买卖在当时来说可太火了，路过的男女老少没有不流口水的，每天下午都围着一帮人。

要说张保庆命里该着遇见新鲜事儿，改卖了羊肉串，也没消停。那天有个外地男子，看模样四十来岁，大概是来探亲或出差，一听口音就是土生土长的北京人，因为北京人口甜，老北京话和普通话还不一样，儿化音特别重。新中国刚成立的时候，全国党政军机关都设在首都了，各个机关加上家属不下百万人，这些人大多来自五湖四海，口音是南腔北调，子女后代基本上都说普通话，但不是老北京的土话，只有四九城里住了多少代的人，才说真正的老北京话。张保庆家在北京有亲戚，所以一听口音就能听出来。

这位老北京走在半路上，也被张保庆的羊肉串吸引过来，吃了两块钱的，吃完抹抹嘴，抬脚走了，却把手里拎的提包忘在原地了。张保庆对这个人有印象，可等到晚上收摊，还没见失主回来。他一琢磨：这么等也不是事，不如打开看看皮包里有什么，要是有很多钱，那人家肯定也挺着急，就赶紧交给派出所，让他们想办法去联系失主，要是没什么值钱的东西，我就自行处置了，没准儿只是些土特产之类的……想到这儿，把包打开，见那里面除了零七八碎，以及一些证件票据之外，还有个很奇怪的东西。

这东西像是年头很老的玉石，但没那么沉重，约有一指来长、两指来宽，形状并不规则，疙里疙瘩的泛着白，还带着一些黑绿色的斑纹，从来没听过见过这种东西，看来又不像古董。晚上到家，又拿去请教白糖的爷爷。

白糖的爷爷当过算卦老道，也做了好些年当铺的掌柜，长眼一看这东西，连连摇头，表示从没见过，像玉肯定不是玉，这些黑绿色的纹理，也不是铜沁。古玉和青铜器一起埋到地下，年深岁久，青铜之气侵入到玉的气孔中，会形成深绿的沁色，那叫青铜沁，如果古玉是放在尸体旁边，死尸腐烂的血水泡过玉器，年头多了是黑色，是为血沁，这东西上的斑纹色呈黑绿，又不成形状，多半是仿古玉的西贝货。什么是西贝货？"西""贝"加起来念个"贾"，江湖上避讳直接说"假"字，就拿"西""贝"二字代指假货，一个大子儿也不值。

张保庆听完十分扫兴，又想这皮包里有证件和票据，还是还给失主为好，转天还没等送交派出所，那位老北京就急匆匆地找来了。敢情这位也够糊涂，回到家才发现包没了，也想不起来丢在哪儿了，一路打听过来，问到张保庆这里，张保庆就把皮包还给人家了。

那位老北京感激不已，主要是这些票据事关重大，搞丢了很麻烦。他拿出那块假玉要送给张保庆，张保庆执意不收，另外也生气这人虚情假意，拿这东西来糊弄自己。

那位老北京说："这东西确实不是玉，它是哪儿来的呢？您听我跟您说说。我老家儿是正红旗的旗人，前清时当皇差，守过禄米仓，禄米仓您听说过吗？"张保庆心说：我当然知道了，马殿臣就在禄米仓干过吃仓讹库的活计，你还甭拿这些个词儿忽悠我，不过他也懒得接话，那位就接着说。

"明末清初，八旗铁甲入关，大清皇上坐了龙庭，给八旗各部论功行赏，这天下是八旗打下来的，今后有这朝廷一天，八旗子弟就有禄米，到月支取，这叫铁杆儿庄稼。当然根据地位不同，领多领少是不一样了，属于一种俸禄，可以自己吃，也可以拿到市上换钱。朝廷存米的地方就叫禄米仓，仓里的米年复一年，新米压着陈米，整个清王朝前后两百年，最底下的米不免腐烂发霉，赶到大清国玩儿完了，那禄米仓里的米还没见底，不过底下的米早就不能吃了。再往后日本鬼子来了，这日本人太抠门儿了，据说他们天皇喝粥都舍不得用大碗，哪舍得给咱老百姓吃大米白面啊！发明了一种混合面，拿那些粮食渣子，配上锯末让咱吃。这东西牲畜都不肯吃，硬让咱老百姓吃，也不知吃死了多少人。那混合面里就有禄米仓存了几百年的陈米。那时候我老家儿还守着最大的一处禄米仓，让小鬼子拿刺刀逼着，也不敢违抗，整天在仓里挖出那些猪狗都不吃的陈米，用来做混合面，结果挖到最深处，发现了好多这种化石。相传这是地华，华乃物之精，陈米在特殊环境下变成了石头，所以表面疙里疙瘩，都是米变的呀！最后数一数，挖出这么二十几块，天底下可就这么多，再多一块也找不出了，这么多年一直收藏在家里。这次到天津是有个朋友很想要，因此给他带了一块。"

这位老北京说这东西虽然不值什么钱，但也少见，就想送给张保庆略表谢意。张保庆一想，这不就是粟米形成的化石吗？那黑绿色的斑痕都是霉变物，谁愿意要这种破玩意儿？但看这人说得诚恳，也没太好意思推辞，就随手装在了衣服兜里。有一天表舅妈给张保庆洗衣服，一看这灰不秃噜的一块破石头，随手就给扔河里了，张保庆本来就不太在意，也就没再问。

可转过年来就后悔了，悔得以头撞墙，原来有日本人收这东西，也不知道是研究还是收藏，反正是一块能换一辆小汽车。那时万元户都不得了，一辆小汽车是什么概念？张保庆一想起这件事，都要抱怨老娘没眼光，如果把那个东西留下来，何至于再为了钱发愁，哪怕是留不住献给国家，你还能得个奖状光荣光荣，这可好，扔河里瞪眼看个水花。

8

话说回来，哥儿俩起初想干这个买卖，说到底还是因为嘴馋，都是卖烧饼的不带干粮——吃货，串了一篮子肉自己就吃下去一半，两毛钱一串您想想才能赚多少钱？而且大街小巷里经常有逮小摊小贩的，工商的、税务的、卫生的各个部门，反正在这大马路上除了戴黑箍的，只要是个戴箍的就能管你，张保庆跟白糖还得打游击。即使这样也不少挣钱，因为那个年代市里人摆摊干小买卖的太少了，社会上对个体户普遍有偏见，觉得正经人都得有个单位上班。你别看一个个爱吃这口儿，但要说出来干这个，站在大街上烤羊肉串，那可就没有几个愿意的，认为那都是社会闲散人员才干的，让戴箍的满大街追着跑，逮住了一问哪个单位的，丢不起这个脸啊！所以说张保庆和白糖真是挣了钱了，其中最主要一个原因是哥儿俩把这羊肉串吃腻了，天天这么吃谁也受不了，要不是还得干这个买卖，别说看见羊肉了，闻见味儿都想吐。

　　表舅两口子看见张保庆会挣钱了，多多少少对他放了心，纵然没去饭庄子当服务员，好歹有了个营生，何况也没离开餐饮行业。当爹娘的没有松心的时候，看张保庆成天跟白糖在一起混，怕他耽误了娶媳妇儿，又开始给他张罗对象。很快介绍了一个，说起来不是外人，也在表舅两口子那个饭庄子上班，负责写写算算，管着账目，是表舅妈带的女徒弟。按表舅妈的话说，姑娘虽然长得一般，但是人好会过日子，娶媳妇儿就不能找那花里胡哨的，好看不能当饭吃，娶个这样的姑娘当媳妇儿，绝对既顺心又实惠。张保庆根本还没有成家过日子的念头，可爹妈的心思他也了解，越说不想搞对象，他们越是觉得你腼腆、害臊、不好意思张嘴。再一听表舅妈说"长相一般人"，心里更是凉了大半截子，但凡这个姑娘有一点儿能看得过眼的地方，肯定得拿出来说事儿，什么"柳叶眉、杏核眼、樱桃小口一点点、杨柳细腰赛笔管"，只要占了一样，那就得放大了十倍说，肯定不能被说成是"一般"。从介绍人口中说出"一般"二字，基本上是没法看了。等跟姑娘见了面，才知道果不其然，姑娘长得确实很一般。

　　张保庆怕伤了姑娘的自尊心，真要是说出个"不"字，以后还怎么让姑娘和老娘在一个单位上班？只好先走动着，两个人逛逛公园、看看电影。姑娘倒是挺喜欢张保庆，表舅两口子也中意这姑娘，知根知底儿从小看着长起来的，而且姑娘的业务好，饭庄子里甭管多碎的账目，口上念叨几句就能算出个结果，打完算盘对账，绝对是毫厘不差。不光账管得精细，过日子也是把好手，平时跟张保庆逛商场、转菜市，买起东西来精打细算，一分钱可以当成五毛钱来使。

有那么一回，家里来客人吃饭，张保庆跟姑娘去菜市场买菜，看见螃蟹不错。张保庆一向大大咧咧，也没问价，称好了就要给钱。姑娘一看急了，说："你这太不会过日子了，买东西不问价不还价，有多少钱够你这么造的？"又跟卖螃蟹的矫情了半天，最终省下几毛钱，回来的路上还不依不饶，唠唠叨叨数落得张保庆抬不起头。

表舅妈又天天给张保庆吹耳边风，说什么"丑妻近地家中宝"，再说人家这也不叫丑，只不过长得一般，工作是铁饭碗，心灵手巧会过日子，你还有什么不满意的？张保庆别提多闹心了，整天跟这个对象说话，句句离不开柴米油盐，怎么省钱怎么过日子。张保庆目前的日子看似不错，但这种周而复始的平庸，像一块石头压在他的心头。不忍心让爹娘操心失望，可如今真要成家立业了，以后就像父母一样安安稳稳过个小日子，自己这辈子也就这样了不成？想起以后的生活，他都可以一眼看到死，每天出摊儿做买卖，收摊儿买菜做饭，结婚生子，给父母养老送终，有朝一日岁数大了，飞也飞不高，蹦也蹦不远，只有提笼架鸟上公园，每礼拜就盼儿女回来吃顿饭，吃完了他们拍拍屁股走人，自己刷半宿的碗，庸庸碌碌了此一生，那也太可怕了！

人和人不一样，有的人就喜欢大城市的花花世界，为了有个城市户口，削尖了脑袋往城里钻。张保庆却不然，他想回长白山逮兔子去，无奈家里还有爹娘，小时候没少让他们生气操心，长大了也知道爹娘不容易了，自己抬腿一走简单，扔下老爹老娘在家，却实在说不过去。爹娘不指望他升官发财有多大的作为，只盼给他成个家，可以安安稳稳过日子，那就已经很知足了。可是转念一想，其实这世上没有绝对的安稳，就像他爹的单位，国营的老字号饭庄，打新中国成立到如今菜单子就没变过，颠过来倒过去还是那几个菜，从掌勺的到上菜的都跟大爷似的，可这年头谁还愿意看这份脸色？这么干下去迟早倒闭，这样的情况多了去了。他现在烤羊肉串是能赚几个钱，但是能干多久也不好说，说不定过几年还得另谋生路，不出意外那时候已经结婚生子，上有老下有小拖家带口，可不是一个人吃饱了全家不饿的光棍了，那时候该怎么办？与其这样倒不如再去长白山打狐狸、逮兔子，同样可以挣一份钱，况且他进过马殿臣的金窟，说不定人走时气马走膘，赶哪天撞上大运了，再让他找到天坑深处的宝藏，岂不是发了八辈子的横财？又想：既然《神鹰图》落在我张保庆手中，可见我也不是一般人，岂能认头跟这样一个成天掰扯一分钱、两分钱的女人过日子？

9

　　按说张保庆眼下的日子过得也还中规中矩，怎么说呢？烤羊肉串不少赚钱，买卖挺好，两毛钱一串能挣个对半的利润，一大篮子肉半天下来卖个精光。当时的收入已经相当可观，跟厂子里上班挣工资的比，绝对属于高收入群体。并且来说，干个体户的逍遥自在，没有人管束，想怎么样就怎么样，不用看领导的脸色，更不用起早贪黑一个星期上六天的班，迟到早退了还得扣工资。再说也有对象了，虽说姑娘是个一般人，但是找老婆过日子也无所谓好看难看，常言说得好"丑妻近地家中宝"。张保庆这一下子占全了两件宝，别人羡慕他还来不及。

　　首先来说，他这个羊肉串的买卖是越来越火，如今有了固定的摊位，也跟戴各种箍的混熟了，不必再东躲西藏打游击了，离家还不远；不说女朋友长得是不是一般，确实会持家过日子，如果将来结了婚，回头再生个孩子，里里外外操持家务，照顾小的孝顺老的，必定是个贤妻良母。而且张保庆他爸跟他妈就想让他过这样的日子，比上不足比下有余，得是多少人羡慕的生活。虽说比不上国家干部，那也得看是多大的干部，厂子里的小科长、车间主任之流，张保庆还真不放在眼里，即便干的是个体户，挣的钱可也不少，起码比那些个游手好闲成天晃荡的待业青年好得多。但是咱把话说回来，张保庆打小自命不凡，以汉高祖刘邦来要求自己，自认为不该过普通人的日子，他也总琢磨，马殿臣三闯关东的传说有多少是真的，得了《神鹰图》是否真有大富大贵之命？现在此画落在他手中，不奢望当个金王，可以得些个小富贵也好。如果说再去挖这些金子，可谓机会渺茫，马匪的天坑大宅已然陷入地底，在茫茫无际的林海雪原上，想找到这个宝藏无异于大海捞针，找得到也未必挖得开，到时候才真叫鸡飞蛋打、竹篮打水——一场空，一没工资二没工作，不仅买卖没了，对象也吹了，总不能让四舅爷和二鼻子、菜瓜养我一辈子。问题是谁也没长前后眼，万一找到了呢？既然能得到《神鹰图》，可见我有这个命，旁人找不到的，说不定我张保庆能找到，万一把那个大宝藏挖出来了，别说是十辈子了，就是一百辈子、一万辈子，我投胎转世多少次，从我们家祖宗八辈到我爷爷、我奶奶，再到我爹我妈全都捆在一块儿，打个滚儿翻个个儿，也挣不来这么些个钱啊！

话虽如此说，张保庆却忘不了金王马殿臣及一众马匪的下场，马殿臣一生大起大落，从一个要饭的变成关外金王，可以说"财聚如排山倒海，财散如天崩地裂"，此人是穷怕了，得了金子怕留不住，因此在天坑中埋下九座金塔，而且挖出的金子再多也觉得不够，躲不过一个"贪"字，以致死无葬身之地，有多少金子也无福受用了。张保庆念及此处，又不敢再起贪念了，说到底他只是觉得生活乏味，成天翻来覆去地胡思乱想，却下不了再次前往长白山的决心。

如此日复一日过了多半年，这一天买卖比往常都好，穿好的一大篮子羊肉串一下午全卖光了。张保庆和白糖哥俩儿挺高兴，白糖出去买了一瓶酒、俩猪耳朵、半斤蒜肠，又拍了根黄瓜，回到小屋跟张保庆一通喝。白糖没心没肺，自打干上了这个烤羊肉串的买卖，已经心满意足了，钱真不少赚，也没个女朋友，有钱了无非打台球、看录像。两人喝酒聊天儿，胡吹海侃。张保庆不知不觉喝多了，也不知道白糖什么时候走的，一个人躺在炕上睡了个昏天黑地，迷迷糊糊做上梦了。梦中他又回到了长白山老林子，和二鼻子兄妹架上鹰追赶猎物，山上有的是獐子、狍子、狐狸、野兔，怎么捉也捉不完，三个人脸上笑开了花。两黑一白三只鹰在天上盘旋，二鼻子的黑鹰很快逮了一只狐狸。张保庆心中起急，瞅见一只大狐狸插翅一般逃向森林，连忙打了一个鹰哨，招呼自己的白鹰飞下来。突然之间天崩地陷，张保庆失足坠入其中，又见白鹰浑身是血，毛都耷开了，想冲下来抓住张保庆，却无奈坠下的速度太快，也一同坠入了深渊。

　　张保庆一惊而起，全身都是冷汗，暗觉此梦不祥，放心不下他那只白鹰，翻来覆去难以成眠，自己安慰自己，那只是个梦，日有所思，夜有所梦，当不得真。这个梦太勾心思了，好不容易挨到天亮，胡乱穿上衣服往家走，想看看那张《神鹰图》，在家翻箱倒柜找了一个遍，也没找到《神鹰图》。正好看见舅妈过来，他就问自己从长白山带回来的古画在什么地方。舅妈说前两天来了个老头儿，听口音也是东北的，只有一只眼，走街串巷收旧书、旧画、旧报纸。舅妈一想家里这些个破东烂西可不少，放在那儿占地方也没什么用，于是都卖给这老头儿换钱了。那张画也一并卖了，那堆破书本总共卖不了块八毛的，这个画给了十块钱。舅妈说起一张旧画还能卖十块钱，觉得占了挺大的便宜。

　　张保庆一听就炸了："你把我的画给卖了，十块钱你就把它给我卖了，你差这十块钱？你用钱跟我说，我给你啊！怎么能卖我的东西呢？"舅妈不以为然："至于着那么大的急吗？不就一张破画吗？已经快碎了，挂都挂不住，颜色也掉没了，外边几分钱一张的年画有的是，不行再买一张呗！"张保庆急得直跺脚："您真是够可以的了，这都不是一次两次了，我这张画哪儿碍着您了？您怎么就看它不顺眼非得给它卖了？"

　　舅妈看出儿子真急了，她这火儿也上来了："一张破画卖了十块钱，这还不该高兴吗？这可倒好，养了你这么多年，你为了张一抖落就碎的破画跟你娘我急赤白脸！你自己的东西自己不放好了，谁知道有用没用？"说着眼圈竟然红了。张保庆一看老娘要哭，也不好再说什么了。本来就是个家庭妇女，没什么大见识，根本不知道这个画值多少钱，当年"破四旧"的时候，都拿这些个东西生火烧炉子，十块钱还能不卖吗？况且十块钱可不少了，您想想那时候普通工人一个月的工资才多少钱？

张保庆险些气吐了血，却也无法可想，《神鹰图》卖都给卖了，再把房盖挑了也于事无补。突然之间转过一个念头，隐隐约约觉得不对。首先来说，收走古画的这个老头儿不是本地人，一口关外的土话，其次少了一只眼。根据舅妈的形容描述，分明是那个在东山看林场的老洞狗子！张保庆一拍脑袋："我之前怎么没想到呢？老洞狗子就是血蘑菇，马殿臣一世的死对头！"

张保庆意识到老洞狗子绝不会平白无故来他家收废品，一定是冲《神鹰图》来的！老洞狗子仅有一只眼，血蘑菇也是个独眼龙，这俩是一个人不成？如此想来，老洞狗子十有八九是当年祸害老乡家的女眷，从马殿臣枪下逃脱的那个土匪"血蘑菇"。马殿臣和土头陀挖金脉发了大财，从山里出来当上了金王，也是被此人识破，迫不得已才躲入天坑。如今他来骗走我的《神鹰图》，想必定是相信只有画鼓了，其中的白鹰出来，才可以找到马殿臣的宝藏。《神鹰图》画迹已然模糊不清，老洞狗子怕是要用白鹰的血将《神鹰图》再描一遍，如今他得了宝画，接下来多半还要去捉我的白鹰，难怪会梦到白鹰浑身是血！

别的还好说，张保庆一想到自己的白鹰，再也坐不住了，顾不上跟家里人打声招呼，羊肉串的买卖不干了，对象也不要了，立即跑到火车赶往长白山。当年有马殿臣三闯关东，如今是张保庆二上长白山，至于他这一去又有什么奇遇，并不在本部书内。咱们说张保庆从小到大，经常捡到些稀奇古怪的东西，有的值钱，有的罕见，他在长白山的时候和四舅爷去打大叶子，甚至捡来一枚来历不明的鸟蛋，得了一只世上罕见的白鹰。不过按看相的话来说，他这人手掌上有漏财纹，捡到什么好东西也留不住，所谓"物有其主"，那就不该是他的东西，这一点可以说和金王马殿臣十分相似，可是不妨换个角度想想，这些经历本身又何尝不是一件宝物？

（《天坑鹰猎》完）